HALT DEN MUND UND KÜSS MICH

KISS TALENTAGENTUR 4

VIRNA DEPAUL

KLAPPENTEXT

Marissa

Was andere von uns halten, ist für meine schrecklich vornehme Mutter das Wichtigste. Doch als sie darauf besteht, dass ich meinen reinrassigen, aber betrügenden Ex-Freund zurücknehme, würde ich mich eher mit einer Salatgabel erstechen. Also platze ich heraus, dass ich einen neuen Freund habe. Einen wie ... den super heißen Typ gegenüber im Restaurant, der mir irgendwie bekannt vorkommt und der nächste James Bond sein könnte.

Es stellt sich heraus, dass er der Hauptdarsteller meiner liebsten, kitschigen Science Fiction Seifenoper ist. (Verurteilt mich nicht.) In einem Moment fantasiere ich über Borg und seine grüngefärbten Bauchmuskeln. Im nächsten Moment macht mir Simon Dale ein Angebot, das mein sexhungriger Körper nicht abschlagen kann.

Simon

Ich habe Lust auf eine Filmrolle, die mich von der B-Promi-Liste holt, doch ich brauche kein Drehbuch, um die Szene zwischen Marissa und ihrer Mom deuten zu können. Obwohl ich eine Londoner Kanalratte bin, die noch nie mit einer Fürstlichen verkehrt hat, schlüpfe ich leicht in die Rolle von Marissas vernarrtem Freund. Warum? Weil ich im Gegenzug einen Gefallen brauche – eine dauerhafte Beziehung, gerade lange genug, um meine Produzenten davon zu überzeugen, dass ich meine wilde Lebensweise geändert habe.

Problem: Ich gehe aufs Ganze in dieser Beziehung – und bin kurz davor, das zu verlieren, was mich kaputt machen könnte. Mein Herz.

BÜCHER VON VIRNA DEPAUL

DIE SERIE ‚MIT DEN JUNGGESELLEN IM BETT'

DIE SERIE, LIEBE AM SPIELFELDRAND

DIE SERIE, KISS TALENTAGENTUR

DIE SERIE, ROCK'N'ROLL CANDY

DIE SERIE, HEIMKEHR NACH GREEN VALLEY

DIE SERIE, ÄRZTE ZUM VERLIEBEN

DIE SERIE, HART WIE STAHL

DIE SERIE, GLÜHEND HEIßE COPS REIHE

DIE SERIE, SEXUALKUNDEROMANE

DIE SERIE, BILLIONAIRE BAY

WALL STREET ROMEO

NAGELPROFIS

ABENTEUER SEX(T)

EIN BILD VON EINEM MANN

SEAL – EIN LEBEN LANG

DER COWBOY, DER MICH LIEBT

VERRÜCKT NACH DEM VERKEHRTEN KERL

Erlösung für einen Vampir

Nacktfotos senden/ löschen

KAPITEL EINS

Marissa

Als ich meiner Mom erzähle, dass ich mit meinem Hedge-Fonds-Investor und Princeton Alumnus, dem betrügenden und lügenden Arschloch-Verlobten Charles Schluss gemacht habe, bricht sie urplötzlich in Tränen aus.

„Das. Kann. Nicht. Dein. Ernst. Sein!", sagt sie, ihre Worte zur Betonung langgezogen, als stünde hinter jedem Wort ein Punkt. Sie zieht ein Taschentuch aus ihrer Dooney & Bourke Handtasche und tupft sich die Augen, während sie laute, schluchzende Geräusche von sich gibt. Zahlreiche Leute im Restaurant des La Rouge Country Clubs strecken ihre Hälse zu uns aus. „Warum. Solltest. Du. Nur. So. Etwas. Tun!"

Ich frage mich, ob ich mich hier und jetzt mithilfe einer Salatgabel umbringen kann. „Ich habe ihn dabei erwischt, wie er mich betrogen hat, Mom. Willst du wirklich, dass ich einen Typ heirate, der mich betrügt?"

Sie schnieft. „Männer werden immer Männer bleiben, Marissa. Dein Vater …"

„Ihr seid zwei Mal geschieden, Mom", weise ich darauf hin. Im Moment sind sie und Dad wieder verheiratet, aber wenn eine Ehe nur aus Erdbeeren mit Sahne bestünde, würden sie sie nicht im Lichtschaltermodus an- und ausknipsen, oder?

Es gab eine Zeit, in der schämte ich mich für ihre ungesunde Ehedynamik. Immerhin war ich ein Teenager, der zumindest das versuchte, auf irgendeine Art und Weise mitzuteilen. Wenn ich die Wahrheit sagen müsste: Ich war *wild* – ich trank, experimentierte mit Marihuana, hing mit einem Bad Boy nach dem anderen ab. Erst als mich mein letzter Freund während eines Rausches beinahe umbrachte, kam ich wieder zu Sinnen. Ich schwor mir umgehend, dass es in jedermanns Interesse wäre, mir Moms klugen Ratschlag zu Herzen zu nehmen, egal wie sehr sie sich auch aufspielen konnte. Immerhin konnte ich mir in der Zeit selbst nicht trauen.

Jetzt, zehn Jahre später, fällt es mir zunehmend schwer, ihre folgsame und gefügige Tochter zu sein. Nicht, dass ich wieder in alte Muster fallen möchte, nein. Mir gefällt lediglich die Idee, einen Mann zu daten, der allein durch seine Präsenz im Raum mein Herz zum Rasen bringt. Etwas, das Charles nie schaffte. Ich träume davon, meinen nicht zufriedenstellenden Job zu kündigen und meiner Leidenschaft nachzugehen. Immer, wenn meine Instinkte danach schreien, gegen die Anweisungen meiner Mom zu kämpfen, noch einmal frech zu sein und ein Risiko auf mich zu nehmen, denke ich zwangläufig an meinen damaligen Freund und das Auto, mit dem er versuchte, unbemerkt vor der Polizei zu fliehen, und ich realisiere, dass es weitaus schlimmere Dinge gibt, als das Leben ohne jegliches Risiko zu spielen.

Aber dieses wagemutige, wilde Mädchen bin ich nicht mehr. Und das ist auch gut so.

Mom zieht weiter ihre Show ab und ich frage mich halb, warum sie nie mit der Schauspielerei angefangen hat. Sie ist dramatisch genug. Zum Teufel, im Moment sieht es so aus, als würde sie für eine Emmy Nominierung antreten, zitternd und schluchzend, als würde die Welt zu Ende gehen, weil ich achtundzwanzig und Single bin. Meine Schwester, Larissa – Mom hat ein Faible für sich reimende Namen – sieht mich nur an und schüttelt den Kopf. Larissa ist fünfundzwanzig und wird noch in diesem Jahr heiraten, sie ist also keine große Hilfe.

„Klasse, Mar. Wie viele Katzen wirst du jetzt adoptieren?" Mein Bruder Kenny – als einziger Junge bekam er keinen sich reimenden Namen – kichert auf seinen Teller. Er ist achtzehn und denkt, dass alles, was aus seinem Mund kommt, zum Totlachen ist.

Er erinnert mich in gewisser Weise an mich selbst, als ich in seinem Alter war, aber ich starre ihn nur an.

Mom weint weiter, tupft ihre Augen, stöhnt und zerreißt sich quasi ihre Kleidung vor Kummer bei dem Gedanken, dass ihre Tochter dreißig werden könnte, ohne verheiratet zu sein. Ich ducke mich, als der Kellner uns seltsam ansieht.

„Ihr hattet einfach nur einen Streit. Du musst Charles anrufen und dich entschuldigen." Mom nimmt mein Handy und gibt es mir. „Er wird dich zurücknehmen. Ich weiß es. Er liebt dich, Liebling und er ist der perfekte Mann für dich."

Wir kann ein Kerl, der mich betrügt, der perfekte Mann sein? Aber dafür interessiert sich Mom nicht: Sie kümmert sich um Stammbaum, Wohlstand und darum, kein Kind zu haben, das es wagt, sie je wieder zu beschämen.

Ich blicke finster auf meinen Salat. „Ich nehme diesen Scheißkerl nicht zurück", murmele ich und schocke mich dabei selbst mit meiner Aussprache. Die alte Marissa kommt zum Vorschein, die versucht, sich Gehör zu verschaffen.

„Achte auf deine Sprache!", keucht Mom und hält sich die Hand an die Brust.

Kenny kichert erneut und Larissa nippt an ihrem Wasser ohne Anteilnahme am Geschehen, da es nicht um sie geht. So war sie schon immer, also stört es mich nicht mehr so sehr.

„Du musst ihn zurücknehmen", besteht Mom. „Wir haben

bereits dein Kleid bestellt! Die Blumen! Was sollen wir dem Lokal sagen? Liebling, er hat einen Fehler gemacht. Wir machen alle Fehler, das solltest gerade du wissen. Du kannst ihm seine Mängel nicht vorhalten!"

Ja, Mom, ich habe Fehler gemacht, aber ich habe aus ihnen gelernt. Wenn man dagegen Charles bedenkt, der mich sechs Monate lang mit seiner Sekretärin betrogen hat, denke ich schon, dass ich ihm das vorhalten kann. Außerdem hatte ich immer vermutet, dass ich Charles nicht wirklich liebe und seinen Antrag hauptsächlich deshalb angenommen hatte, weil meine Eltern ihn für passend hielten. Als ich realisierte, dass meine Reaktion auf seine Untreue mehr Ärger als Verletzung war, wusste ich sicher, dass er nicht die Liebe meines Lebens war. Vielleicht bin ich emotional einfach zu verkümmert, um wahre Liebe zu spüren. Meine Familie ansehend, scheint das eine vernünftige Schlussfolgerung zu sein.

Ich versuche, mich auf mein Essen zu konzentrieren, und hoffe, dass Mom das Thema fallen lässt. Aber sie ist wie ein Hund mit einem Knochen. Sie wird mich hier nicht rauslassen, bevor sie sichergehen kann, dass ich meine Chancen zu heiraten nicht zerstöre. *Wenn du ihn so sehr liebst, warum heiratest du ihn dann nicht?* Der Gedanke kommt meinen Lippen gefährlich nahe.

Mom zischt und zwingt mich, sie wieder anzusehen. „Du bist bereits achtundzwanzig. Das hier steht nicht zu Verhandlung. Du wirst mich nicht so beschämen. Du hast uns für ein ganzes Leben bloßgestellt, findest du nicht?"

Ich zucke fast zusammen, als Mom auf ihre nicht gerade subtile Art auf meine Vergangenheit verweist. Gott, werde ich das irgendwann einmal hinter mir lassen können? Außerdem ist nicht das Jahr 1816. Nur weil ich als Teenager einmal Fehler begangen habe, habe ich immer noch das Recht zu heiraten– oder eben nicht –, wen auch immer ich möchte, oder? Aber so einfach ist es nicht. Alle Woodcrest-Frauen vor mir haben lange vor ihrem achtundzwanzigsten Geburtstag geheiratet. Selbst mein Job in der Marketing Firma eines Partners meines Vaters wurde mir ausgehändigt, mit dem stillschweigenden Verständnis, dass ich nur bis zur Hochzeit arbeiten und danach anfangen würde, Kinder zu gebären.

Ich bin erbärmlich, denke ich. *Steh endlich für dich selbst ein, Marissa!*

Aber mein Mund bleibt geschlossen. Ich habe nicht das Recht, mich zu beschweren. Ich habe ein privilegiertes Leben. Ich musste mich nie um mein nächstes Essen sorgen. In Wahrheit hatte ich fast alles bekommen, was ich wollte, sogar eine zweite Chance, um endlich Dinge richtig zu machen.

Sei geduldig. Mom macht sich Sorgen und will nur das Beste für dich.

Zumindest bin ich kein totaler Fußabtreter. Ich habe die Verlobung mit Charles gelöst und ich werde ihn nicht zurücknehmen! Egal, was Mom sagt.

Du musst nur noch dieses Lunch überstehen und kannst dann nach Hause gehen und dir die nächste Dose Drama der Klatschseiten aus dem Internet reinziehen (mir die verhunzten Leben der Prominenten anzusehen, hilft mir immer, mich besser zu fühlen) oder dir die letzte Folge Alien Love *ansehen.*

Ich nehme meine Gabel auf, doch der Appetit ist mir schon lange vergangen.

Ich blicke auf die Uhr auf meinem Handy und hoffe, dass die Zeit irgendwie, wie durch ein Wunder, vergangen ist und ich eine Entschuldigung vorbringen kann, warum ich das gesellige Essen vorzeitig verlassen muss.

„Marissa, hörst du zu? Marissa!"

Bevor ich etwas sagen kann, nimmt sich Mom erneut mein Handy, sticht darauf herum und schiebt es mir in die Hand. Es ruft bereits Charles an. Bevor ich die Verbindung abbrechen kann, höre ich, wie Charles abnimmt. Verängstigt lege ich auf.

Klasse, jetzt wird Mom besonders angepisst sein.

Und natürlich werden ihre Wangen rot vor Ärger. „Hast du

VIRNA DEPAUL

gerade aufgelegt? Was ist los mit dir? Willst du mir einen Herzinfarkt verpassen? Du weißt, dass Herzversagen in unserer Familie liegt, aber es geht nur um dich, nicht wahr?" Mom beginnt, sich wie ein Burgfräulein vor Kummer zuzufächeln. „Du denkst nie an mich oder deinen Vater. Du denkst, die Welt drehe sich nur um dich. Schön, ich bin hier, um dich daran zu erinnern, dass das falsch ist und du die Sache korrigieren musst."

Schuld überkommt mich. Ich weiß, dass Mom dramatisch reagiert, aber das hindert mich nicht daran, mich zu fühlen, als hätte ich schon wieder einen Fehler gemacht. Vielleicht sollte ich einfach erwachsen werden und akzeptieren, dass es keine Ritterlichkeit mehr gibt, Prinzen nicht existieren und das wahre Leben keine Romanze ist. Trotzdem, ist es zu viel verlangt, einen Mann zu wollen, dessen Gesellschaft für mich an erster Stelle steht? Und nicht erst weit hinter bequemen Pyjamas und Netflix-Binge-Watching den zweiten Platz belegt? Tief in mir weiß ich, dass ich die richtige Entscheidung getroffen habe, als ich Charles abgeschossen habe. Doch wenn mich jemand glauben machen kann, eine undankbare Egoistin zu sein, dann ist es Mom.

Ich versuche, in meinem Stuhl zu versinken, vor allem weil man uns immer noch beobachtet. Larissa checkt ihr Handy und Kenny isst weiterhin all das Brot im Körbchen, weil er sich um nichts Gedanken macht, außer um die Frage, ob die Pornhub-Server abgestürzt sind, wenn er nach Hause kommt. Ich sehe mich um, suche nach Hilfe, nach jemandem, der mich aus diesem unendlichen Zirkus namens Familie retten kann.

Ich sehe einen älteren Mann, der uns gegenüber sitzt und einen langen Bart und eine noch längere Nase trägt. Er sieht mich an und seine Augen werden schmal. Er denkt vermutlich, dass ich ein teuflisches Kind bin, das all diese Verachtung verdient. Zumindest sieht es so aus, wenn man meine Mutter als Anhaltspunkt betrachtet.

Ich schaue weiter, treffe den Blick eines kleinen Mädchens mit Zöpfen, das kichert und sich dann das Essen in den Mund

6

schiebt, während ihre Mutter sie ausschimpft, weil sie nicht gerade sitzt.

Gibt es denn niemanden? Wirklich niemanden?

Doch als ich meinen Blick wieder in die andere Richtung schweifen lasse, sehe ich einen Mann, der an einem Tisch nahe dem Fenster sitzt. Er ist groß, blond, mit den Gesichtszügen eines Engels – das ist alles, woran ich denken kann. Jedoch nicht wirklich wie ein Engel, denn sein kantiger Kiefer ist unrasiert und er hat eine böse Narbe auf der Wange, aber … Ist das ein goldener Dunst um seinen Kopf? Wenn er ein Engel ist, dann ein gefallener. Denn als er einer vorübergehenden Frau ein verschmitztes Lächeln schenkt, wedele ich mir fast selbst Luft zu. Ich war so beschäftigt mit meiner Mutter, dass ich ihn zuvor übersehen haben muss. Was jetzt unmöglich scheint.

Verdammt, er ist schön.

Eine Locke blondes Haar fällt ihm in die Stirn und er streicht sie mit langen, spitzen Fingern zur Seite, während er die Speisekarte öffnet. Jede Bewegung, die er macht, ist eindrucksvoller als die letzte; er ist es vermutlich gewohnt, beobachtet zu werden. Er erinnert mich an jemanden … Ein seltsames Déjà-vu-Erlebnis überkommt mich. Ich habe noch nie so einen attraktiven Mann gesehen. Für einen Moment befinde ich mich an einem anderen Ort und Mom verschwimmt vollkommen im Hintergrund.

Er nippt mit vollen Lippen an seinem Wasser. Kurz stelle ich mir vor, wie diese Lippen mit heißen Küssen an meinem Schlüsselbein entlangwandern, hinunter zu meinen …

Als ob er meinen Blick auf sich spüren könnte, sieht er mich geradeheraus an. Selbst aus der Entfernung weiß ich, dass seine Augen tiefblau sind. Ich will nichts mehr, als in diesem Meer zu schwimmen.

Ich sehe weg und werde unheimlich rot. Ich fühle mich wie eine Art Voyeur. Weiß er, dass ich nahezu sabbere?

„Ich rufe deinen Vater an", höre ich Mom sagen. „Er weiß, was zu tun ist. Ich kann mit deinem Verhalten nicht umgehen." Moms

Stimme wird höher und all die Gedanken an den gefallenen Engel verpuffen, fast schmerzhaft, in meinem Kopf. Jemand rette mich. Jemand bringe mich fort von hier. Jemand lasse einen Teller Essen auf meinen Schoß fallen, sodass ich ins Badezimmer eilen und mich à la *Mission Impossible* aus dem verdammten Restaurant schleichen kann.

Ungezügelt denke ich an Möglichkeiten, mir Mom vom Hals zu schaffen. Oder sie zumindest zum Stillschweigen zu bringen. Soll ich Charles einen Fake-Anruf abstatten und so tun, als hätten wir uns versöhnt? Nein, sie wird Charles später anrufen, um das zu bestätigen. Ich sehe den gefallenen Engel am anderen Ende des Raumes und plötzlich sage ich Dinge, von denen ich nie geträumt hätte. Sie sprudeln aus mir heraus, als hätte mein Mund einen eigenen Verstand.

„Mom, ich wollte dir noch nichts sagen, weil es zu früh ist. Aber der Hauptgrund, warum Charles und ich nicht wieder zusammenkommen, ist jemand anderes."

„Du meinst die Frau, mit der er schläft? Das ist kein wirkliches Hindernis."

Ich ziehe eine Grimasse. Sicher, Mom. „Nein. Ich meine, *ich* habe jemand anderen."

Larissa beugt sich nach vorne, plötzlich an unserem Gespräch interessiert. Sogar Kenny hebt eine Augenbraue, während er kaut.

Die Scheinwerfer zeigen auf mich. Ich schlucke den Frosch in meinem Hals herunter, denn ich muss meine Karten hier wirklich richtig ausspielen. Wenn ich überhaupt etwas mit meiner Familie gemeinsam habe, dann ist es, nicht cool sein zu können.

Mom sieht mich an, als sei ich ein seltsames Puzzle, das sie nicht lösen kann. Sie faltet ihr Taschentuch in ein ordentliches Quadrat. „Warum hast du das nicht früher gesagt? Und darf ich fragen, um wen es sich handelt?"

Ihr Ton verrät, dass sie mir nicht glaubt. Sie weiß, dass ich bluffe. Aber ich kann den gefallenen Engel vor meinem inneren

Auge sehen. „Wir haben uns bei einer Wohltätigkeitsveranstaltung getroffen und uns gut verstanden."

In dem Moment kommt unsere Kellnerin zurück. Sie füllt unsere Wassergläser und versucht, sich so zu verhalten, als hätte sie den Vortrag meiner Mutter bezüglich der Verantwortlichkeiten eines Kindes gegenüber seiner Eltern nicht gehört.

Ich rede weiter, während die Kellnerin um unseren Tisch herumläuft.

„Naja, wie ist er so?", fragt Mom. Sie hebt eine fein säuberlich gezupfte Augenbraue und wartet. Sie kann den Bullshit, den ich verzapfe, schon erahnen.

Ich schlucke. „Er ist groß, sehr gutaussehend. Blondes Haar." Ich versuche, spezifischer zu werden, während ich mir den gefallenen Engel aus dem Augenwinkel ansehe, um eine Referenz zu haben. „Er sieht am besten aus, wenn er dunkelviolette Krawatten und seinen grauen Anzug trägt."

Ich klinge lächerlich. Das Loch, das ich mir selbst grabe, konkurriert größenmäßig mit dem Grand Canyon. Aber anscheinend kann ich meinen Mund nicht mehr schließen, sobald ich ihn einmal geöffnet habe.

Gerade als die Bedienung sich mir nähert, füge ich hinzu: „Er hat eine Narbe auf der rechten Wange, die er …"

Ohne Warnung schüttet die Kellnerin Wasser in meinen Schoß. Ich kreische, als das eiskalte Wasser meine Beine hinunterläuft.

„O mein Gott, das tut mir so leid!", keucht die Bedienung, die einen leichten Cockney-Akzent hat. Sie nimmt sich Servietten vom Tisch und beginnt, meinen Schoß abzutupfen. „Ich kann es nicht glauben – es tut mir so leid, Ma'am!"

Mom schimpft die arme Frau aus. „Passen Sie auf, was Sie tun, junge Frau! Sie könnten jemanden verletzen, wenn sie so unvorsichtig sind!"

Gerettet! Ich springe auf und will die Bedienung umarmen.

„Machen Sie sich keine Sorgen. Ich werde mich auf der Toilette abtrocknen. Ich habe diesen Rock sowieso noch nie gemocht."

Doch meine Mutter kann nicht aufhören. Sie macht eine große Szene, ruft nach dem Oberkellner. Als dieser ankommt, sagt sie mit ihrer höchsten Stimme: „Welche Art von Leute stellen Sie hier an? Wir sind seit Jahrzehnten Mitglieder dieses Clubs und der Service lässt nach, das ist sicher."

„Mom! Es ist in Ordnung." Ich lächle den Oberkellner an. „Es ist wirklich nicht ihre Schuld. Ich habe eine falsche Bewegung gemacht und muss ihr den Krug aus der Hand geschlagen haben. Nichts passiert."

Meine Mutter sieht mich mit erhobenen Augenbrauen an und lässt dann ein verzweifeltes Seufzen aus.

Ich eile ins Badezimmer, um mich frisch zu machen. Ich schließe die Tür hinter mir und lasse mich dann dagegen fallen, dankbar, aus dem Hornissennest entkommen zu sein. Nach einigen tiefen Atemzügen besehe ich mir meinen ruinierten Rock im Spiegel: dreihundert Dollar feinster Marcus Neimann Kaschmir. Diese Atempause war mir das Opfer definitiv wert. Ich frage mich, ob es eine Möglichkeit gibt, mich dauerhaft aus dem Staub zu machen. Verdammt noch mal, ich will so gerne zurück an unseren Tisch wie ich mir ein Loch im Schädel wünsche.

Was hast du getan, Marissa? Ich starre mein Spiegelbild an, das Spiegelbild eines totalen Idioten. Sobald ich zurückkomme, wird Mom Details über meinen imaginären Freund wissen wollen. Ich seufze und ziehe in Erwägung, mich durch das kleine Fenster am anderen Ende des Badzimmers zu zwängen. Nach meinen Berechnungen bin ich etwa zwanzig Pfund zu rund, um hindurchzupassen.

Als ich realisiere, dass ich keine mögliche Fluchtroute habe, atme ich tief und reinigend durch. Funktioniert nicht. Aber ich kann nicht ewig hier drin bleiben. Ich verfluche meine Dummheit und drücke die Toilettentür auf. Ich laufe direkt in eine Wand fester Muskulatur.

Ich jaule zur gleichen Zeit, als ein Mann mit köstlich vornehmem, englischem Akzent sagt: „Aufpassen!"

Ich spüre starke Hände an meinen Oberarmen, und als ich nach oben blicke – weit nach oben –, starre ich in das Gesicht meines gefallenen Engels.

KAPITEL ZWEI

Marissa

Zuerst bin ich so erstaunt, dass ich kein Wort herausbringe. Ich starre ihn nur idiotisch an. Aus dieser Nähe sieht er noch besser aus und ich hatte recht: Seine Augen sind blau. Ein verrücktes, tiefes Blau wie ein Ozean bei Flut. Und jetzt bin ich nahezu hingerissen vor Scham.

„Alles in Ordnung?", fragt mein gefallener Engel, sein starker britischer Akzent verbindet seine Worte. Lecker. Der Akzent ist wie eine Kirsche auf einem bereits köstlichen Eisbecher. Zu viel für mich. Noch schlimmer: Er riecht nach einem moschusartigen Aftershave, das ich nicht zuordnen kann, mir aber den lächerlichen Wunsch verschafft, mein Gesicht in seiner Brust zu vergraben und tief einzuatmen. Ich bin so mit dieser Vorstellung beschäftigt, dass ich nicht antworte und er eine Hand vor meinem Gesicht hin- und herwedelt. „Bist du in Ordnung …?"

Ich schüttele mich und springe mit plötzlich errötenden Wangen aus seinem Griff. Meine Arme sind heiß, wo er mich berührt hat. Ich sehe nach unten. Meine nackte Haut ist fleckig und (da bin ich mir sicher) unglaublich attraktiv.

„Mir geht es gut!" Ich schüttele den Kopf und zwinge mich zu einem Lächeln. „Sorry, ich habe nur viel im Kopf." Bei dem Gedanken zucke ich zusammen. Ich will wirklich, wirklich nicht zurück zu meinem Tisch.

Er starrt mich an. Er hat nicht nur ein wunderschönes Gesicht, das seltsamerweise von seiner Narbe nur noch betont wird. Nein, er trägt einen perfekt geschnittenen Anzug, der vermutlich mehr kostet als mein Auto. Und meine Mutter lässt mich nie vergessen, wie teuer dieses Geburtstagsgeschenk war. Als er mich ansieht, werde ich noch röter. Ich frage mich fast, ob er weiß, dass ich ihn als meinen imaginären Freund benutzt habe. Aber er war viel zu weit weg, um das zu hören – oder?

„Naja, ich, ähm, muss gehen", stottere ich und mache einen Schritt an ihm vorbei.

„Anstrengende Familie da draußen?"

Ich stoppe und mir bleibt der Atem weg. Ich drehe mich um und antworte langsam. „Äh, ja. Kann man so sagen. Woher …?"

Er zuckt mit den Schultern, doch sein schelmisches Grinsen bringt mein Herz zum Flattern. Dummes Herz. „Ich habe da etwas aufgeschnappt. Um ehrlich zu sein, deine Mom – ich nehme an, sie ist deine Mom? – hat eine sehr weitreichende Stimme."

O Gott, er hat alles gehört? Ich hoffe, meine Stimme ist nicht so weitreichend wie die meiner Mutter. Denn wenn er gehört hat, wie ich ihn beschrieben habe, werde ich ihm Boden versinken. Ich will, dass ein gigantischer Tsunami mich wegschwemmt. *Bitte, Gott im Himmel, spüle mich von diesem Ort*, bete ich innerlich.

Mein Gesichtsausdruck muss ihm gezeigt haben, wie gedemütigt ich mich fühle, denn sein Lächeln wird ernst. Er steckt die Hände in die Hosentaschen und das lässt ihn irgendwie jungenhaft erscheinen. Es ist bezaubernd, muss ich zugeben. Jungenhafte Züge an einem Mann, der aus Stahl gebaut zu sein scheint.

13

„Na schön, ich muss ein Geständnis ablegen", sagt er und lehnt sich nach vorne, obwohl er absolut nicht reumütig aussieht. Ich erwische erneut einen Hauch des moschusartigen Aftershaves und kann nur noch an Sünde denken. In einem Country Club, wo meine Mutter keinen Steinwurf entfernt sitzt. *Kontrolle, Marissa.*

„Was?", flüstere ich und all meine Versuche der Selbstkontrolle versagen vollständig, denn jetzt fühle ich mich schummerig, der Ohnmacht nahe.

„Die Bedienung, die dir Wasser in den Schoß geschüttet hat, ist meine Schwester. Sie hat mir möglicherweise über dein Dilemma berichtet."

Schummerig? Nein, jetzt will ich einfach nur noch wirklich, wirklich, wirklich sterben. Ich will mein eigenes Grab schaufeln, meinen Grabstein gravieren. „Es tut mir leid", stoße ich aus. „Ich hätte nie – ich muss los."

Ich stelle mir vor, so lange zu rennen, bis ich das andere Ende der Welt erreiche, aber seine Berührung auf meinem Arm stoppt mich. Ich erstarre. Aber habe ich etwas falsch gemacht? Ich meine, ich war nicht unbedingt höflich, aber ist es illegal, einen Mann, den du am anderen Ende des Raumes gesehen hast, als Inspiration für einen Fake-Freund zu benutzen? Ich bin mir sicher, seine ableckbare Köstlichkeit beschert ihm Lagen wie diese die ganze Zeit.

„Ich gehe die Sache falsch an. Verzeih mir." Er streckt eine Hand aus. „Ich bin Simon Richards und ich denke, ich kann dir helfen. Hoffentlich können wir uns gegenseitig helfen."

Ich starre auf seine Hand, diese langen, starken Finger, das bisschen blonde Haar auf seinem Handgelenk, das unter dem Ärmel eines strahlendweißen Shirts mit goldenen Manschettenknöpfen verschwindet. Zum zweiten Mal an diesem Tag überkommt mich ein seltsames Gefühl, wie ein Déjà-vu. Aber ich würde mich sicherlich erinnern, wenn ich diese himmlische Kreatur schon einmal getroffen hätte. Für einen Moment stelle ich mir diese Hand auf meiner nackten Haut vor, meine Brüste umfassend. Dann realisiere ich, dass ich ihn mit offenem Mund anstarre. Ich nehme seine Hand und schüttele sie, hoffe, dass diese Handlung die Fantasien in meinem Verstand abschüttelt. Doch der kurze Kontakt lässt mich zittern.

„Marissa Woodcrest", sage ich weich und fühle seine starke, raue, leicht schwielige, aber wundervoll warme und angenehme Haut an meiner.

Wie befürchtet pflanzt sich die Fantasie in meinem Kopf ein und beginnt, Wurzeln zu bilden. Jetzt sind seine Hände unter meinem Rock. Und ich dachte, mein Rock könnte nicht feuchter werden.

„Es freut mich, dich kennenzulernen", sagt er, höflich und steif wie ein Mitglied des britischen Königshauses. Und dennoch schafft er es, meine Gedankengänge in den Abfluss zu schieben.

„Da ich keine Ahnung habe, wovon du sprichst, bin ich mir noch nicht sicher, ob ich das Gleiche behaupten kann. Wie kannst du mir helfen? Und warum würdest du das wollen?"

Er grinst. „Weil, meine Liebe, meine Schwester nahezu ihren Job verloren hat, bevor du dich für sie stark gemacht hast."

„Oh." Meine Mom kann manchmal eine wirkliche Bitch sein. Meistens. Eigentlich immer. Ich gestikuliere in Richtung Speisesaal. „Das ist June Woodcrest. Sie kläfft jedoch nur. Beißt nur selten. Für gewöhnlich. Es tut mir leid."

Okay, jetzt quassele ich. Aber er ist noch immer nicht zum Punkt gekommen. Obwohl ich mir sicher bin, dass diese starken Hände mir sehr, sehr gut helfen könnten, wenn sie in diesem Moment unter meinem Rock wären. Ich wäre in der Lage, meine Mom zu vergessen und Charles, zum Teufel. Ich bin mir sehr sicher, ich würde mich nicht einmal an meinen eigenen Namen erinnern.

Ich blinzele und bemerke, dass er mich mit amüsiertem Grinsen ansieht. Ich habe dieses Grinsen schon einmal gesehen. Déjà-vu Nummer drei. *Woher kenne ich ihn?*

„Marissa!"

Das sanfte Klirren von Besteck und Gläsern des Speisesaals wird unterbrochen, als die Glastüren aufschwingen und meine Mutter auftaucht. Ihr Gesicht noch immer verkniffen – die Enttäuschung, die ich ihr beschert habe. Als sie den Gang betritt, landet ihr Blick auf mir, dann auf Simon, und ihr Ausdruck verändert sich urplötzlich.

„Wie gesagt", sagt Simon plötzlich mit lauter Stimme, „ich wollte nur durchkommen und sichergehen, dass du in Ordnung bist. Ich habe dich schrecklich vermisst, Liebling."

„Ähm ..." Was tut er ...

„Hallo." Meine Mutter spricht mit charmanter Stimme, die sie normalerweise nur auflegt, wenn sie Charles anspricht. Wir drehen uns zu ihr. Sie streckt ihm ihre Hand hin, die Knöchel nach oben gedreht, als würde sie darauf warten, dass er ihr die Hand küsst. „June Woodcrest. Mit wem habe ich das Vergnügen?"

Sanft nimmt er ihre Hand und verbeugt sich mit der Anmut eines Prinz Charming. Weder Benedict Cumberbatch noch Colin Firth oder Tom Hiddleston hätten es besser hingekriegt. „Simon Richards", sagt er. „Das Vergnügen liegt ganz bei mir. Marissa, Liebes, du hast mir nie erzählt, welch wunderbare Mutter du hast."

Meine Mutter kichert verlegen wie ein Schulmädchen. Das ist die Sache mit meiner Mutter. Sie liebt – und hasst – mit voller Wucht, basierend allein auf der äußerlichen Erscheinung. Teure Kleidung? Check. Außergewöhnlich gutaussehend? Check. In Ehrerbietung verbeugend? Check. Und bam, schon ist sie ergriffen. Zum fünften Mal seitdem ich diesen Kerl erblickt habe, steht mir der Mund offen.

Er dreht sich zu mir. „Hattest du ein angenehmes Mittagessen mit deiner reizenden Familie?"

Reizend? Ich schnaube fast. Und angenehm? Nicht gerade die Worte, die ich benutzen würde, um diesen Hundekampf zu beschreiben. „Oh. Ja", murmele ich und versuche zu begreifen, was da gerade vor meinen Augen geschieht. Ist er ... dieser wundervolle Engel ... wirklich dabei, meine Ehre zu retten?

„Marissa hat uns gerade alles über dich erzählt, Simon", sagt meine Mutter mit zuckersüßer Stimme. „Sie hat dir bestimmt von ihrer kürzlich erfolgten Trennung von Charles erzählt?"

„Oh, natürlich." Er legt eine Hand auf die Schulter meiner Mutter und das Merkwürdigste geschieht: Sie lässt es zu. Für gewöhnlich ist sie sehr eigen, wenn Fremde ihre Seidenkleider mit ihren fettigen Händen zerstören. „Dass ein Mann diese wundervolle Dame so behandeln kann, ist beschämend. Ich finde, dass Frauen respektiert werden sollen. Geschätzt. Verehrt. Angebetet."

Okay, das geht jetzt etwas zu weit. Aber warte ... ist das Sabber im Mundwinkel meiner Mutter? Sie fällt total darauf rein. Sie öffnet den Mund, aber nur ein träumerisches Seufzen entweicht ihr.

Ich werde wieder feucht, also scheine ich ihm auch auf den Leim zu gehen. Simon legt einen Arm um mich. Er zieht mich nahe an sich heran, sodass ich seinen Körper an meinem spüre. Und dieses Aftershave ... o Gott. Ich würde mich nicht daran stören, von ihm angebetet zu werden, selbst wenn es nur für eine Nacht wäre.

Aber ehrlich, die Frauen müssen Schlange stehen, um am heißbegehrten Ende seiner Anbetung zu stehen, wenn er so gut schauspielern kann.

Warte.

Schauspieler.

Ich zucke zusammen und sehe zu ihm auf. Heilige Scheiße. Larissa macht sich immer über mich lustig, weil ich kitschige Fernsehserien liebe. Und plötzlich dämmert es mir, dass Simon Richards der männlichen Hauptrolle in *Alien Love* sehr ähnlich sieht. Die Heldin, Candace Porter, gespielt von der wundervollen Ava Brice, ist eine gewöhnliche Kellnerin, die einen Alien des Planeten BORG-18 trifft, der – à la *ET* – verwaist ist. Ihre Aufgabe ist es, ihn nach Hause zu bringen, während sie offiziell von der Regierung gejagt werden. Doch während sie ihm hilft, verlieben sie sich. Es ist dampfend, sexy und heiß – aber auch kitschig wie sonst etwas, aber was soll's.

Simons Haut ist nicht grün gefärbt, er trägt eine Narbe, die nicht überschminkt wurde, spricht in englischem Akzent und nicht wie ein Alien und trägt mehr Kleidung als gewöhnlich – aber er ist es. Er ist Borg, der heiße Alien mit dem sich kräuselnden Bizeps vom Planeten BORG-18.

Kein Wunder, er ist so gut darin. Er ist ein verdammter Schauspieler.

Nur habe ich den Abspann auf dem Bildschirm gesehen und der Name des Schauspielers, der Borg spielt, ist Simon *Dale* – nicht Simon *Richards*.

Er nutzt vermutlich einen Künstlernamen. Viele Schauspieler tun das.

Dennoch ist es schwer, sicher zu sein. Die einzigen Bilder, die ich von Simon Dale gesehen habe, waren verschwommene Fotos in Boulevardzeitschriften oder Aufnahmen, in denen er Sonnenbrille und Baseballkappe trägt. Er ist entweder außergewöhnlich gut darin, Paparazzi zu meiden, oder die Welt teilt meine Faszination mit ihm nicht. Zum Teufel, ich habe schon seit einiger Zeit über mein eigenes Zusammentreffen mit Borg fantasiert.

Obwohl er es schafft, Fotos aus dem Weg zu gehen, erinnere ich mich vage daran, gehört zu haben, dass Simon Dale jede einzelne der weiblichen Hauptrollen gedatet (und abgeschossen) hat. Ava Brice ist die einzige, deren Namen mir etwas sagt.

Könnte dieser vornehme britische Adonis tatsächlich derselbe Mann sein?

Ich betrachte ihn eindringlicher und bin überzeugt, dass ich recht habe.

Heilige Mutter der Barmherzigkeit.

„Das ist wunderbar, Mr. Richards. Unsere Marissa ist unser Augapfel und verdient einen guten Mann", sagt Mom endlich.

Beinahe rolle ich mit den Augen, denn als ich das letzte Mal nachgeschaut habe, dachte meine Mutter noch, dass ich es verdiene, über heiße Kohlen geharkt zu werden. Doch ich bin zu beschäftigt damit, durchzudrehen – ich stehe neben Simon Fucking Dale!

„Mit was verdienen Sie ihren Lebensunterhalt?", fragt Mom.

Anscheinend ist meine Gabe, Bad Boys anzuziehen – und von ihnen angezogen zu werden –, noch immer sehr stark.

Oh, nein. Oh, nein nein nein.

Die meisten Menschen finden es vielleicht aufregend, einen Schauspieler zu treffen, meine Mom nicht. Mein Vater hat viele Geschäftsbeziehungen zu Hollywoodgrößen, aber meine Mutter rümpft sogar darüber die Nase. Vielleicht sähe die Sache anders aus, wenn sie Leonardo diCaprio treffen würde. Aber nicht der Adonis-Alien-Schauspieler einer zweitklassigen TV-Show, der für seine sich kräuselnde Muskulatur und seine Liebesaffären bekannt ist – nicht dafür, Oscar Potenzial zu haben. Ich starre ihn an und versuche via Telepathie mit ihm zu kommunizieren, doch er sieht mich nicht einmal an.

„Ich führe mein eigenes Geschäft. Ziemlich trocken, um ehrlich zu sein."

Mein Herz hört auf zu schlagen, als warte es auf den Zusammenbruch des Kartenhauses. Doch es bleibt stehen. Er dreht sich zu mir und schaut mich mit diesen Augen an. Können ozeanblaue Augen glühen? „Sag nicht wieder nein, Liebling. Ich will dich heute Abend bei mir haben."

Mein gesamter Körper zittert. *Ich will dich.* Selbst wenn er ein zweitklassiger Schauspieler ist – er ist verdammt überzeugend, denn meine Nippel kitzeln und mein Körper summt für ihn.

Meine Mutter stößt ein weiteres träumerisches Seufzen aus. Es steht ihr ins Gesicht geschrieben: Charles wer? Sie legt einen

Arm um uns beide und schiebt uns näher zusammen. „Naja, wir sind hier fertig. Warum nimmst du Marissa nicht jetzt schon mit?"

Fantastisch. In diesem Szenario komme ich mir wie ein Hund vor. „Warte. Was?"

„Exzellent. Ich bringe dich nach Hause", sagt er.

„Tust du?", frage ich. Zur gleichen Zeit meint meine Mutter: „Das wäre wundervoll."

Als ob er meine Anspannung spürt, nimmt er meinen Arm und murmelt mir ins Ohr: „Es ist nur eine Autofahrt."

Richtig. Eine Fahrt mit dem heißen Alien Borg. Könnte dieser Tag noch seltsamer werden?

Simon nickt meiner Mutter zu. „Ich werde mir vom Valet den Porsche bringen lassen."

Er joggt davon und meine Mutter grinst ihm idiotisch hinterher. Sie kneift mich in die Seite und plötzlich bin ich wieder ihre neue Lieblingstochter. Kenny und Larissa betreten den Flur. „Wer war das?", fragt Larissa.

„Marissas neuer Freund", sagt meiner Mutter. Ihre Stimme noch immer träumerisch, während sie in Simons Richtung blickt, der gerade mit dem Valet spricht. Sie sieht mich an. „Bring ihn dieses Wochenende mit nach Hause, damit er deinen Vater kennenlernen kann, okay, Liebes?"

Toll, jetzt hat sie auch einen britischen Akzent. Ich frage mich, was sie denkt, wenn sie je hört, dass er Alien spricht und seine sich kräuselnden Muskeln zur Schau stellt.

Das wird nicht passieren. Unmöglich.

Scheiße. Ich muss einen echten Freund finden, der meinen falschen Freund ersetzen kann, der meinen echten Freund ersetzt. Sofort.

Mom, Larissa und Kenny kehren in den Speisesaal zurück. Anstatt abzuhauen, bleibe ich aus irgendeinem Grund stehen, bis Simon zu mir zurückjoggt. Er nimmt meine Hand und bevor ich es realisiere, sind wir draußen und warten auf seinen Wagen.

Ich lasse ihn los und verschränke meine Arme. Mein Herz klopft und Unruhe erfüllt mich. Was habe ich mir nur dabei gedacht, bei der Sache mitzumachen? Ich bin vollkommen irre! Ich tue solche Dinge nicht, nehme keine Risiken auf mich, nicht mehr. Wieder und wieder sehe ich zu Simon hoch, dann auf den Boden und ich zappele so sehr, dass er wahrscheinlich denkt, dass ich pinkeln muss. Ein feuerwehrroter Porsche 911 Turbo fährt vor und er öffnet die Tür, bevor der Valet um den Wagen herumlaufen kann. Ich kann es nicht aufhalten. Ein Schauer läuft mir über den Rücken und ich nehme dieses Gefühl undeutlich als Aufregung wahr. Ich freue mich über das Risiko, das Simon und ich mit dieser Scharade auf uns genommen haben. Doch ich habe keine Ahnung, was als nächstes passiert. *Ruhig, Marissa. Du musst nur die Kontrolle behalten.*

„Ich weiß, wer du bist", murmele ich, als ich auf den butterweichen Ledersitz gleite.

„Glückwunsch", sagt er ohne viel Interesse. Er joggt zur Fahrerseite, gibt dem Valet Trinkgeld, zieht sich die Jacke aus und wirft sie hinter den Sitz, als er sich neben mich setzt. Ich weiß, dass er nicht auf meine Beine schaut, aber ich ziehe mir den Rock nach unten und versuche ihn in Richtung Knie zu schieben. Er schiebt sich eine Top Gun Sonnenbrille ins Gesicht. „Und wer bin ich?"

„Simon Dale. Oder besser, Borg. Aus *Alien Love*. Richtig?"

Er grinst, schaltet hoch und balanciert dann das Lenkrad mit seinem Ellbogen, als er sich die Manschettenknöpfe öffnet. „Das ist eine Überraschung." Er scheint nicht wirklich überrascht zu sein. Er ist ruhig, während mein Herz so laut klopft, dass es Gefahr läuft, direkt aus meiner Brust herauszuspringen. „Ich hätte dich nicht für den kitschigen Seifenoper Typ gehalten."

Ich suche in meinem Gehirn nach Worten. Wer hätte gedacht, dass mein Leben so laufen könnte – in einem Sportwagen mit Borg sitzend, der meine Mutter gerade mit einer ewig langen

Performance von den Socken gehauen hat? „Für was hältst du mich dann? Den hochnäsigen Country Club Typ?"

Jetzt rollt er sich die Ärmel seines blütenweißen Shirts hoch. Er scheint offensichtlich nicht der Typ zu sein, der sein gesamtes Leben in Anzügen verbringt. Anders als mein Vater, der von morgens bis abends zugeknöpft bis oben hin herumlaufen kann, ohne dass seine Krawatte verrutscht. Simon lacht laut und sexy. „Nicht im geringsten. Wenn jemand nicht in diesen Raum gehörte, dann warst das du."

Ich blinzele. Das ist lustig. Seiner Erscheinung nach zu urteilen – dreiteiliger, grauer Anzug und nach hinten gegeltes Haar –, schien er perfekt dort hineinzupassen. Aber ich nehme an, das macht einen Schauspieler aus … sie sind Chamäleons. „Was bedeutet das?"

Er grinst. „Ich wusste, du hast Feuer. Du bist nicht wie die anderen. Nicht von Wohlstand, Privileg, Status und all dem Quatsch besessen. Was mich, ehrlich gesagt, zu Tode langweilt."

Ich muss lachen. „Das kann ich sehen. Dieser Wagen ist so unglaublich dezent."

Er kichert und steigt aufs Gas, als wir auf den Freeway auffahren und an Geschwindigkeit gewinnen.

„Marissa, ich befinde mich in einer Art Zwickmühle."

Ah, richtig. Das ist der Part, an dem ich ihm für seine Hilfe zurückzahle. „Wer? Simon Richards oder Simon Dale?"

„Wir sind derselbe. Dale war der Mädchenname meiner Mutter."

„Und du denkst, ich kann dir aus deiner Zwickmühle heraushelfen?"

„Ich weiß, dass du helfen kannst. Die Umstände sind die, dass ich in einer Notlüge gefangen bin."

Ich schaudere und denke an Charles. Er dachte vermutlich, dass seine Lüge auch von frommer Art war. So klein, dass sie nicht wirklich zählte. Bis sie zu einem großen, leuchtenden Ball des Betrugs wurde. „Ich glaube nicht an Notlügen. Alle Lügen zählen."

„Normalerweise würde ich dir zustimmen. Aber manchmal können wir einfach nicht anders. Du weißt, was ich meine, oder? Diese folgenlosen Lügen, die man erzählt, bis man sich entscheidet, wie man das Problem angeht?"

Ich werde rot und erinnere mich daran, wie ich gelogen habe, um mir meine Mutter vom Hals zu schaffen. Er hat mich also durchschaut. Obwohl ich Gefahr laufe, unter seiner Führung alles zu tun, zwinge ich mich zu einer starken Stimme.

„Okay, Mr. Richards-Dale. Wie genau kann ich dir aus deiner *folgenlosen* Lüge heraushelfen?"

KAPITEL DREI

Marissa

Simon schielt herüber und studiert mich intensiv, bevor er einatmet und mit den Schultern zuckt. „Du sagst selbst, dass du weißt, wer ich bin. Also bist du dir wahrscheinlich bewusst, dass ich den Ruf eines ... Playboys habe?"

Ich verlagere mich in meinem Sitz und murmele: „Dessen bin ich mir bewusst."

Die Erwähnung seines Playboyrufs erinnert mich daran, wie weit ich von meinem Vorhaben, keine Risiken mehr einzugehen, abkomme. Ich atme tief ein und rufe mir ins Gedächtnis, lieber die Art von Frau zu sein, die meine Mom gern in mir sehen würde.

Als ich meinen Mund das nächste Mal öffne, habe ich meine Stimme besser unter Kontrolle. „Ich weiß nicht, wie ich dir mit deinem Ruf helfen kann, Simon."

„Hab Geduld! Ich war im Club, um mich mit Produzenten zu treffen. Du hast vielleicht von ihnen gehört. Arnold Noble und Edward Spires? Von Noble und Spires?"

Natürlich. Die beiden sind ja nur das erfolgreichste Produzentenduo Hollywoods, das je existiert hat. Die Hälfte der Oscargewinner des letzten Jahrzehnts stammt aus ihrer Feder. „Sie waren im Club?"

„Ja, waren sie."

Das ist tatsächlich keine große Überraschung. Obwohl ich die Männer noch nie selbst getroffen habe, mein Vater hat es und viele berühmte Leute gehen in den Country Club. Aber wie Simon erkenne ich Noble und Spires an ihren Namen, nicht ihren Gesichtern.

„Sie arbeiten gerade an ihrem neusten Projekt. Es ist eine epische Romanze während des Bürgerkriegs und dreht sich um einen Soldaten der Nordstaaten und die Tochter eines Generals der Südstaaten."

Ich nicke. *Perfekte Vereinigung*, soll der Film heißen, denke ich. Ich habe gehört, noch nie hat ein Film mehr Budget gehabt als dieser.

„Ich möchte die Hauptrolle."

„Wirklich?" Mein Fan-Ich übernimmt und stößt das Wort aus, bevor ich bemerke, dass ich wie ein Teenager klinge. „Ich meine, Glückwunsch."

„Glückwünsche sind zu diesem Zeitpunkt voreilig. Der Casting-Direktor übt Druck aus, Liam Hyatt die Rolle zu geben, weil ein großer Name ein Kassenmagnet ist. Doch zuvor meinten sie, dass sie eine Ausnahme machen würden, falls sie den richtigen, unerprobten Schauspieler fänden, der eine starke Leinwandpräsenz und intensive Chemie mit Dakota hat."

Wie ein Goldfisch ohne Wasser schnappe ich mittlerweile nur noch nach Luft. „Dakota?"

„Dakota Drake? Nettes Mädchen. Kennst du sie?"

Ich nicke benommen. Wer hat nicht von ihr gehört? Ich blicke auf die nackte Haut meines Armes und frage mich, ob jetzt ein guter Moment wäre, mich zu zwicken. Ich entscheide mich dagegen. Wenn das ein Traum ist und der wunderschöne Borg aus

Alien Love mich nicht wirklich nach Hause fährt – warum würde ich aufwachen wollen? „Ähm, okay. Wofür brauchst du meine Hilfe?"

„Mein Agent ist dabei, sie zu bearbeiten. Ich hatte ein Vorsprechen. Habe sie und den Casting-Direktor genug beeindruckt, um ernsthaft für die Rolle in Betracht gezogen zu werden. Aber mein Treffen heute war ein nachweisliches Desaster. Sie haben Bedenken bezüglich meines Rufes ausgedrückt, sind zu Tode verängstigt, dass ich irgendwie einen Schatten auf das Projekt werfen könnte. Ich geriet in Panik. Erzählte ihnen, dass ich eine feste Freundin hätte und meine Playboy-Tendenzen gezähmt seien. Natürlich wollten sie meine Freundin treffen, und als ich zögerte ..."

Erleuchtung. Er sagt nicht, was ich denke, das er sagt, oder?

Er lockert die charakteristische lila Krawatte um seinen Hals, zieht sie ab und wirft sie hinter die Sitze. „Also, ich brauche eine Freundin und basierend auf dem, was meine Schwester mir erzählt hat, brauchst du einen Freund. Mein Vorschlag: Wie spielen die besseren Hälften des jeweils anderen, bis wir beide haben, was wir wollen. In meinem Fall, die Rolle. In deinem, deine liebenswerte Mom zu beruhigen."

O mein Gott. Er *meint* tatsächlich, was ich denke, das er meint.

„Was denkst du?", fragt er mit weicher und magnetischer Stimme. „Interesse, Marissa?"

Aber hallo habe ich Interesse, denke ich. *Ich habe Interesse an einem echten Kuss von dir, echten Berührungen, echten Sex in deinem echten Bett ...*

Ich antworte nicht. Ich weiß nicht, ob ich überhaupt antworten kann. Ich weiß nicht einmal, ob ich antworten sollte, denn die Chancen stehen gut, dass ich laut ausspreche, was ich gerade gedacht habe, und das würde mich wirklich direkt in ein frühes Grab befördern.

„Du überschätzt mich", sage ich. „Ich kann nicht halb so gut spielen wie du. Außerdem hat mein Vater Verbindungen nach Hollywood und kennt Noble und Spires."

„Wie gut? Gut genug, um das Liebesleben seiner Tochter mit ihnen zu diskutieren?"

„Vermutlich nicht. Aber …"

„Dann sind die Chancen gut, dass unsere kleine ‚Beziehung' nie Thema wird. Und wenn man bedenkt, wie du deine Mom im Club abgewickelt hast, habe ich Vertrauen in dein Schauspielkönnen."

„Wirklich?", frage ich trocken. „Wenn du zugehört hättest, wüsstest du, dass ich meine Mutter alles andere als im Griff habe."

Er zuckt mit den Achseln. „Mütter und ihre Kinder. Ein schwieriges Thema, was?"

Ich nicke bloß.

Er schaltet wieder hoch und ich bemerke ein Tattoo auf seinem jetzt nackten, starken Unterarm, das sich dort mit den blassen, blonden Haaren vermischt. Die falschen – oder *richtigen* – Stellen meines Körpers beben. Obwohl mein Kopf nein sagt, schreit jede Pore meines Körpers JA, ZUM TEUFEL.

Ich hätte nie gedacht, mit ihm in einem Wagen zu sitzen. Mit ihm über meine Aushilfe in einer Rolle zu sprechen, die später Dakota Drake ausfüllen wird.

Ist das wirklich mein Leben?

Ich blicke zum ersten Mal aus dem Fenster. Wir bewegen uns in die entgegengesetzte Richtung meines Hauses. „Ähm, ich wohne in dieser Richtung", ich zeige hinter uns.

„Ah." Er schwenkt über drei Spuren und nimmt die nächste Ausfahrt, ohne dass sich sein Atem auch nur beschleunigt. „Also bist du dabei?"

Nein! Sag nein! „Ich weiß nicht. Vorspielen … ich meine … wie weit müssen wir gehen? Nur ab und an zusammen erscheinen, bis du die Rolle bekommst?"

Er zwinkert mir über die Ränder seiner dunklen Sonnenbrille

zu. „Wir können so weit gehen, wie du möchtest, Liebling. Ich bin für alles bereit. Ich bin ein besonderer Fan von ‚alles'."

Es ist eine billige Anmache, aber aus seinem Mund klingt es aufreizend. Ich werde rot, bin zwischen Lust, Belustigung und Schrecken hin und her gerissen. Männer reden nicht mehr so mit mir – warum sollten sie auch? Ich rannte für gewöhnlich vor Bad Boys weg und seit dem College war ich mit Charles zusammen. Nicht mal er hat so mit mir geflirtet.

Ich ertappe mich dabei, Simon anzustarren und dabei laut zu atmen. Ich muss hier weg, bevor ich mich vollständig zum Narren mache. Doch er ist bereits wieder auf dem Freeway. „Entschuldige mich – oder sollte ich sagen, entschuldige dich? Es interessiert mich nicht, ob du Bock auf diese Rolle hast. Ich werde nicht geil, weil ein zweitklassiger Playboy-Schauspieler mit riesigem Ego mit mir flirtet. Und ich bin kein Flittchen, mit dem du schlafen kannst, nachdem du so mit mir geredet hast. Ich bin nicht – ich bin nicht diese Art von Frau." Ich weigere mich, erneut diese Art von Frau zu sein. Das letzte Mal wäre ich fast gestorben wegen dieses Scheißkerls von Freund, der mich in dem Autowrack zurückließ, nur um seinen eigenen Arsch zu retten. Meine Stimme zittert, aber ich muss zugeben, dass es sich großartig anfühlt, ausnahmsweise einmal für mich selbst einzustehen. Es tun zu können, ohne unangenehme Auswirkungen zu erleben. Aber mein Kopf flüstert mir auch zu, dass ich kein dümmlicher Teenager mehr bin. Dass Simon nicht Brian Hall ist und ich gewisserweise mein altes Ich ausleben darf. Nur dieses Mal verfüge ich über den Vorteil gesammelter Erfahrungen. Ich sage dieser Stimme, die Klappe zu halten. Ich hebe mein Kinn an und fordere ihn heraus, ärgerlich zu werden. Zu meiner Überraschung lacht er.

„So liebenswert kratzbürstig. Es ist schön zu sehen, dass du sehr wohl für dich sprechen kannst. Du bringst mich beinahe dazu, dich verärgern zu wollen, damit ich diese patzige Stimme noch einmal höre."

Patzig? Patzig! Gott, ich will diesem Mann eine reinhauen und ihn gleichzeitig küssen. „Ich bin nicht patzig. Und das ist meine Ausfahrt."

Er schaltet runter und wir verlassen den Freeway. Noch ein paar Minuten und ich werde wieder getrennt von ihm sein.

Verdammt.

Simon grinst immer noch. „Du, Miss Woodcrest, bist patziger als die Königin von England. Aber zu deinem Glück stehe ich auf Frauen, die mich dafür arbeiten lassen."

Ich blicke finster drein. „Ich versuche nicht, dich dafür arbeiten zu lassen. Ich sage dir, dass ich kein Interesse habe."

Lügnerin.

Er lässt seinen Blick über mich wandern. Noch nie war mir die Bedeutung ‚jemanden mit den Augen auszuziehen' klar gewesen – bis jetzt. Ich ziehe an meinem noch immer feuchten Rock und presse meine Beine zusammen, aber er blickt einfach hindurch. „Und dennoch scheint dein Körper eine andere Sprache zu sprechen." Seine weiche Stimme schlingt sich um mich, seidig und verführerisch. „Du atmest schnell und bist am ganzen Körper rot. Und ich kann deine Nippel durch deinen Pullover sehen, als würden sie mich anbetteln, berührt zu werden."

Mein Mund steht sperrangelweit offen. Ich verschränke meine Arme über meinen Brüsten. „Du, mein Lieber, bist ein Arsch", zische ich. „Das ist meine Einfahrt. Bieg ein und lass mich raus."

Ich warte darauf, dass er mich als Bitch bezeichnet – das hätte Charles getan –, aber Simon ist nicht Charles. Er lächelt weiter, ohne im Mindesten beleidigt zu sein. Er nimmt die Einfahrt vor meiner Hütte und parkt vor der Tür. Als ich mit dem Gurt strauchle, beugt er sich rüber, um mir zu helfen. Sein Körper presst sich an meinen. Es ist eine leichte Berührung wie die eines Schmetterlingflügels. Doch mein Körper fängt Feuer. Ich erstarre und lehne mich in seine Berührung.

VIRNA DEPAUL

„Du hast meine Frage nie beantwortet: Wirst du meine Fake-Freundin sein, Marissa?"

Mein Körper schreit, ja ja ja! Aber ich kann nicht. Ich kann mich nicht so verwirren lassen. Ich weiß, wie das enden wird. Und es wird schlimm enden. Bad boys haben ihren Namen aus einem Grund. Sie sind schlecht. Sehr schlecht.

„Ich kann nicht", flüstere ich. „Es klingt wie ein entstehendes Desaster."

„Schlimmer, als dich von deiner Mutter belästigen zu lassen, mit deinem Ex zusammenzukommen?"

Ich zucke. „Naja, vielleicht nicht."

Simon zieht sich zurück, um mir Luft zum Atmen zu geben, und ich muss zugeben, dass ich etwas traurig bin.

„Ich treffe mich mit Noble und Spires zum Abendessen. Meine letzte Chance, sie auf meine Seite zu ziehen. Wenn du deine Meinung änderst…"

„Werde ich nicht. Aber du kennst sicher andere Frauen, die bereit wären, deine Freundin zu spielen."

Er fährt mit seinen Fingern durch sein Haar. „Ich habe eine lange Liste an Frauen, die mich liebend gern ins Bett nehmen würden, ja", sagt er ohne Stolz, nur faktisch. „Aber sie sind nicht gerade die Art Frau, die diese Produzenten beeindrucken könnten. Ich brauche jemand Zurückhaltendes, sozusagen das wohlgeratene Mädchen von nebenan…"

Ich weiß nicht, ob ich geschmeichelt oder genervt sein soll. „Vielleicht brauchst du einen besseren Frauengeschmack", erwidere ich.

Er sieht mich an, langsam und wohlüberlegt. „Du bist ganz nach meinem Geschmack im Moment. Deshalb meine vorherige und, zugegeben, vorlaute Aussage, dass ich es gerne mit dir tun würde. Ich würde es *dir* wirklich gerne machen. Und wir können Notlügen und Gefallen außen vor lassen."

Ich keuche. Ich muss aus diesem Wagen raus, nicht weil ich von ihm weg möchte, sondern weil ich diese seltsame, magneti-

30

sche Anziehung spüre. Noch mehr Aussagen wie diese und ich breche in Flammen aus.

Aber es ist nicht echt. Es ist nicht sicher. Es ist nicht meine Welt. Ich schließe die Augen, atme tief ein und öffne die Wagentür. Dann zwinge ich mich zurück dorthin, wo ich hingehöre, wissend, dass sein Blick die ganze Zeit auf meinem Arsch liegt.

Dann bekomme ich die Nachricht.

KAPITEL VIER

Simon

Gerade als ich mich mit meiner Niederlage auseinandersetze, mir sage, dass ich die Aussicht dieses herzförmigen Country-Club-Goldstück-Arsches genießen sollte, so lange ich kann – wenn auch nur von weitem, weil ich ihm nie so nahe kommen werde, wie ich gehofft hatte, um meine Zähne darin zu versenken –, macht sie kehrt und eilt zurück zum Porsche, so schnell es ihre High Heels zulassen.

„Komm rein", sagt sie und beißt sich auf die Lippe, während sie nervös mit ihrer Perlenkette spielt.

Sie muss mich nicht zweimal fragen. Nachdem ich sichergestellt habe, dass mir keine Paparazzi-Busse gefolgt sind – das ist schon zu meiner zweiten Natur geworden –, verlasse ich den Porsche und gehe im Laufschritt die Einfahrt hinauf. „Wo brennt's denn, Liebes?"

Sie bleibt mit dem Schlüssel am Türgriff hängen und braucht drei Versuche, um die Tür zu öffnen. „Halt das", sie gibt mir ihr Handy.

Ich sehe das Problem sofort. Jemand, eine Larissa, die die verkniffene Schwester sein muss, neben der Marissa gesessen hatte – verdammt, wie sadistisch müssen Eltern sein, um ihren Kindern sich reimende Namen zu geben? –, hat ihr eine Nachricht geschickt: **Wollte dich warnen, Mom kommt vorbei. Du schuldest mir was.**

Marissa schafft es endlich, die Tür zu öffnen, und zieht mich fast nach drinnen. „Bleib einfach hier. Für eine Weile." Sie kickt ihre High Heels weg und sieht sich hilflos um. „Ich mache Kaffee."

„Ich hätte gerne etwas Stärkeres." Als ich mich in ihrer kleinen Hütte umsehe, kann ich sofort erkennen, dass unser Country-Club-Liebling ein Problem hat. Bodice-Ripper Romane und Unterhaltungsmagazine liegen auf jeder Oberfläche ihres Wohnzimmers und ihr Fernsehgerät nimmt fast die ganze Wand ein.

„Ich habe Wodka."

„Auf Eis." Ich wandere zu ihrem Zimmer und blicke nach draußen. Sie hat direkte Sicht auf den Strand.

Mit zwei Gläsern in der Hand kommt sie aus der Küche und gibt mir eines davon. Sie ist gerötet. „Also …"

Ich nehme einen Schluck und hebe einen Finger in die Luft. „Keine Erklärung notwendig." Ich stelle das Getränk ab und beginne, mein Shirt aufzuknöpfen.

Ihr Blick weitet sich und sie wendet sich schnell ab. „Oh! Was tust du?"

Ich grinse. Sie ist kein Kind und dennoch scheint sie so verdammt unschuldig. Es ist unglaublich sexy. Ich ziehe mir mein Shirt aus und mache mit der Hose weiter. „Ich gehe sicher, dass deine Mutter bekommt, wofür sie gekommen ist. Den Beweis, dass wir tatsächlich ein Paar sind." Ich zeige auf den Reißverschluss. „Möchtest du helfen?"

Sie wird hinreißend rot. „Nein!"

Ich ziehe mir die Hosen aus und werfe sie auf das überfüllte Ledersofa. „Komm her."

Ihr Blick ist verwirrt an meinen Schritt geheftet und ich kann spüren, wie ich in den Grenzen meiner Boxershorts anschwelle. „O mein Gott", flüstert sie. „Was … ich …"

Ich nehme ihr Handgelenk und ziehe sie an mich. Die Röte wandert ihren Hals hinunter, unter den Pullover, und ich frage mich, ob sie am ganzen Körper rot ist. Ihr Blick bleibt nun an einem Spinnen-Tattoo auf meinem Brustkorb hängen, das ich mir in meiner Jugend habe stechen lassen. Ich nehme an, dass das selbst für den feurigsten *Alien Love* Fan schockierend sein muss, wo das grüne Make-Up doch all meine Tattoos abdeckt. Ich frage mich, wie es sich anfühlen würde, wenn ihre Hände statt ihrer Augen meinen Körper abtasten. Doch ihre Hände sind verkrampft, die eine um ihr Glas, die andere an ihrer Seite. Sie nimmt einen zitternden Schluck Wodka.

Gut. Noch etwa ein Dutzend mehr und vielleicht kommen wir dann ins Geschäft.

Ich greife nach ihrem Haar und löse die Spange, die es zurückhält. Ihr dunkles Haar fällt ihr über die Schultern. Ich fahre mit meinen Fingern durch die Strähnen und bringe sie durcheinander. Dann beginne ich damit, die winzigen Perlknöpfe ihres Kaschmir-Pullovers aufzuknöpfen. Sie erwidert währenddessen nicht meinen Blick, aber sie bewegt sich auch nicht fort, was darauf schließen lässt, dass sie hier sein möchte. Auch wenn sie nicht zugeben kann, dass sie das hier will.

Ich enthülle ihr köstliches Dekolleté, einen beigefarbenen BH und … wer hätte es gedacht, die Röte ist überall. Ich will unbedingt meinen Kopf nach unten beugen und mein Gesicht zwischen ihren herrlich vollen Brüsten vergraben. Doch in diesem Moment klingelt es.

Ich betrachte sie – nicht schlecht, aber auch noch nicht gut. Gut wäre, wenn sie in diesem Moment auf meinem Gesicht sitzen und meinen Namen stöhnen würde. Doch noch ist Zeit. Ich grinse. „Gestatte mir."

Sie öffnet den Mund, um zu protestieren, doch ich öffne die Tür. „Oh, hallo, Liebes", sage ich in meiner charmantesten Stimme.

Ich nehme an, das ist weder fair noch Gentleman-like. Schließlich liegt Herzversagen in der Woodcrest-Familie, wie June den gesamten Club vorhin ausführlich informiert hat. Ich wollte nicht lauschen, aber diese Frau hat ein Stimmorgan. Ihre Augen wandern von meinem Gesicht zu meiner Brust und bleiben an der Ausdehnung in meinen Shorts hängen. Wie die Mutter, so die Tochter, denke ich amüsiert. Zumindest in dieser Hinsicht.

„O mein Gott", flüstert June träumerisch.

„Wir hatten nicht mit Besuch gerechnet. Ihre Tochter und ich waren gerade beschäftigt", zwinkere ich. „Kann ich etwas für Sie tun?"

Marissa taucht hinter mir auf und blickt nach draußen. „Mom?", fragt sie. „Alles in Ordnung?"

June blinzelt und verlässt ihren Dunstschleier. „Oh. Ja. Ja! Ich bin nur hier, um …" Sie blickt nach unten auf ihre offensichtlich teure Handtasche und sucht nach einer Ausrede. Dann quasselt sie los: „… Sie zum Abendessen im Club einzuladen! Morgen! Wir werden erneut dort essen, dieses Mal mit Marissas Vater."

Ich lächle sie graziös an und lehne mich an den Türpfosten, sodass sie einen guten Blick auf meine Nacktheit und die, von ihrer Tochter inspirierten, Erektion bekommt. „Oh, das wäre wundervoll." Ich blicke zu Marissa und bemerke, dass sie versucht, ihren kleinen Pullover zuzuknöpfen. Ich schiebe ihre Hand weg – die fantastischen Titten müssen so oft wie möglich nackt sein. „Denkst du nicht auch, Marissa?"

Sie nickt abwesend und greift wieder zu ihrem Ausschnitt. Ich nehme ihre Hand und halte sie fest.

„Sie können uns von Ihrer Arbeit erzählen", sagt June. „Woher

Sie kommen, alles. Und alles über England. Haben Sie je Kate Middleton getroffen?"

Marissa rollt mit den Augen – ich frage mich, ob sie weiß, was sie da tut, so bedacht, wie sie immer darauf ist, ihre Mutter eines Tages zu ersetzen – und ich beiße mir in die Wange, um nicht loszulachen.

„Ich bin nicht mit der königlichen Familie in Bekanntschaft, aber ich habe mehr als einmal mit ihrem Butler Wasserpolo gespielt", sage ich todernst. Fürs Protokoll, ich habe noch nie Wasserpolo gespielt und sicherlich nicht mit jemandes Butler.

June realisiert nicht, dass ich sarkastisch bin, und es ist offensichtlich, dass ich sie um meinen Finger gewickelt habe. Ich habe das Gefühl, sie plant bereits meine und Marissas Hochzeit und sucht sich Namen für unsere fünf Kinder aus. Wenn sie nur wüsste, wer ich wirklich bin …

„Naja, wenn Sie uns entschuldigen. Ihre Tochter und ich haben da ein Projekt, dem wir uns widmen müssen." Ich flüstere den letzten Teil verschwörerisch mit einem zweideutigen Wackeln meiner Augenbrauen. Dann bedeute ich June, sich zu verabschieden.

June kichert. „Oh, ja, natürlich. Auf Wiedersehen, Simon. Es war wundervoll, Sie kennenzulernen."

Als ich die Tür schließe und nach hinten blicke, erwarte ich von Marissa, mir zu danken.

Sie ist so rot wie Cranberry-Sauce und kann mir immer noch nicht in die Augen sehen. „O. Mein. Gott." Sie bedeckt ihr Gesicht mit ihren Händen. „Meine Mom denkt, du und ich …"

„Ficken?" Ich lächle, als sie es nicht einmal über sich bringt, das Wort auszusprechen. Sie ist wie ein köstlich unschuldiges Schulmädchen. „Jup."

Sie lässt sich auf die Couch fallen und vergräbt ihr Kopf unter einem Kissen. „Ich will sterben."

„Ich hatte eigentlich gehofft, wir würden dort weitermachen, wo wir aufgehört haben."

Ihr Blick weitet sich und ich lache fast, als ich ihren Gesichtsausdruck sehe. Sie ist hingerissen. Doch dann schüttelt sie ihren Kopf. „Ich kann nicht, Simon. Es tut mir Leid. Aber wäre es unfair, wenn ich …"

„Wenn was?"

„Wenn ich dich bitten würde, etwas länger zu bleiben? Nur für den Fall … du weißt schon …" Sie winkt ab.

„Du denkst wirklich, deine Mutter würde dein Haus beobachten, um zu sehen, ob ich gehe?"

Sie zuckt mit den Schultern. „Siehst du das Problem mit Notlügen?"

„Aber du wolltest meine Hilfe. Heißt das, du ziehst es in Betracht, mir auch zu helfen?"

Sie zögert. „Ich denke wirklich nicht, dass ich es kann. Aber wenn du bleibst … ziehe ich es in Betracht."

Ich grinse. „Das reicht mir." Ich hüpfe über die Sofalehne und mache es mir bequem.

Sie rutscht ans andere Ende der Couch, so weit weg von mir wie möglich, leert ihren Wodka und starrt in ihr leeres Glas. Ihr die Röte ins Gesicht zu treiben, scheint meine neue Lieblingsbeschäftigung zu sein.

Ich denke, eine Berührung würde sie wie eine Rakete an die Decke schießen lassen. Also tue ich es natürlich. Ich strecke meine Hand aus und streiche ihr das Haar aus dem Gesicht.

Jup. Sie zuckt nicht nur zusammen – ihr Kopf streift nahezu an der Decke, so angespannt ist sie.

„Entspann dich, Liebes. Stör dich nicht an mir. Was würdest du normalerweise tun, wenn ich nicht hier wäre?"

Sie sieht auf. „Ich würde … fernsehen", murmelt sie beschämt.

Ich nicke. „Dann tu das."

Sie blickt mich an und greift dann vorsichtig nach der Fernbedienung, als würde ich ihr eine Falle stellen. Ich schenke ihr einen unschuldigen Wimpernschlag. Sie schaltet den Fernseher an und natürlich läuft die brandneue Episode von *Alien Love*.

Marissa muss die Serie am vergangenen Abend aufgezeichnet haben. Ich schaue mich normalerweise nicht selbst im Fernsehen an, aber es sieht so aus, als befänden wir uns in der Episode, wo Candace Porter, die Figur, die von Ava Brice gespielt wird, und ich uns in einem Trailer Park in der Wüste verstecken. Und es ist so heiß, dass wir beide kaum etwas tragen. Das Make-Up-Team musste uns ständig mit Baby Öl einreiben, damit wir vom ersten bis zum letzten Take vor Schweiß glitzerten. Jetzt verstecken Ava und ich uns unter dem Trailer eines argwöhnischen Nachbarn und wir machen miteinander rum. Ich schiele zu Marissa und lache, weil ihre Röte zurück ist. Sie bewegt sich, als wolle sie den Kanal wechseln, doch ich kann sehen, dass sie weiterschauen will. Ihr Blick ist an den Bildschirm geklebt.

„Lass es an, Liebes", sage ich mit einem Zwinkern. „Ich will wissen, was passiert."

Sie atmet ein und legt die Fernbedienung zu Seite. Dann lehnt sie sich zurück, sieht aber noch immer nicht entspannt aus. „Du schaust dich also gerne selbst im TV an?"

„Das tue ich ehrlich gesagt fast nie." Ich grinse sie an. „Schaust du mich gerne an?"

Sie beißt sich auf die Lippen, starrt geradeaus auf den Bildschirm und saugt meinen nackten Körper dort auf, da sie es nicht über sich bringt, den echten für mehr als eine Sekunde anzublicken. „Ich habe keine Episode verpasst. Aber es war besser, bevor ihr zusammen gekommen seid. Du weißt schon, all die sexuelle Anspannung und die Frage werden-sie-oder-werden-sie-nicht. Selbst mit grüner Haut bringst du nahezu jedes Mädchen im Land zum Sabbern …" Sie muss bemerkt haben, dass sie abwesend vor sich hin brabbelt, denn plötzlich schüttelt sie den Kopf. „Gott! Ich kann nicht glauben, dass das wirklich passiert. Ich meine, du, hier. Du musst die liebäugelnden Mädchen satt sein."

Ich kann nicht anders, als amüsiert zu sein. Sie ist angetörnt, ihre Nippel, die sich durch den Pullover drücken, sind ein eindeutiges Indiz. „Marissa", sage ich sanft. „Sieh mich an."

Sie schüttelt den Kopf.

„Marissa …"

Es kostet sie offensichtlich all ihre Kraft, denn sie presst die Zähne zusammen, als sie sich zu mir dreht. Die Röte wird tiefer, als sie meinen nackten Körper sieht. Verdammt, sie ist so süß und unschuldig.

Ich lächle sie unverfroren an. „Ja, ich bin es gewohnt, dass Frauen mich wie einen Augenschmaus behandeln. Und wie du sagst, kann das ermüdend sein. Aber wir sind hier, alleine, und keine sagt uns, was wir tun oder nicht tun sollen. Es würde mich nicht stören, wenn du mich nicht nur mit den Augen aufisst. Schmecke, was du möchtest. Es wird unser Geheimnis bleiben."

Sie keucht schockiert, aber in dem Geräusch befindet sich ein ebenso großer Anteil an Freude. All die Ausgaben des People Magazins, die sie herumliegen hat, legen nahe, dass sie es mag, indirekt die Leben der Prominenten mitzuleben. Vielleicht würden ihre zugeknöpfte Familie und ihr betrügender Freund es nicht gutheißen, wenn sie selbst etwas wild werden würde. Aber ihr hungriger Blick sagt mir, dass sie es in sich hat.

Sie braucht nur die richtige Person, um es freizulassen.

Ich nehme zärtlich ihre Hand und lege sie genau darauf, wo ihr Blick liegt. Ein weiteres Tattoo – dieses Mal ein Totenkopf – auf meiner Brust. Ihre Finger sind kalt, aber werden in meiner Berührung warm, und ich atme ein, als sie mich sanft streichelt. Ihre Hand bewegt sich, spürt jede Sehne. Sie lässt sich darauf ein.

Dieses Mädchen. Ich wusste, sie hat es in sich.

„Wie lange ist es her, seitdem du eine waschechte Petting-Session hattest, Marissa? Eine, von der du wusstest, dass sie nicht weit gehen würde, aber weit genug, sodass du einfach nicht widerstehen konntest?"

Sie atmet bebend ein. „Ich … ich bin nicht sicher, was du meinst."

„Nein? Hattest du in der Highschool nie einen Jungen, der über dir hechelte, wissend dass er nicht in deine Höschen kommen würde, aber bestrebt war, dir trotzdem Vergnügen zu bereiten?"

Sie leckt sich ihre vollen Lippen und schüttelt den Kopf. „In meiner Erfahrung verlieren Jungs wie Männer keine Zeit mit irgendetwas, das nicht dazu führt, was sie am meisten wollen. Sowohl im Bett als auch außerhalb. Und wenn sie fertig sind, sind sie fertig. Sie machen sich keine Gedanken darüber, wie sie dich zurücklassen."

Während sie spricht, wird mir klar, dass sie schlechte Erfahrungen gemacht haben muss. Vielleicht durch einen früheren Freund, der sie schlecht behandelte. Das gefällt mir gar nicht. Ich strecke meine Hand aus und drücke meinen Daumen an ihre schmollende Unterlippe. Sie keucht. „Weißt du, irgendetwas sagte mir, dass du das sagen würdest. Du hast definitiv etwas verpasst. Was hältst du davon, wenn ich mich für dich darum kümmere?"

Sie schüttelt den Kopf, nickt dann sofort. Sie ist es so gewohnt, das gute Mädchen zu sein. Fakt ist, je mehr ich mich zu Marissas überkorrekten Attitüde hingezogen fühle, desto eher sehe ich etwas in ihr – vielleicht ist es die Art und Weise, wie sie vor ihrer Mutter die Augen rollte, ohne es zu merken, oder die Tatsache, dass sie ab und zu bissige Kommentare von sich gibt –, das mir verrät, dass sie einen Teil eines Bad Girls in sich trägt. Und ich will mehr von diesem Mädchen sehen.

Ich lächle. „Komm her." Ich drehe sie und führe ihren Körper, sodass ihr Rücken an meiner Brust lehnt. Ich weiß, dass das ein frecher und schneller Schritt ist. Schließlich habe ich sie noch nicht einmal geküsst. Aber instinktiv weiß ich, dass Marissa keinen langsamen, zärtlichen Aufbau für sexuelle Intimität braucht. Sie will mich bereits. Um sie dazu zu ermutigen, diese Lust auszuleben, muss ich den normalen Lauf der Dinge umgehen und sie einfach so viel wie möglich *spüren* lassen.

„Pass auf, was ich auf dem Bildschirm mache. Wie ich sie berühre, als würde ich lieber sterben als von ihrem Körper weggerissen zu werden. So fühle ich mich in diesem Moment, an diesem Ort, mit dir."

Ihre Augen kleben wieder am Bildschirm, wo Ava und ich ziemlich rangehen, ihr Atem wird noch schneller.

„Ich will, dass du es sagst. Sag, dass ich dich will."

„Du – du willst mich", flüstert sie.

„Nicht sie, denn das ist nicht real. Aber hier und jetzt will ich dich. Sag es."

„Das ist nicht real. Du willst nicht sie, sondern mich", plappert sie wie ein Papagei gehorsam nach.

„Genau, gut gemacht. Jetzt werde ich dich berühren. Nur oberhalb deiner Kleidung. Und alles, was ich tue, ist zu deinem Vergnügen, Marissa. Sonst nichts. Darf ich dich berühren?"

Sie zögert nur zwei Sekunden, bevor sie energisch nickt. Dann tut sie etwas, was mich so hart werden lässt, dass ich beinahe Sterne sehe: Sie nimmt mein Handgelenk, führt meine Hand zwischen ihre Beine und spreizt leicht ihre Oberschenkel, um mir besseren Zugang zu verschaffen.

Ihr Rock ist bereits hochgerutscht und ich zupfe weiter daran, bin dabei absichtlich rau, was sie zum Stöhnen bringt, als sie sich an meine Brust zurücklehnt.

Ich umfasse sie durch ihre Höschen und stöhne. Sie ist so verdammt feucht. Ihre Titten heben sich. Ich streichle ihre Klitoris durch ihre Unterwäsche, zeitgleich mit meinen Vorstößen auf dem Bildschirm, bis sie ihr Zartgefühl ablegt. Sie beginnt, sich an meiner Hand zu bewegen.

„Ist das gut?", frage ich.

Sie nickt und stöhnt: „Mmmm."

Jetzt findet sie wirklich Gefallen daran, schließt ihre Augen und reibt sich die Brüste, während sie ihren Arsch an meiner Erektion reibt. Sie buckelt an mir und stöhnt: „O Gott. Mach weiter."

Ich wusste, dass sich ein wildes Mädchen unter der County-Club-Schale versteckt.

Sie ist schon nahe dran und das nur nach einigen Minuten. Ich frage mich, wie es sein würde, ihre Haut zu schmecken, in ihr zu sein. Aber für den Moment ist es genug zu sehen, wozu ich sie mit meiner bloßen Hand auf ihrer Kleidung bringen kann.

Die Antwort: Ich kann sie zu einem bebenden, schreienden Orgasmus bringen. So schnell, dass es mich irgendwie schockiert. Sie versenkt ihre Fingernägel in meinen ausgestreckten Schenkeln, während ihr Körper zittert und sie ihrer Lust stöhnend Ausdruck verleiht. Endlich, als ich ihren Orgasmus so lange wie möglich verlängert habe, fällt sie an mir zusammen.

Langsam bewege ich meine Hand ihren Körper hinauf, reibe ihren Bauch, dann ihre Titten und umfasse dann ihren Hals, als ich sie auf die Schläfe küsse. Immer wieder zittert sie und ich ertappe mich dabei, gefährlich zärtliche Gefühle ihr gegenüber zu haben.

Langsam dreht sie ihren Kopf und sieht mich an. Zu meiner Überraschung steht ihr keine Reue ins Gesicht geschrieben, nur Zufriedenheit. Sie lächelt verschmitzt. „Das war so gut. Willst du …“

Was auch immer sie sagen wollte – und ich bin ziemlich sicher, meine Antwort wäre JA, VERDAMMT gewesen –, wird unterbrochen, als ihr Handy mit einer weiteren Nachricht klingelt.

Fast sofort weicht die Verspieltheit aus ihren Augen und stirbt. Sie beißt sich auf die Lippe, hin- und hergerissen. Soll sie die Wirklichkeit ausblenden oder sich ihr stellen? Doch schlussendlich siegen alte Gewohnheiten.

„Ich – ich schaue besser nach, wer das ist“, sagt sie, bevor sie sich von mir löst.

Widerwillig lasse ich sie gehen.

Marissa

. . .

O mein Gott, o mein Gott.

Simon Dale, aka Borg, hat mich gerade mit magischen Händen zum Orgasmus gebracht.

Ich befinde mich zwischen Demütigung und der Überraschung meines eigenen Wagemuts.

Ich habe ihn erst kennengelernt und trotzdem war die Anziehung so magnetisch. Es hatte sich vollständig richtig angefühlt, als seine Hand unter meinem Rock war und meine Pussy streichelte. Dampf ablassen, nicht versuchen, dem Woodcrest Namen gerecht zu werden. Einmal tun, was sich richtig anfühlt, habe ich es mir doch so lang selbst verboten.

Aber jetzt, Momente später, fühlt sich alles plötzlich falsch an. Nur weil ich eine verdammte Nachricht von meiner Mom bekommen habe und ich plötzlich daran erinnert worden bin, dass Simon mich zuvor nicht einmal geküsst hatte. Als wäre er auf einer Mission gewesen.

Mich zum Kommen zu bringen, ja.

Aber auch, mich dazu zu bringen, seine Freundin zu spielen.

Es macht Sinn und die Realisierung lässt eine Vielzahl an Gefühlen auf mich einprasseln.

An vorderster Stelle Scham.

Er ist lediglich ein weiterer Macho, der mich für seinen Zweck ausnutzt, bevor er mich im Regen stehen lässt. Okay, er wird mich vermutlich nicht verlassen, indem er vor der Polizei flieht und mich zum Sterben in einem Autowrack zurücklässt, aber was soll's? Er kann mich dennoch zerstören. Das Gefühl von Sicherheit kaputtmachen, das anständige Leben, für das ich die letzten zehn Jahre so hart gearbeitet habe.

Ich starre auf die Nachricht meiner Mutter: **Sollen wir für morgen 18 Uhr sagen? Würden deinen Freund gerne besser kennenlernen. Um ihm zuzustimmen.**

Und dann tue ich etwas, was mich noch mehr schockiert, als

bei Simons Berührung so schnell zum Höhepunkt zu kommen: Ich werfe das Handy an die Wand, wo es mit lautem Knall aufprallt.

„Sie wird mich nie die Vergangenheit vergessen lassen", schreie ich und fahre mit meinen Fingern frustriert durch mein Haar.

Simon runzelt die Stirn und zieht mich dann plötzlich an sich, um mich fest zu umarmen. „Hey, hey. Es wird alles gut."

Ich vergrabe mein Gesicht in seiner Brust, genieße das plötzliche Gefühl von Wärme und Sicherheit. Seine starken Finger spreizen sich auf meinem Rücken aus, als würde er mich tatsächlich vor allem Bösen beschützen.

Diese Vorstellung ist so lächerlich, dass ich schnaube. „Leicht für dich zu sagen. Du kannst dein eigenen Leben führen. Du wirst nicht ständig an deine Fehler erinnert und dir wird die Schnur nicht wieder enger gezogen wird, wenn du nicht folgst, nicht gut, nicht vorsichtig genug bist ..." Ich schüttle den Kopf und blinzle schnell, um die Tränen zurückzuhalten.

Er lehnt sich zurück und verhakt einen Finger unter meinem Kinn. „Glaub mir, Marissa, ich werde ständig an die Fehler meiner Vergangenheit erinnert. Nein, ich habe keine Mutter, die mich daran erinnert, aber ich kenne sie nichtsdestotrotz."

„Welche Fehler meinst du?"

Sein Ausdruck verdunkelt sich. „Willst du wirklich das Spiel ‚zeig mir deine, dann zeig ich dir meine' spielen?"

Ich blinzele. Nein. Ich will meine Vergangenheit nicht mit ihm teilen. Ich schüttele den Kopf und sein Gesicht entspannt sich.

„Schau. Wir leben gerade beide unter dem Gewicht der Erwartungen anderer Menschen. Der Unterschied ist, dass ich mir einen bestimmten Pfad aussuche, um dorthin zu gelangen, wo ich hin will. Was willst du, Marissa?"

„Ich weiß es nicht", flüstere ich.

„Dann ist es höchste Zeit, dass du das herausfindest, denkst du nicht auch?"

Ich nicke und schniefe und setze dann ein komplett falsches Lächeln auf, bevor ich mich aus seinen Armen löse. „Naja, ähm … danke fürs Bleiben. Und für … naja …"

Er grinst und nickt leicht. „Ich stehe gerne zur Verfügung. Ich hoffe, wieder einmal zur Verfügung stehen zu dürfen. Und bevor du sagst, was ich weiß, dass du es denkst: Was zwischen uns passiert ist, hat nichts damit zu tun, dass ich dich darum gebeten habe, meine Freundin zu spielen. Du bist eine fantastische Frau, vor allem wenn du in den Schmerzen der Lust zitterst, Marissa Woodcrest."

„Ähm … danke?"

Er kichert. „Gern geschehen."

Ich lecke mir die Lippen und für ein paar Sekunden sehen wir uns einfach nur an. Dann seufze ich mit echtem Bedauern. „Ich habe darüber nachgedacht und ich kann nicht tun, was du von mir möchtest, Simon. Es ist das Beste, wenn ich meiner Mom einfach sage, dass wir Schluss gemacht haben."

Enttäuschung flackert in seinen Augen, aber er zuckt nur mit den Achseln. „Wenn es das ist, was du möchtest, verstehe ich das."

Natürlich will ich das nicht. Ich *will* ihn wiedersehen. Ich *will* seine Hände wieder auf mir spüren und noch so viel mehr als das. Aber ich kann mein Leben kaum handhaben, wie es ist, und schon gar nicht vorspielen, jemand zu sein, der ich nicht bin.

Du gibst bereits vor, jemand zu sein, der du nicht bist, sagt eine Stimme in meinem Kopf. *Jedes Mal, wenn du das brave Mädchen spielst, nur um niemanden zu enttäuschen, lieferst du eine Show ab.*

Mit Leichtigkeit schiebe ich die Stimme beiseite.

„Ich würde dir gerne helfen, aber ich bin nicht gut im Lügen. Es würde einfach nicht funktionieren – sie würden uns geradewegs durchschauen." Nicht zu erwähnen, dass ich mich von ihm bereits viel zu angezogen fühle. „Aber viel Glück, dass du die Rolle bekommst."

VIRNA DEPAUL

„Danke, Marissa. Das weiß ich zu schätzen. Soll ich dann jetzt gehen?"

Ich gehe zum Fenster und schiebe die Vorhänge zur Seite. Es sieht aus, als wäre die Luft rein. Dann drehe ich mich zu Simon um. Er ist in seine Hosen geschlüpft und schließt seinen Gürtel. Angezogen, nackt ... er ist so perfekt. Meine Zunge will seinem gesamten Körper ein gründliches Bad verpassen, stattdessen zwinge ich mich zu sagen: „Ja. Geh einfach."

Er greift nach seinem Shirt und obwohl ich tödliche Angst vor dem habe, was wir gerade getan haben, fühlt es sich noch schlimmer an, als er seinen perfekten Körper bedeckt. „Wenn du deine Meinung änderst ..."

„Werde ich nicht." *Steck deine Hand wieder unter meinen Rock und ich würde vermutlich meine Meinung ändern.*

Er nickt, beugt sich vor und küsst meine Wange. „Zu schade. Es hätte fantastisch werden können. Alles Gute für dich, Marissa."

KAPITEL FÜNF

Simon

Am folgenden Morgen wache ich auf meinem Sofa auf: nackt und verdammt verkatert. Nach meinem Besuch bei Marissa war ich zurück in meine Scheißloch-Wohnung gegangen, die sich über Elfies Biker Bar befindet. Ich war viel zu geil gewesen, um ins Bett zu gehen. Also ging ich runter in die Bar, wo ich eine Stammkundin namens Suzie traf. Zehn Minuten und einige Schnäpse später waren wir auf dem Klo und Suzie kurz davor, mir einen zu blasen. Doch kaum war ich dabei, meinen Gürtel zu lösen, überkam es mich: Ich wollte ihren Mund nicht an mir haben. Diese Vorstellung machte mich nicht annähernd hart. Der Gedanke an Marissa und was ich mit ihr in der Hütte angestellt hatte jedoch …

Das reichte, um mir einen schmerzenden Steifen zu verpassen.

Diese Realisierung war erschreckend gewesen. Fast so erschreckend wie die Tatsache, dass ich die Bar sofort verließ, um mir unter der Dusche einen runterzuholen.

Meine eigene Hand und der Gedanke an mein Petting mit Marissa hatten über einen Blow-Job gesiegt und das macht mich noch immer etwas nervös.

Sicher, Marissa ist wunderschön, aber sie ist mehr als das. Sie besteht aus lauter Widersprüchen. Ich mag, wie sie errötet. Ich mag, wie sie mich mit schweren Augenlidern ansieht, die „nimm mich" sagen, während sie ein Wort ausstößt, das nur wenige Frauen je zu mir gesagt haben: Nein. Ich mag es, wie sie so sehr versucht, eine anständige Tochter zu sein, gleichzeitig aber den Teil in ihr nicht verbergen kann, der irgendwann hervorkommen und ihrer Mutter sagen wird, sie könne zur Hölle fahren. Ich mag es, dass sie kein Problem damit hat, mir von all dem zu erzählen. Warum sie es mit mir, aber nicht mit ihrer Mutter aufnehmen kann. Ich weiß nicht genau, was, aber es ist offensichtlich, dass in ihrer Vergangenheit etwas ist, das sie noch immer blockiert.

Ich reibe mir die trüben Augen und sehe mich um. Mein 37-Quadratmeter-Apartment ist sicherlich ein Scheißloch, nicht wie die Fünf-Millionen-Dollar-Villa, die Ava Brice sich gerade in Beverly Hills gekauft hat. Doch ich habe ein Dach über dem Kopf.

Außerdem ist es Luxus im Vergleich zu meiner Kindheit. Und ich habe die Privatsphäre, die ich brauche. Elfie's ist ein Ort, wo sich die Paparazzi nicht hintrauen, wenn man bedenkt, dass hier relativ oft Messerkämpfe stattfinden.

Marissa und ihre Mutter dachten, ich passe in diesen Country Club. Sie dachten, ich wäre einer von ihnen.

Manchmal sind meine Schauspielfähigkeiten so gut, dass ich selbst mich beeindrucke.

Doch in Wahrheit ist alles nur Schall und Rauch. Der verdammte Affenanzug und der Porsche sind gemietet (du kannst heutzutage alles mieten) und selbst als Kanalratte in London habe ich mir den Akzent angeeignet, der zu dem Ort passt, den ich mir wünschte. Wenn die kleine Miss Country Club von meiner Jugend wüsste, mein Zuhause sehen würde und wüsste, dass ich meine Harley einem fünfhunderttausend Dollar Sportwagen vorziehe, wäre sie in die andere Richtung gerannt, anstatt sich von mir nach Hause fahren zu lassen. Ihre Mutter hätte es sicherlich gefordert, mit oder ohne Playboy-Ruf.

Die Ironie ist, dass mein verdammter Playboy-Ruf so echt ist wie mein Armani-Anzug und der Porsche. Am Anfang meiner Karriere hatte ich eine ernsthafte Beziehung mit einem wichtigen Mädchen. Bis es eben keine ernsthafte Beziehung mehr war. Danach hatte ich immer wieder Freundinnen, hoffte noch immer, ‚die Richtige' zu finden. Erst nach dem Chaos mit meiner Ex-Freundin Janelle akzeptierte ich, dass ich dazu geboren bin, Single zu sein. Ich hörte auf, mich auf Frauen einzulassen, und blieb auf rein körperlicher Ebene. Also war es nun vollständiger Blödsinn (wenn auch aus meiner eigenen Feder), dass ich jetzt für meine Playboy-Vergangenheit geradestehen und mir eine falsche Freundin anlachen musste.

Eine falsche Freundin, von der ich hoffte, dass Marissa sie spielen würde.

Seufzend dusche ich in meinem beengten Badezimmer und finde dann mein Handy im Schlafzimmer. Zwölf Nachrichten von Declan Kiss, meinem Agenten bei der Kiss Talent Agentur und einem meiner besten Freunde.

Ich schreibe zurück: **Mir geht es gut, Mom. Danke, dass du dir Sorgen machst.**

Obwohl ich mir nicht sicher bin, ob es mir so gut geht. Die letzten Jahre waren ein Fest gewesen, doch wenn die Einschaltquoten ein Indiz sind, dann geht *Alien Love* auf dem Zahnfleisch. Es war mein großer Durchbruch gewesen und ich bin dankbar dafür. Doch nach drei Staffeln, in denen Ava und Borg vor der Regierung fliehen und nie in Kontakt mit dem Mutterraumschiff treten, hat es den Höhepunkt in Richtung Irrsinn überschritten. Wenn man mich fragt, ist Ava eine verdammte Närrin, all ihr Bargeld in eine Villa zu stecken, wo doch der schnelle Geldfluss jeden Moment versiegen könnte. Das ist das Leben eines Schauspielers. Bei meinem letzten Vorsprechen habe ich nicht einmal einen Rückruf erhalten. Als das Script von *Perfekte Vereinigung* auf meinem Schoß landete, glaubte ich an Schicksal. Das war mein nächster Schritt, mein Weg in die A-Liste Hollywoods. Ich hatte wirklich gehofft, dass ich die Bedenken von Noble und Spires beim kommenden Treffen in Luft auflösen und den Deal besiegeln könnte. Doch wie stehen die Chancen dafür? Weniger als eine Stunde vor meinem Treffen mit Marissa hatte Noble mich als verwöhnten Playboy bezeichnet, der alles auf dem Silbertablett serviert bekommt.

In diesem Moment wünschte ich, sie hätten mich als jungen Kerl gesehen, wie ich in der Bruchbude im Osten Londons lebte. Ich wünschte, sie könnten sehen, wo ich jetzt lebe. Es gibt mit verdammter Sicherheit keine Silbertabletts hier. Dankbarerweise wissen nicht einmal die Paparazzi davon. Und selbst wenn ich damit am Ende etwas Sympathie von Noble und Spires erhaschen könnte – mir gefällt der Gedanke nicht, dass die Tatsache, dass ich aus der Gosse Londons stamme, allgemein bekannt werden könnte.

Ich dusche noch einmal, um die Gelegenheit zu nutzen, mir erneut einen runterzuholen und dabei an Marissa Woodcrest zu denken – dieses Mal stelle ich mir vor, sie mitten im Speisesaal des La Rouge Country Clubs zu ficken. Als ich fertig bin, atme ich schwer und ich brauche mehrere Minuten, um mich zu erholen. Schließlich wickle ich mir ein Handtuch um die Hüfte und checke mein Handy.

Eine weitere Nachricht von Declan: **Wo zum Teufel bist du? Sag, dass du die Dinge nicht noch weiter verbockt hast.**

Ich schreibe zurück: **Wer, ich? Ich war brav wie ein Engel.**

Ich stelle mir vor, wie er sich darüber lustig macht. Die nächste Nachricht erzeugt ein merkwürdiges Gefühl in meiner Magengegend: **Hab Nobles Sekretärin erreicht. Sie sagt, sie golfen und essen im La Rouge, wenn du vorbeikommen möchtest.**

Wenn du möchtest.

Das ist typisch Declan. Er ist ein Meister darin, Forderungen als Vorschläge rüberzubringen. Wenn ich nicht „vorbeikomme", wird es allein meine Schuld sein, wenn ich die Rolle nicht bekomme.

Ich blicke zur glatten Anzugsjacke meines Miet-Armanis, die ich letzte Nacht aufs Bett geworfen hatte, als ich mir für Elfie's Jeans angezogen hatte. Beim Gedanken, wieder hineinzuschlüpfen, bekomme ich eine Gänsehaut.

Aber für die *Perfekte Vereinigung?* Ich würde diesen verdammten Anzug für den Rest meines Lebens tragen, wenn es bedeuten würde, dass ich die Rolle bekomme.

Leise fluchend greife ich nach der Hose und sehe mich dann um. Einige Teile scheinen zu fehlen. Die Manschettenknöpfe und die Krawatte sind … irgendwo. Vermutlich noch im Wagen, da ich mich davon losgemacht hatte, sobald ich den Laden verlassen hatte. Oder … vielleicht hatte ich sie bei Marissa vergessen.

Das wäre doch lustig und vor allem das erste Mal. Ich, der seine Spuren im Haus einer Frau hinterlässt?

Die Sache ist: Ich *will*, dass sie an mich denkt.

Sie ist das perfekte Mädchen, um mein besudeltes Image reinzuwaschen. Ich muss sie nur dazu bringen, das zu realisieren.

Einige Stunden später lasse ich mich im La Rouge Country Club sehen, dieses Mal in meinen eigenen Hosen und meiner eigenen Jacke. Nicht so teuer wie der Armani-Anzug, aber dennoch Kleidung, die ich als große Business-Investition betrachte. Ich werde zu einem Tisch geführt und sehe mich verstohlen um, halte dabei nach Noble und Spires Ausschau. Als ich sitze, stellt Dana ein Glas Wein vor mich. Meine Schwester – zwei Jahre jünger als ich und mir absolut unähnlich, vielleicht von der Nase abgesehen – ist eine meiner besten Freundinnen, wenn man von Declan absieht. Dana ist mein größter Fan. Obwohl ich noch kein A-Promi bin, könnte sie nicht stolzer sein, wenn ich einen Oscar, Tony und Emmy im selben Jahr gewonnen hätte.

„Ich sagte doch, ich würde dir schreiben, wenn Noble und Spires auftauchen", sagt sie.

„Declan sagte, sie wären heute hier."

Sie schüttelt den Kopf. „Ich habe sie nicht gesehen."

Ich seufze erleichtert. In Wahrheit bin ich froh, sie heute nicht sehen zu müssen. Jetzt kann ich mich auf etwas vollkommen anderes konzentrieren.

„Also was ist letzte Nacht mit diesem Mädchen passiert? Hast du sie dazu gebracht, mit dir Vater-Mutter-Kind zu spielen?"

Ich nehme einen Schluck Wein, nachdem ich ihn im Glas geschwenkt habe. „Wärst du schockiert, wenn ich sage, dass sie mein Angebot abgelehnt hat?"

Dana hebt eine Augenbraue. „Ehrlich gesagt, ja. Aber es ist gut für dein Ego, ab und an mal abgewiesen zu werden."

Ich schnaube. „Hast du sie gesehen? Sie soll heute wieder mit ihrer Familie hier sein."

Sie zuckt. „Armes Mädchen. Ihre Mom ist ein schmutziges Ding." Sie schaudert.

„Du hast ja keine Ahnung."

Einige Minuten später kehrt meine Schwester zurück und stupst mich an. „Sieh nicht hin, aber dein Mädchen ist gerade hereingekommen."

Natürlich sehe ich hin. Ich nehme einen Schluck Wein und schwenke ihn in meinem Glas, bevor ich Marissa geradewegs anblicke. Natürlich hat sie ihre Mom, ihren Bruder, die Schwester und einen älteren Mann, der ihr Vater sein muss, im Gespann.

Marissa trifft kurz meinen Blick, bevor sie sich abrupt abwendet. Sie kann jedoch ihren besorgten Gesichtsausdruck nicht abstellen und ich sehe, dass sie Angst hat, ich könnte auf sie zukom-

gert sie gestern Abend war, als ihre Mom geschrieben hatte. Wie sie sagte, ihre Mom würde sie ständig an ihre vergangenen Fehler erinnern. War es das, worum es bei der Verlobung mit diesem Trottel ging? Buße?

Oh, süßes Mädchen. Du verdienst so viel mehr als das.

„Ich kann hier nicht darüber sprechen. Bitte akzeptiere meine Entscheidung."

Dieser Ex – Charles – wird ihr vermutlich weiterhin vorhalten, welch schrecklicher Mensch sie ist. Ich hab genug davon, mir diesen Schwachsinn anzuhören, trete aus dem Schatten und lege ihr die Hände auf die Schultern. „Hier bist du, Liebling. Mein Treffen ging länger, aber ich bin froh, dass ich es noch zum Abendessen geschafft habe." Mein Blick wandert zum Arschloch. „Willst du uns nicht vorstellen?"

Marissa ist unter meinen Händen versteinert. Sie bewegt sich nicht, sagt aber auch nichts. Charles blickt uns argwöhnisch an. „Wer ist dieser Kerl, Rissa?", fragt er.

„Das ist, ähm …" Ihre Wangen röten sich und ich liebe es. Ich will sie wieder berühren. Ich will mit Charles nach draußen gehen, ihm in die Eier treten und dann Marissa von all dem losreißen.

Sie hier wegzuholen, lässt mich unausweichlich daran denken, sie mit nach Hause zu nehmen. Ihr dunkles Haar auf meinem Kissen würde wundervoll aussehen, während ich mich in sie hineinbewege …

Ich schüttle den Kopf. Sie sieht mich an, als versuche sie, meine Geheimnisse zu entschlüsseln. Zu meiner Überraschung nimmt sie meine Hand und sagt zu Charles: „Ich wollte es dir nicht sagen, aber ich treffe mich mit jemand anderem. Das ist Simon Richards."

Eine Vene pulsiert in Charles Stirn und ich hoffe, dass er in Tränen ausbricht. Obwohl ich diesen Plan ursprünglich zu meinem eigenen Vorteil vorgeschlagen hatte, macht es mich sehr zufrieden, ihr so zu helfen.

„Das kann nicht dein Ernst sein", sagt Charles und sieht von einem zum anderen. „Du hast schon jemand Neues gefunden?" Er schnaubt. „Ich hätte dich nie für eine Schlampe gehalten, Rissa."

Ich bin kurz davor, diesem Mann in den Mund zu schlagen, doch Marissa drückt meinen Arm, um mich zu stoppen. Ich halte mich zurück und lege einen Arm um ihre Schulter. Ich halte sie fest und beanspruche sie als mein.

„Lebewohl, Charles", ist alles, was sie sagt.

Ich starre ihn an, bevor ich mich mit ihr umdrehe. Sie zittert. „Bist du okay?"

„Nein, aber ..."

„Marissa, Mom und Dad wollen *Simon* endlich kennenlernen."

Wir drehen uns beide um und erblicken Marissas Schwester, wie sie um die Ecke blickt. Sie verdreht ihre Augen und tritt wieder aus unserem Sichtfeld. Neben mir seufzt Marissa. „Es gibt keinen Ausweg mehr."

„Ich habe kein Bedürfnis danach, abzuhauen."

„Was, wenn mein Vater dich wiedererkennt? Zugegeben ... Ich glaube nicht, dass er jemals *Alien Love* gesehen oder etwas in die Richtung gelesen hat ..." Sie beißt sich auf ihre Lippe, aus Angst, mich damit auf irgendeine Weise beleidigt zu haben.

„Wie hoch stehen die Chancen, dass er mich ohne Make-Up erkennt? Und wenn, dann ..." Ich zucke mit den Achseln.

„Was dann ...?" Sie zieht ebenfalls die Schultern hoch und ihr Gesichtsausdruck lässt mich lächeln. Ich mag es, wenn sie vergisst, das alte gute Mädchen zu sein. „Wenn er dich erkennt, wird meine Mutter entsetzt sein. Es wird keinen Grund mehr geben, ihnen irgendetwas vorzuspielen. Und selbst wenn ich entscheide, dir weiterhin zu helfen, kennt mein Vater Noble und Spires, weißt du noch? Wenn er schlecht über dich redet oder durchsickern lässt, dass wir unsere Dates nur vorgaukeln, um meine Mutter loszuwerden ..."

„Ich werde meine Chance jetzt nutzen, Marissa", sage ich

bestimmt. „Wenn du es auch willst." Ich werde es jetzt durchziehen. Obgleich meine treibende Motivation, ihr näherzukommen, zunächst egoistisch war, ist mir Marissas Sicht auf das Ganze mittlerweile auch wichtig. Anscheinend ist sie mir zumindest so wichtig geworden, dass ich jetzt bereit bin, das Risiko, dass ihr Vater mich erkennt, auf mich zu nehmen, damit sie mir weiterhin hilft.

Anders als Charles, der Arsch, möchte ich ein Mann sein, auf den sie zählen kann.

Sie sieht mich eine Weile an und schenkt mir dann ein schwaches aber dankbares Lächeln. „Wir reden. Danach."

Ich bringe ihre Hand zu meinem Mund und küsse sie. „Klingt gut, aber ich hoffe, das ist nicht das Einzige, was wir tun werden."

Als sie wieder rot wird, lache ist. Zusammen stoßen wir zu ihrer Familie. Ihre Mutter springt auf, als ich näherkomme, und hängt sich wie ein billiger Anzug an mich. „Oh Simon! Wie schön, Sie zu sehen!"

„Hallo, Madam." Ich lächle höflich und nehme ihre ausgestreckte Hand.

Marissas Stimme ist holperig. Sie ist nervös. „Simon, du kennst bereits meine Mom June. Das ist meine Schwester Larissa und mein Bruder Kenny. Und mein Vater, Raul Woodcrest. Dad, das ist Simon Richards."

Marissas Vater starrt mich einige Sekunden an, während ich mich versteife. Ich schwöre, ich sehe Anerkennung in seinen Augen, ebenso Berechnung. Bevor mein Gesichtsausdruck mich noch verrät, strecke ich ihm lieber die Hand hin. „Es freut mich, Sie kennenzulernen, Sir."

Neben mir scheint Marissa die Luft anzuhalten. Dann sieht ihr Vater sie an. Schaut zurück zu mir. Und ergreift schließlich meine Hand.

„Gleichfalls, Mr. Richards. Erzählt mal ... Wie lang datet ihr zwei euch schon?"

KAPITEL SECHS

Marissa

Als Simons Schwester unsere Rechnung holt, stehe ich noch immer unter Schock. Sein Arm ruht auf meiner Rückenlehne und ich muss mich zurückhalten, mich nicht an ihn zu lehnen. Ich kann nicht aufhören, daran zu denken, was wir gestern gemacht haben, in meiner Wohnung, seine Hände unter meinem Rock, mit mir über meinen Höschen spielend. Und ich bin schon wieder feucht. Ich blicke zu ihm hoch und er erwidert ein simples Lächeln. Er muss genau wissen, was er mit mir tut. Ich wette, er tut das mit Frauen, wohin er auch geht.

Offensichtlich eingeschlossen meiner Mutter.

„Ich bin so froh, dass Sie zu uns stoßen konnten", sprudelt Mom. Sie nimmt ihn in Beschlag, seitdem Simon bei uns sitzt. Es ist mir peinlich, dass sie quasi über ihm kriecht, und frage mich, was sie denken würde, wenn sie ihn in seinem grünen Make-Up sehen würde. „Was ein Glückspilz Marissa doch ist, so jemanden wie Sie zu finden. Es gab eine Zeit, in der musste ich mich über ihren Männergeschmack sorgen, aber sie hat wohl ihre Lektion gelernt und ihre Ansprüche erhöht."

Ich zucke zusammen. Larissa kichert etwas. Dad nippt an seinem Wein, lehnt sich zurück und betrachtet Simon, das coole, ruhige, emotional gleichgültige Gegenstück zu den Dramen meiner Mutter. Ich bin froh, dass er Simon als Schauspieler nicht entlarvt hat. Auch wenn er mehr in die geschäftlichen Aktivitäten Hollywoods verwickelt ist als in Klatsch und Tratsch über die Promis, wäre eine Szene zwischen Simon und meinen Eltern das Letzte, was ich für heute gewollt hätte. Und die wäre sicher eingetreten, hätte meine Mutter herausgefunden, wer Simon ist.

Simon berührt sanft meinen Nacken. „Ganz im Gegenteil, Madam: Ich bin der Glückspilz. Marissa ist eine wunderschöne, intelligente Frau und jeder Mann kann sich glücklich schätzen, sie zu haben."

Er fängt meinen Blick auf, seine Finger liegen auf meiner Haut und mein Herz klopft. Ich weiß nicht, ob er die Wahrheit sagt, aber ich kann nicht anders: In seinen Händen bin ich wie Pudding.

Mom gurrt, als Simons Schwester meinem Vater die Rechnung überreicht. „Oh, so charmant! Marissa, danke ihm dafür, dass er so nette Dinge über dich sagt."

Ich werde so rot, dass mein Gesicht sicherlich in Flammen steht. „Mom", murmele ich. „Wirst du es bitte sein lassen?"

Simon streichelt weiter meinen Nacken, aber ich kann die Anspannung in seinem Arm fühlen.

„Ja, Mar, sag dem Mann, wie nett es von ihm ist, sich mit dir zu treffen", spottet Larissa.

Ich kicke unter dem Tisch nach ihr und sie kreischt auf, während sie mich düster anblickt. Geschwisterliebe, seufz. Es ist gut, dass wir uns nicht ähnlicher sind, denn dann würde sie vielleicht meine Liebe für kitschige Seifenopern teilen und wüsste genau, wer mein neuer Freund ist. Obwohl ich mich daran erinnere, dass ich ihr noch immer danken muss, weil sie mich gestern Abend vor Moms Überraschungsbesuch gewarnt hat.

Derselbe Überraschungsbesuch, der dazu geführt hatte, dass Simon sich bis auf die Unterwäsche ausgezogen, auf meiner Couch gesessen und mich zum Orgasmus gefummelt hatte. O Gott. Ich zittere, als ich daran denke, und Simon drückt meinen Nacken, als wolle er sagen: *Ich weiß genau, woran du denkst.*

„Wie gesagt", sagt Simon mit nun ernsterer Stimme, „ich bin derjenige, der Marissa danken sollte." Er fängt meinen Blick auf und plötzlich gehört der Raum uns alleine.

Seine Finger streicheln mein Haar und mein Ohr und es ist eine so sinnliche Berührung, dass ich wie angewurzelt auf meinem Stuhl sitze. Simons Finger wandert meinen Hals hinunter, zwischen die Schultern. Ich bin mir ziemlich sicher, Borg hat vor einigen Wochen das gleiche mit Ava gemacht und ich erinnere mich daran, wie ich damals wünschte, jemand würde mich so berühren. Und jetzt …

„Vielen Dank, dass Sie heute Abend bei uns waren", sagt Simons Schwester und bricht den Zauber zwischen uns. „Ich hoffe, Sie bald wieder hier begrüßen zu dürfen."

Sie sieht Simon an, aber ich kann den Blick nicht deuten. Ist sie gegen das, was wir hier tun? Andererseits war sie es, die ihrem Bruder von meinem Dilemma erzählt hatte. „Es sieht so aus, als müsste ich los. Ich werde Marissa nach Hause bringen." Er dreht sich zu meinem Vater. „Es war eine Freude, Sie kennen-zulernen, Sir."

Mein Vater nickt und schüttelt Simons Hand. Er ist schwer zu lesen, aber ich denke ich kann einen Schimmer der Zustimmung in seinen Augen erkennen. „Ich bin froh, einen Mann kennengelernt zu haben, der meine Tochter so schätzt wie Sie es tun, Mr. Richards. Ich fand immer, dass sie zu gut für Charles war."

Die Worte meines Vaters überraschen mich. Schocken mich sogar. Als er mich ansieht, kann er meine Mimik deuten, und ich sehe Reue in seinem Gesicht. „Dad …", sage ich.

„Dem kann ich nur zustimmen", unterbricht mich meine Mutter. „Ich habe dir immer gesagt, dass es jemand Besseren als Charles gibt, nicht wahr?"

Ich verfalle beinahe in Unglauben und weiß nicht, was ich dazu sagen soll, als mein Vater aufsteht und meiner Mutter deutet, es ihm gleichzutun. „Behandeln Sie meine Tochter immer gut, Mr. *Richards*."

Stelle ich mir die merkwürdige Betonung meines Vaters in Simons Namen nur vor? Kann es sein, dass hier etwas vor sich geht, von dem ich noch nicht weiß, was es ist? Ist es möglich, dass Dad weiß, wer Simon ist, und es für mich geheim hält? Nein, warum sollte er das tun und damit riskieren, Moms Zorn auf sich zu ziehen? Dad hatte immer eine entfernte Präsenz in meinem Leben und er stellte sich noch nie zwischen Moms und meine Unstimmigkeiten. Einige Minuten später denke ich immer noch darüber nach, auch wenn wir das Lokal längst verlassen haben. Ich drehe mich zu Simon. „Denkst du, mein Vater ..." Ich verstumme allmählich, als Simons Wagen vorfährt. Dieses Mal ist es eine Limo. „Was ist mit dem anderen passiert?"

„Der andere war gemietet. Noble steht auf Porsches. Ich dachte, wir könnten zusammen fachsimpeln, aber leider habe ich ihn nie aus dem Club rausgekriegt. Das ist der Wagen des Studios." Simon nimmt mich am Arm und wir klettern in die riesige Kabine der Limousine.

„Wohin, Sir", fragt sein Fahrer und sieht uns an.

„Ah. Wie lautet deine Adresse? Ich war letzte Nacht zu beschäftigt mit anderen Details."

Mit heißem Gesicht nenne ich dem Fahrer die Adresse. Er nickt und rollt die Trennscheibe hoch. Die Welt wird außen vor gelassen und Flashbacks aus Softpornos im Cinemax kommen mir ins Gedächtnis.

Die Sitze sind aus weichem Leder, sanfte Musik spielt aus den Lautsprechern. Ich sitze Simon gegenüber, doch er streckt seine

Beine in meine Richtung und es liegen nur wenige Zentimeter zwischen uns.

Es ist dunkel im Wagen, aber ich schwöre, seine blauen Augen glitzern zu sehen. Die Ausmaße des Rücksitzes scheinen nun unendlich klein zu sein. Ich streiche mit den Fingern über das Leder und der Sinneseindruck schießt meinen Arm hinauf. Ich bin an der Kante, meine Nerven sind allesamt auf diesen Mann gerichtet, der mir gegenüber sitzt. Ich reibe mir die Arme, obwohl die Temperatur im Wagen optimal ist.

Simon sieht mich an und zieht sich die Jacke aus. „Ist dir kalt?" Bevor ich antworte, legt er seinen schweren Mantel über mich und ich versinke im weichen Stoff. Der Moschus-Geruch legt sich auf meine Sinne und mir wird schummerig.

Dann bemerke ich, dass er direkt neben mir sitzt. Er dreht sich zu mir, sein Bein berührt meines. Ich klammere mich an den Mantel, völlig unsicher, was als nächstes kommt. Ich bin so hin- und hergerissen zwischen meinem Verlangen nach seinem Kuss und dem Wunsch, in die gegenteilige Richtung zu rennen, sodass ich mich einfach weder bewege noch rede noch irgendetwas anderes tue.

Ich bin so dankbar, dass er geholfen hat, mir Charles vom Leibe zu schaffen, indem er meiner Familie etwas vorgespielt hat, sogar meinem Dad, der ihn nach reiflicher Überlegung wirklich nicht erkannt haben kann. Sonst hätte er etwas gesagt. Aber ich vermute, dass Simon nun denkt, dass ich ihm mit seinem kleinen Plan helfen werde. Ich will ihm helfen, wirklich, doch wie zuvor gesagt, glaube ich nicht, dass ich in der Lage bin, das durchzuziehen. Ich habe mich über die Zeit verändert. Ich bin klüger geworden. Und auch wenn ich mich manchmal gegen die Dramen meiner Mutter auflehnen möchte, mag ich die reife Frau, die ich geworden bin. Um Himmels Willen, ich sortiere meine Sockenschublade zum Spaß! Meine Bücher sind nach Genre geordnet und dann alphabetisiert. Ich denke, es ist aufregend, neue Aufbewahrungs-und Sortierungssysteme einzukaufen. Charles sagte immer, wenn er wütend war, ich sei so interessant wie ein feuchter Lumpen.

Die Sache ist die: Meistens habe ich kein Problem mehr damit, ein feuchter Lumpen zu sein.

Meistens.

Manchmal wünsche ich mir, noch mal das Mädchen zu sein, das auf die Straßen rannte und tanzte, wenn es regnete. Ich wünschte, ich könnte mich einfach zu einem Typen an die Bar setzen und mit ihm flirten, ohne mir über die Konsequenzen Gedanken zu machen. Ich wünschte, ich wäre ein Mädchen, das eher bemerkt wird, sobald es die Wahrheit spricht. Aber das bin ich nicht. Ich bin einfach nur die langweilige, schlichte, brave Marissa. Ich tue, was mir gesagt wird, und protestiere nicht. Ich war mit einem Mann verlobt, den ich nicht liebte, und gehe zu der Schule, die meine Eltern für mich aussuchen, mache den Abschluss, den sie für mich wollen. Selbst den Pullover, den ich trage, habe ich von meiner Mom zu Weihnachten bekommen. Es ist Kaschmir und hat Stil, ist aber bescheiden. Er ist weder leuchtend noch auffällig.

Manchmal stelle ich mir jedoch vor, wie es wäre, Aufsehen zu erregen. Unruhe. Um einmal in meinem Leben eine bunte, impulsive Frau zu sein – klüger als der wilde Teenager, der ich war, aber immer noch lebhaft, leidenschaftlich und *interessant*.

Aber dann erinnere ich mich an Brian Hall. Daran, wie ich allein und verängstigt in dem Autowrack aufwachte. An den Verrat, den er an mir beging. Er war ein Bad Boy und wir waren jung, aber ich dachte, er würde mich lieben. Ich erinnere mich an den Schmerz meines Herzens, der schlimmer war als jeglicher körperlicher Schmerz, den ich jemals verspürte.

Und ich weiß, dass ich niemals wieder so sehr verletzt werden möchte.

„Marissa?" Simon sieht mich an, sein Blick ist blau und intensiv. „Bist du in Ordnung?"

Ich schüttele den Kopf und halte mich an seinem Mantel fest.

63

„Es tut mir Leid. Du hast mir nun bereits mehrmals geholfen, aber ich weiß nicht, ob ich deine Freundin spielen kann. Ich weiß es einfach nicht."

Ich wappne mich für seinen Ärger, seinen Verdruss über ein unentschlossenes Mädchen wie mich. Charles hasste es immer, wenn ich mich nicht entscheiden konnte – für gewöhnlich, weil ich nicht wusste, welche Wahl er bevorzugen würde –, und wurde frustriert.

Doch Simon ist nicht Charles. Das hat er mir bereits gezeigt.

„Ich habe dir schon gesagt, dass das okay für mich ist, Marissa. Ich helfe dir gerne. Ich bin glücklich, dass ich gestern Abend mit dir Zeit verbringen konnte, und ich bin glücklich darüber, jetzt bei dir zu sein. Egal ob du mir hilfst oder nicht", sagt er sanft.

Ich schlucke, als ich daran denke, wie ich gestern mit ihm rumgemacht habe. Ja, es war verrückt und impulsiv. Es war überhaupt nicht ich. Doch es fühlte sich so wahnsinnig gut an.

„Wenn es aber hilft, dich umzustimmen, dann denke an einen reinen Geschäftsdeal. Ich habe keine Absicht, eine Beziehung einzugehen, und bin sicher, dass du das genauso siehst, da du doch gerade erst eine hinter dir hast." Er berührt sanft mein Handgelenk. „Ich werde dich jedoch nicht drängen. Ich will, dass du deine eigene Entscheidung triffst. Sei dir nur im Klaren, dass ich denke, dass es uns beiden helfen würde und ich es anderenfalls nicht tun würde."

Mein Herz schmerzt bei seinen Worten. Ich weiß, dass er keine echte Beziehung will – ich weiß es. Und dennoch sinkt mein Herz zu Boden. Ein anderer Teil von mir begrüßt seine Ehrlichkeit. Seine Worte sind weder herablassend noch scharf und ich schiebe langsam meine Angst beiseite.

„Ich muss darüber nachdenken", antworte ich weich. „Ich weiß, dass das nicht hilft, aber ich bin die Art von Mensch, die Dinge überdenken muss. Aber ich werde dir meine Entscheidung in den nächsten Tagen mitteilen."

Er lächelt und streckt dann eine Hand aus. „Hand drauf?"

Ich lächle auch. „Natürlich."

Als wir uns berühren, ist da ein Lichtblitz zwischen uns. Seine Finger sind warm und fest, die Handfläche ist schwielig. Mein Herz klopft wieder, nicht aus Angst, sondern aus Vorfreude. Ich lecke mir die Lippen und er fokussiert sich auf die Geste.

Vor einer Sekunde noch redete er übers Geschäft, aber jetzt …

Er kommt näher, so nahe dass ich seine Absicht nicht missverstehen kann. Er gibt mir einen Moment, um nein zu sagen, zu sagen, dass ich das nicht will. Aber ich will es. Also verringere ich den Abstand und dann küsst Simon mich.

Endlich küsst er mich.

Seine Lippen sind weich, aber seine Küsse sind alles andere. Er verheddert seine Hand in meinem Haar, drückt meinen Kopf weiter nach hinten und raubt dann meinen Mund. Ich keuche, aber er fängt den Atemzug auf, während er mich für den Angriff stillhält. Mein ganzer Körper zittert.

Ich küsse ihn zurück. Ich ziehe mich auf seinen Schoß, spüre seine Erektion unter meinem Arsch und er stöhnt laut in seiner Kehle. Das macht mir Mut. Ich streichle seine Wangen, wandere meine Finger über seine Brust und er rächt sich, indem er seine Zunge in meinen Mund stößt. Meine Nippel kräuseln sich. Mir ist so heiß, dass ich den Mantel ablege und ihn hinter mich lege. Als er das sieht, lacht er leise.

Ich will ihn gerade anbetteln, mich an Ort und Stelle zu nehmen, als die Limo abrupt stehen bleibt.

Simon beendet den Kuss. Wir starren uns für einige Sekunden an, schwer atmend. Seine Pupillen sind erweitert. Ich atme, als wäre ich einen Marathon gerannt. Seine Erektion übt einen beharrlichen Druck unter mir aus.

„Wir sind da", sagt der Fahrer und klopft an die Trennwand.

„Wir sind da", antwortet Simon.

Doch ich bewege mich nicht. Schließlich setzt er mich neben

sich und öffnet die Tür. Er streckt die Hand aus und ich steige aus. Dann gibt er mir sein Handy und ich bin ratlos, bis er sagt: „Trag deine Nummer ein."

„Okay", flüstere ich endlich. Meine Finger zittern so sehr, dass ich zwei Anläufe brauche, um die Nummer richtig zu schreiben.

Er nimmt eine Karte aus seinem Geldbeutel und gibt sie mir, dann streichelt er mir die Wange. „Gute Nacht, Marissa Woodcrest."

Bevor ich blinzeln kann, ist er wieder in der Limo und fährt in die Nacht. Und ich stehe alleine vor meiner Hütte, die nächtliche Brise zerzaust mein Haar.

Und alles, was ich denke, ist: Was zum Teufel ist passiert? Und was auch immer es war, kann es bitte nochmal passieren?

KAPITEL SIEBEN

Simon

Nach einem anstrengenden Tag mit eigenen Stunts während einiger ernsthafter Action Szenen am Set von *Alien Love* will ich nur noch meine Füße hochlegen und entspannen. Oder vielleicht will ich nur an Marissa denken. Die Frau, die ich zum Höhepunkt gefingert, geküsst und gebeten habe, meine Freundin zu spielen. Und von der ich dennoch seit zwei Tagen nichts gehört habe.

Stattdessen sitze ich in einem Meeting mit Declan, der gerade in seinem Eckbüro auf- und abschreitet.

Der Mann schläft nie. In den letzten Jahren hat er geholfen, die Kiss Talent Agentur, die Geschäftsräume ich Los Angeles und New York hat, zu einem Erfolg zu machen. Declan und seine Brüder teilen sich ihre Zeit zwischen den beiden Küsten auf.

Hunter Kiss hatte bereits mehrere Athleten mit großen Namen zum Kunden, als er sich mit seinen Brüdern Declan und Owen verbündet hatte, um die Agentur aufzumachen. Es hatte nicht lange gedauert, bis Owen eine Zahl an Models, Photographen und anderen Kunden auf seiner Liste hatte. Declan dagegen war nicht so erfolgreich – zumindest zu Anfang. Ich habe bei ihm unterzeichnet, als ich in die Staaten gezogen war, und als ich die Hauptrolle in *Alien Love* ergatterte, war ich sein großer Fang. Sein einziger Fang. Wir gingen zusammen auf Tour durch die Clubs und es fühlte sich an, als wären wir beide allein gegen den Rest der Welt. Jetzt arbeitet er mit hochrangigen Schauspielern, die für gewöhnlich für die Oscars in Betracht gezogen werden, oder verdammt beliebten Musikern zusammen. Erst kürzlich besorgte er einer völlig Unbekannten eine Rolle als weibliche Indiana Jones in einem Film mit großem Budget. Er arbeitet hart für all seine Klienten und er arbeitet hart, um mir die Rolle in *Perfekte Vereinigung* zu verschaffen. Diese Hilfe beinhaltet, Noble und Spires zu erzählen, dass ich eine feste Freundin habe, um mich aus dem Chaos meines eigenen Rufes herauszuholen. Im Moment listet er Namen von Frauen auf, die er kennt, Schauspielerinnen, die noch entdeckt werden müssen, aber vielleicht die Rolle meiner Freundin spielen würden.

Ich reibe mir die Schläfen. Warum, zum Teufel, habe ich diese verdammte Lüge erzählt? Ja, ich brauche die Rolle so dringend, dass ich es schmecken kann. Wenn ich sie bekomme, öffnen sich Türen, die bisher verschlossen waren. Meine Träume werden erreichbar sein.

Das sollte mein einziger Fokus sein. Stattdessen ertappe ich mich dabei, Declan zu ignorieren und an die einzige Frau zu denken, die ich gerne als meine falsche Freundin hätte: Marissa.

Gott, ich wünschte, sie würde akzeptieren, wie vorteilhaft diese Partnerschaft sein könnte. Ich weiß, dass ich kein Prinz bin, aber wir würden beide davon profitieren und am Ende spielt doch nur das eine Rolle.

Du willst sie nur ins Bett kriegen, sagt mein Verstand. Ich schlage den Gedanken beiseite. Ja, ich fühle mich von ihr angezogen, obwohl sie vollständig anders ist als die Mädchen, an die ich mich normalerweise ranmache. Vielleicht gerade deswegen.

Obwohl ich mir selbst einrede, keinen Druck auf sie auszuüben, habe ich ihr gestern geschrieben und gefragt, ob sie meiner Anfrage weitere Überlegungen gewidmet hat. Aber nichts. Ich sehe immer wieder auf mein Handy und hoffe, dass sie anruft oder schreibt. Ich fühle mich wie ein Teenager, der hofft, dass seine Freundin ihm ein Smiley oder sonst etwas schickt.

„Vielleicht wurde deine Freundin auf einen längeren Businesstrip geordert", sagt Declan und spielt mit einem Slinky. Er sitzt niemals still, verweilt nie länger als ein oder zwei Sekunden bei einer Sache, was vermutlich der Grund ist, warum er schneller zwischen seinen Freundinnen wechselt als ich. Niemand kann mit ihm mithalten. Manchmal ist das Zusehen irgendwie anstrengend. „So können wir uns etwas Zeit kaufen, während wir ein Vorsprechen für die perfekte Kandidatin veranstalten."

„Wir haben keine Zeit dafür. Ich habe unser Abendessen bereits auf nächste Woche verschoben. Ich kann das nicht noch einmal machen. Außerdem habe ich dir bereits gesagt, dass ich die perfekte Frau gefunden habe."

Declan hört auf, mit dem Slinky zu spielen, und lässt es auf seiner Handfläche zusammenfallen. „Du meinst die perfekte Frau, die sich nicht bereit erklärt hat, dir zu helfen?"

„Sie sagte, sie müsse darüber nachdenken."

Ich höre, wie der Slinky wieder klackert – vor und zurück –, während Declan aufsteht und wieder im Raum auf- und abschreitet. Seine dunklen Augenbrauen tendieren dazu, sich zu einer Linie zu formen, wenn er nachdenkt. Ich warte, weiß, dass es keinen Sinn hat, mit ihm zu sprechen, wenn er im Denkmodus ist.

Dann knarrt seine Intercom: „Mr. Kiss?"

„Ja, Rachel?", sagt Declan und albert mit dem verdammten Slinky herum, bis ich aufstehe und es ihm aus der Hand reiße. Er runzelt die Stirn, aber ich verschließe das Spielzeug in seiner Schublade. Manchmal bin ich mir nicht sicher, ob Declan tatsächlich ein Mann in seinen Dreißigern oder nicht doch eher ein zehnjähriger Junge ist.

„Noble und Spires sind hier, um Sie zu sehen."

Wir starren uns an, als wäre das Ende der Welt gerade angekündigt worden. Er beginnt, Essensboxen in den Mülleimer zu werfen und seinen Schreibtisch aufzuräumen. Ich versuche mir Wege einfallen zu lassen, wie ich als hingebungsvoller Familienmensch rüberkommen kann, während ich in meinem Aufwärm-Trainingsanzug und Turnschuhen dasitze. Mir kommt lediglich in den Sinn, meine Baseballkappe abzunehmen und meine Laufjacke so weit zu schließen, dass sie nicht zu viel meines Brusthaares offenbart. Declan räuspert sich und drückt den Knopf auf der Intercom. „Lass sie herein, Rachel."

Einen Moment später kommen sie durch die Tür.

Verdammt. Ich brauche Marissa mehr, als ich je eine Frau gebraucht habe. Ich will ihr schreiben, sie anbetteln, zu meiner Rettung zu kommen. Stattdessen lächle ich und schüttle ihre Hände. „Schön, Sie beide zu sehen. Ich freue mich auf unser Abendessen."

„Angenommen, dass nichts dazwischen kommt", schnaubt Noble.

Ich zucke innerlich zusammen. „Nein, Sir. Ich werde definitiv da sein."

„Wie kommen wir zu der Ehre?", fragt Declan. „Mr. Dale ist hier, um die vielen Skripte durchzusprechen, die für ihn reingekommen sind. Es stellt sich heraus, er ist momentan ganz schön gefragt."

Ah, sehr gut, Kiss. Eine absolut offensichtliche Lüge, aber dennoch eine gute. Nobles missbilligendem Brummen nach zu urteilen, scheint er sie ihm aber nicht abzukaufen. Dennoch bittet mich niemand zu gehen, was ich als Stichwort deute zu bleiben. Vielleicht kann ich eine andere Möglichkeit finden, ihm Honig ums Maul zu schmieren.

Rachel bringt Kaffee und Wasser und schließt dann die Tür, damit wir vier alleine sind.

Noble und Spires sind Männer in ihren Sechzigern und haben wagenweise Geld. Spires ist groß mit bemerkenswert vollem Haar, während Noble kleiner ist und kein Haar mehr hat, seitdem er in meinem Alter war. Während Noble dazu tendiert, ein jähzorniger Griesgram zu sein, macht Spires dies mit seinen albernen – und grenzwertigen – Witzen und seinem schallenden Gelächter wieder wett.

Ein Telefon klingelt und Spires zieht sein vorzeitliches Klapphandy aus der Hosentasche. „Oh, es ist die Frau", sagt er zwinkernd. Er klappt das Handy auf und redet wesentlich lauter als notwendig. „Liebling! Ja ich weiß, dass du heute zum Pilates musst. Natürlich. Ich werde da sein. Ich verspreche es. Letztes Mal war ich zu spät, weil das Meeting zu lange ging. Das weißt du." Er nickt, lächelt noch breiter, verabschiedet sich dann schließlich von seiner Frau und klappt das Handy zu. „Frauen", sagt er mit gutgelauntem Kopfschütteln. „Man kann nicht mit ihnen leben, aber auch nicht ohne sie, nicht wahr?" Er kichert, auch wenn es gezwungen klingt. Ich kichere nicht, sondern nicke und warte, was sich als nächstes abspielt.

„Ich habe Tilly dieses Platinarmband von Tiffany's gekauft – so teuer, dass ich fast einen Schlaganfall hatte – und was hat sie gesagt? Du weißt, dass ich nur Gelbgold mag!" Spires lacht so laut, dass ich spüren kann, wie der Tisch wackelt. „Wie soll sich ein Kerl so etwas merken?"

„Ist das nicht alles das Gleiche?", erwidert Declan. „Ist alles teuer."

Ich habe noch nichts gesagt, denn ich beobachte Noble, der mich mustert. Ich hätte genauso gut seine ganze Familie niederschlagen können – der Mann hasst mich.

„Tilly erwähnte, dass sie uns nächste Woche beim Essen Gesellschaft leisten wolle, Dale. Ich hoffe, das ist in Ordnung", sagt Spires. „Sie ist ein großer Fan von Ihnen und *Alien Love*."

„Das wäre reizend. Ich kann es nicht erwarten, sie kennen-zulernen."

Noble drückt sich seine Brille wieder die Nase hoch. Dann legt er seine Fingerspitzen zusammen und formt mit den Händen eine Raute. Polternd fragt er: „Wie geht es Ihnen, Mr. Dale?"

„Sehr gut." Ich schenke ihm ein kleines Lächeln, weigere mich aber, ihm zu zeigen, wie viel meines Lebens er in seinen Händen hält. Außerdem weiß Noble, wie er cool spielen kann, bis er dich plötzlich in der Falle hat. Ich bin wissend genug, um seine Klauen zu vermeiden.

„Und Ihr neues Mädchen?", fragt Spires. „Wie geht es ihr? Wir freuen uns, sie kennenzulernen. Wird sie beim Abendessen dabei sein?"

Da ist sie: die Axt, die kurz davor ist zu fallen. Ich kann ihre Schärfe an meinem Nacken spüren, das Blut macht sich auf den Weg. Ich muss ehrlich sein – zumindest teilweise. Ich muss ihnen sagen, dass Marissa und ich Schluss gemacht haben, dass ich kein Dinnerdate habe, aber dennoch vertrauenswürdig bin. Ich will ihnen genau das sagen, als sich die Tür zum Konferenzraum öffnet und Rachel mit einem seltsamen Gesichtsausdruck hereinkommt.

„Es tut mir leid, Sie zu stören, aber Mr. Dale – äh, Ihre Freundin ist hier."

Ich starre Rachel an, genau wie Declan. Nobles Augen werden schmal, aber Spires sagt: „Na, das ist ja eine Überraschung. Bring sie herein, Dale."

Ich stehe auf und versuche zu handeln, als wäre ich von dieser Entwicklung nicht vollkommen schockiert. Doch bevor ich die Tür öffnen kann, steht Marissa selbst da. Hier, bei meiner Arbeit, ihr dunkles Haar in einem ordentlichen Knoten, mit säuberlich gebügelten Hosen und einer Art Bluse, die ich aufreißen möchte, um die seidige Haut darunter zu finden. Sie sieht hübsch und süß und reich aus und setzt damit ein Häkchen in jede verdammte Box.

„Liebling." Ich küsse ihre Wange, bevor ich ihr ins Ohr flüstere: „Was tust du hier?"

Sie tätschelt mir die Brust. „Ich habe überall nach dir gesucht. Deine Schwester meinte, du bist bei deinem Agenten, und hier bin ich. Kann deine Freundin nicht ab und an mal nach dir sehen?" Sie sieht zu den Männern am Tisch. „Willst du mich deinen Freunden nicht vorstellen?"

Trotz meiner anfänglichen Überraschung erhole ich mich schnell, während ich Marissa Noble und Spires und dann Declan vorstelle. Als sie ihren Nachnamen erwähnt, nicken die älteren Herren anerkennend und sehen endlich, wie durch ein Wunder … beeindruckt aus.

„Ich bin mit Ihrem Vater zur Schule gegangen, junge Dame", sagt Noble. „Die glorreichen Woodcrests. Dale, da haben Sie sich ja eine Lady geangelt. Sie müssen wissen, die Woodcrests waren immer zu gut für uns."

Marissa lächelt, süß und höflich. „Ich bin mir sicher, das ist nicht wahr."

Während ich sie beobachte, beginne ich, mir Sorgen zu machen. Marissa erzählte mir, dass ihr Vater Noble und Spires kenne, und natürlich wusste ich, dass ihre Familie wohlhabend ist. Aber ich hatte keine Ahnung, dass Noble mit Raul Woodcrest zur Schule gegangen war und dass Marissas Familie in dieser Stadt als eine Art Mitglied des Königshauses gehandelt wird. Ich bin hin- und hergerissen, ob ich noch beeindruckter davon sein soll, wie Marissa es geschafft hat, so bodenständig zu bleiben, oder ob ich mir Sorgen machen soll. Wenn sie je herausfindet, dass ich nur irgendein Junge aus einer vergammelten Familie aus Londons East End bin, wird sie mich nicht mehr so interessiert anschauen.

Ich bürste diese Sorgen beiseite. Im Moment konzentriere ich mich darauf, wie Marissa nicht nur Noble, sondern auch Spires um den Finger wickelt. Die Dinge könnten tatsächlich ganz gut für mich aussehen – zum ersten Mal, seitdem meine Notlüge meinen Lippen mit derselben rücksichtslosen Unbekümmertheit eines arroganten Teenagers, der aufs Kondom verzichtet, entwichen ist.

„Ich will Sie nicht aufhalten, meine Herren, aber ich muss mit Simon sprechen." Sie sieht mich an und hebt eine Augenbraue. „Können wir unter vier Augen sprechen, bitte?"

Ich bin so überrascht, dass ich nur nicken kann. Ich murmele etwas zur Gruppe, das ‚verzeihen Sie uns' heißen soll, und geleite sie dann in einen angrenzenden Konferenzraum. Ich schließe die Tür hinter uns.

Sie federt auf ihren Fußballen hin und her und ich muss zugeben, dass es irgendwie hinreißend ist. „Es tut mir leid, dich so zappeln zu lassen. Ich habe die letzten Tage darüber nachgedacht und bin zum Entschluss gekommen, dass du recht hattest."

Ich muss lächeln. Vorsichtig gehe ich auf sie zu und frage: „Wie bitte? Was war das?"

„Wirst du –?" Sie rollt die Augen. „Willst du mich ernsthaft dazu bringen, das zu wiederholen?"

„Ja und vielleicht ein drittes Mal, wenn ich gewinne."

„Männer", schnaubt sie und wippt weiter. Dann sagt sie: „Schön, du hattest recht. Glücklich? Du hattest recht, dass das für uns beide gut sein wird. Zumindest hoffe ich, dass du recht hast, denn ich habe keine Ahnung, wie sich das Ganze genau fügen wird."

Ich komme näher, bis nur eine Handbreite zwischen uns liegt. „Es wird sich alles perfekt fügen. Du wirst meine Freundin sein, ich dein Freund und niemand wird es herausfinden, außer Declan, und er ist auf unserer Seite." Ich muss einfach meine Hand ausstrecken und eine Strähne ihres langen dunklen Haars berühren, die sich neben ihres Schlüsselbeins kräuselt. „Also, die Woodcrest Familie ist also eine Berühmtheit in diesen Kreisen?"

Sie wird rot. „Nicht wirklich. Ich meine, meine Familie schon. Mein Dad und meine Mom, nehme ich an, wenn man bedenkt, wie die Leute um sie herumschwänzeln, als ob sie etwas Besonderes seien. Ich bin einfach ... ich."

Sie kaut beschämt auf ihrer Lippe herum und mein Schwanz zwickt zur Antwort. Diese unschuldige Gewohnheit wird mein Tod sein. „Kommst du nächsten Freitag mit mir zum Abendessen? Zusammen mit diesen Gentlemen und zumindest einer ihrer Ehefrauen. Ich sehe bereits, dass sie dich vergöttern." Meine Berührung scheint sie so zu verzaubern, dass sie nicht antwortet. Ich lächle und ziehe sanft an der Strähne. „Marissa ...?"

Sie zuckt. „Oh, ja. Ja, ich werde da sein." Sie verzieht das Gesicht. „Muss ich High Heels tragen?"

Wenn man bedenkt, dass sie nur ein Meter fünfundsechzig groß ist, würden vermutlich die meisten Frauen Heels wählen. Doch nicht Marissa. Sie ist anders als jede Frau, die ich je getroffen habe. „Du kannst Brustwarzen-Pasties und einen Tanga tragen, wenn du möchtest. Solange du kommst und so tust, als wärst du hoffnungslos in mich verliebt."

Sie lacht und es ist verdammt entzückend, aber auch irgendwie sexy. „Ich denke, die Pasties sind wahrscheinlicher als das, aber ich denke dennoch nicht, dass das so ganz das richtige Aussehen für eine förderliche Freundin ist."

„Ist das so?" Ich komme ihr näher und zeichne eine Linie auf ihrem Schlüsselbein. Sie ist so blass und dennoch hat ihre Haut einen goldenen Ton. Ich will sie schmecken, sie überall ablecken. Ich werde hart, wenn ich daran denke, wie mir diese Haut offenbart wird. „Dann freue ich mich darauf zu sehen, was du trägst, Liebes."

Sie atmet schnell, ihre Brüste pressen sich gegen den Stoff ihrer Bluse. Ich kann nur die Umrisse ihres Spitzen-BHs erkennen und muss ein Stöhnen zurückhalten. Ich kann mich nicht ablenken lassen: Es steht zu viel auf dem Spiel und die Leute, die quasi einen Galgenstrick über meinem Nacken halten, sind im Nebenzimmer. Und warten auf mich.

Ich lehne mich vor und gebe Marissa einen Kuss auf die

Lippen. Ihr Blick wird weit und ich muss kichern. „Wir sind ein Paar, nicht wahr?"

„Ja, aber uns kann niemand sehen", erwidert sie mit gespitzten Lippen und gewölbten Augenbrauen.

„Das heißt nicht, dass wir nicht jede Möglichkeit zum Üben nutzen sollten. Ich bringe dich raus." Ich geleite sie mit der Handfläche auf ihrem Rücken den Flur entlang zur Rezeption. „So, ich muss zurück zu den Jungs, aber ich will nicht, dass du mitkommst."

„Nein?", fragt sie leise.

„Nein, denn es gibt zu viele Details, die wir zwei besprechen müssen, und im Moment haben wir sie genau dort, wo wir sie haben wollen."

Nachdem ich sie zum Aufzug gebracht und ihr einen schnellen Kuss auf die Wange gedrückt habe, gehe ich in Declans Büro zurück. Spires und Noble blicken beide auf, als ich eintrete, während Declan erleichtert aussieht, dass ich entschieden habe, zurückzukommen. Ich weiß nicht, was er sich alles ausgemalt hat, aber das ist Declan.

„Werden wir Miss Woodcrest nächste Woche beim Abendessen sehen?", fragt Noble, bevor ich mich hinsetzen kann.

Ich nicke lächelnd. „Ja, das werden Sie in der Tat."

Das nervöse Loch in meinem Magen hat sich etwas beruhigt, aber es ist noch immer da. Es gibt genügend Gelegenheiten, um alles zu versauen. Doch mit Marissa an meiner Seite bin ich wesentlich vorbereiteter als noch vor zehn Minuten. Und ich kann kaum erwarten, was als nächstes passieren wird.

KAPITEL ACHT

Marissa

Sollen wir uns im Park bei deinem Büro treffen?

Nachdem ich am Tag zuvor im Büro von Simons Agenten aufgetaucht war, bin ich ausgelastet in meinem Job in der Marketingfirma, als ich Simons Nachricht bekomme. Mein Herz macht einen dummen kleinen Purzelbaum.

Das ist nicht echt, Marissa, erinnere ich mich selbst. *Bleib cool.*

Ich schreibe zurück, dass ich mich nach der Arbeit gegen achtzehn Uhr mit ihm treffen kann.

Mein Job war noch nie ein Traum gewesen, da mein Boss ein Arschloch und meine Kollegen in den Rücken fallende Idioten sind. Aber heute ist es noch unerträglicher. Für den Rest des Tages bin ich unruhig, ignoriere Anfragen meiner Kollegen, ihnen etwas zu mailen oder etwas für sie zu tun, vollständig, bis mich mein Boss schließlich nach Hause schickt. Zum Glück ist es fast achtzehn Uhr, also gehe ich zu dem von Simon erwähnten Park.

Es ist der größte Park der Stadt. Mütter schieben Kinderwägen, Paare gehen mit Hunden spazieren und einsame Jogger rennen mit Ohrstöpseln den Weg entlang. Für Südkalifornien hat die Luft überraschend Biss. Ich bin froh, dass ich eine Jacke trage, ansonsten wäre ich ein zähneklapperndes Häufchen Elend, wenn Simon auftaucht.

Überraschenderweise bin ich ruhig. Ich bereue meine impulsive Entscheidung, die Rolle von Simons Freundin zu spielen, nicht. Ich hatte mir im Vorherein schon den Kopf zerbrochen, nachdem wir uns in der Limo geküsst hatten. Ich lag im Bett und fragte mich die ganze Nacht über, ob ich jemandes Freundin spielen könnte, ohne mich in ihn zu verlieben. Ohne dass es wehtut, wenn er mich verlässt. Ohne dass mein Leben den Bach runtergeht, nur wegen meiner dummen Impulsivität.

In Wahrheit bereitet mir all das immer noch Sorgen. Aber ich halte die Langeweile in meinen Leben auch nicht länger aus. Sobald Simon in mein Leben getreten war, erinnerte ich mich daran, wie sehr ich die Aufregung der Spontanität und des Risikos vermisse.

Ich will wieder mehr davon verspüren. Ich will sie in mir aufsaugen, sodass sie mich aufrecht halten, sobald die Dinge in meinem Leben mehr und mehr ihren gewohnten Gang gehen.

Ich werde es tun.

Für kurze Zeit könnte ich noch einmal das wilde und ungehemmte Mädchen sein. Ich kann etwas tun, wozu nur wenige Menschen je die Möglichkeit haben. Ich fühle mich selbstbewusst und energiegeladen wie schon lange nicht mehr.

„Marissa, Liebling."

Ich drehe mich um und sehe Simon, der mit langen Beinen und selbstbewussten Schritten auf mich zukommt und mich auf die Wange küsst, genauso wie er mich im Büro seines Agenten vor dem Aufzug zum Abschied geküsst hatte. Genau wie dort bringt die Geste mein Herz zum Klopfen und mein Atem stockt vor Aufregung.

„Wie war dein Tag?", fragt er.

„Okay." Ich versuche den Kuss zu ignorieren, versuche zu ignorieren, wie sehr ich möchte, dass er mich nochmal küsst.

„Gut. Bereit für unseren Spaziergang?" Er streckt seinen Arm aus.

Ich fühle mich etwas albern, ihn anzunehmen, aber wenn wir das tun wollen, können wir es genauso gut richtig machen. „Ich bin bereit, wenn du es bist."

Wir fallen in ein angenehmes Tempo und ich kann sehen, dass er seine Schritte verkleinert, um sich meinen anzupassen. Mein Herz erwärmt sich. Selbst wenn er es vortäuscht, ist er sehr gut in diesem ganzen Partner-Ding.

„Also, Logistik, wann und wo wir die Rollen von Liebenden spielen werden", sagt er und blickt zu mir herunter. „Zuerst wird das Abendessen am Freitag sein, von dem ich dir erzählt habe. Und dann findet am Wochenende ein formeller Ball statt. Bist du verfügbar?"

„Für einen Ball?"

„Ja. Noble und Spires haben mich damit überfallen, als du Declans Büro verlassen hattest. Sie waren so fasziniert von uns beiden, dass sie der Meinung sind, dass wir kommen müssen. Sie haben jedes Jahr ein großes Abendessen für all ihre Geschäftspartner. Eine Menge berühmter Schauspieler werden dort sein. Wir werden Spires und Noble zeigen, dass wir ein Paar sind und ich der hingebungsvolle Familienmensch bin, den sie sehen wollen. Danach habe ich entweder die Rolle in der Tasche oder eben nicht. Egal wie es ausgeht, können wir uns trennen und du, meine Liebe, kannst dein Leben weiterleben."

„Was werde ich meiner Familie sagen? Ich bin nicht sicher, ob sie sich über eine zweite Trennung in einem Jahr freuen werden." Ich weiß nicht, warum ich das sage. Es ist schließlich nicht so, als könnten wir diese Farce in etwas Echtes verwandeln.

Simons Stirn legt sich in süße Falten. „Guter Punkt. Vielleicht findest du heraus, dass ich dich betrogen habe, und schießt mich ab?"

Ich schnaube. „Charles hat mich betrogen und meine Mutter bettelte mich an, ihn zurückzunehmen."

„Ah, richtig. Naja, ich habe nicht vor, irgendeine Art von Beziehung einzugehen, also können wir das Spiel weiterführen, so lange du möchtest." Er lächelt mich an, doch es ist ein zärtliches Lächeln, wie man es seiner Großmutter oder seinem Hund schenkt. „Vielleicht bis du einen Mann findest, der deiner Wert ist."

Ich versuche, es nicht persönlich zu nehmen. Nur weil Simon mich zum Kommen brachte, heißt das nicht, dass er das wieder tun möchte. Und würde ich das überhaupt wollen?

Oh, ja. Selbst wenn es Fake ist, wenn keine Bedeutung dahintersteckt. Ich will es. Ich will, dass die Dinge noch so viel weitergehen, will einfach nur entspannen, genießen und mich nicht darum sorgen, einen dummen Verlobungsring zu tragen und einen Mann mit den richtigen Wurzeln zu heiraten.

Wir kommen zurück zu der Stelle, wo wir gestartet sind, und Simon fragt, ob ich eine weitere Runde gehen möchte. Da kommt eine Familie mit Zwillingsmädchen näher. Eines der Mädchen schreit gerade bis zum Himmel.

„Wir kaufen dir eine Eiswaffel, Liebes", beruhigt der Vater und schaukelt das kleine Mädchen in seinen Armen. Sie windet sich, will runter und der Vater seufzt und lässt sie gehen.

Er dreht sich um und sagt etwas zu seiner Frau, da rennt das kleine Mädchen so schnell wie ihre pummeligen Beinchen sie tragen den Bürgersteig entlang. Ich habe nicht viel Erfahrung mit kleinen Kindern, doch sogar ich bin überrascht, wie schnell sie für ihr Alter rennen kann. Zum Glück rennt sie geradewegs in Simons lange Beine. Sie stoppt und starrt auf das Hindernis vor sich. Dann sieht sie auf.

„Wo soll's denn hingehen, Kleines?", fragt Simon.

Die Tränen des kleinen Mädchens scheinen so schnell verschwunden zu sein, wie sie erschienen sind. Ich kann sehen, wie ihr Vater ihr nachläuft, während die Mutter das andere

Mädchen festhält. Doch dieses Mädchen starrt Simon an und hebt dann ihre Arme.

„Hoch! Hoch!", sagt sie. Als Simon sie nicht auf den Arm nimmt, zittert ihr rosenblättriger Mund und ich kann spüren, wie der Schrei kurz davor ist, ihrer Kehle zu entweichen.

„Nimm sie hoch, bevor sie wieder anfängt zu schreien!"

Er blickt erst mich an, dann das kleine Mädchen und bückt sich dann, um sie hochzuheben. Das Zittern ihres Mundes verschwindet, und als Simon sie auf seine Schultern setzt, lacht sie frohlockend.

Der Vater schüttelt nur den Kopf, als er auf uns zukommt, doch meine Aufmerksamkeit liegt ganz bei Simon. Er lacht, hat seine Hände an den Beinen des Mädchens und beginnt, auf dem Fleck zu gehen, damit sie sich umsehen kann. Sie klatscht und zieht an seinem Haar. „Hoch! Hoch!", kommandiert sie.

„Ich kann dich nicht höher heben, ohne dass dein Dad mir den Kopf abreißt", sagt er und grinst mich an. Doch er dreht sich im Kreis, hält das Mädchen gut fest und sie lacht so laut wie sie zuvor geweint hat.

Ich kann nicht anders: Mein Herz wird warm und weich. Ich hätte nie gedacht, dass Borg aus *Alien Love* – der Kerl, der die meiste Zeit gefühllos und steif verbringt, obwohl er nahezu nichts trägt – so gut mit kleinen Kindern kann. Er scheint so gelassen zu sein, ich kann nicht anders, als ihn mir mit eigenen Kindern vorzustellen.

Unseren Kindern.

Wow, hör sofort auf.

Natürlich hält mich meine mentale Warnung nicht davon ab, mir vorzustellen, wie er mit demselben Lächeln im Gesicht unseren Sohn oder unsere Tochter hält.

Endlich erreicht uns der Vater. „Danke fürs Aufpassen", sagt er. „Sie ist viel zu schnell für ihr eigenes Wohlergehen."

„Mein Vergnügen." Simon nimmt das Mädchen von seinen

Schultern und gibt sie ihrem Vater. „Ich bin immer zur Stelle, um kleine Mädchen vom Abhauen abzuhalten."

Der Vater dankt uns erneut und läuft dann zurück zu seiner Frau und vereinigt die Zwillinge. Die Mädchen verhalten sich, als hätten sie sich seit Ewigkeiten nicht gesehen und alle lachen.

Als wir unseren Spaziergang fortsetzen, bleibe ich still. Simon versucht immer wieder, meinen Blick aufzufangen, und endlich fragt er: „Was ist los?"

Ich weiß nicht, was ich sagen soll. Dass ich überrascht bin, wie gut er mit Kindern kann? Dass ich mich in ihn verknalle, egal was ich mir selbst einrede?

„Ich hätte einfach nie gedacht, dass du so mit Kindern bist."

„Denkst du, ich bin tatsächlich von einem anderen Planeten? Ich weiß, dass ich ein fabelhafter Schauspieler bin, aber ich verspreche dir, ich bin hier geboren. Ich hatte in meinem Leben Kontakt mit vielen menschlichen Kindern", neckt er. „Ich mag Kinder. Sie machen, was immer sie wollen, und entschuldigen sich nicht. Zumindest in diesem Alter. Es ist reizend."

„Warum habe ich das Gefühl, du bist neidisch auf einen Zweijährigen?"

Er neigt seinen Kopf nach hinten und lacht und ich fühle ein Poltern in mir.

„Naja, ich nehme an, ich sollte nach Hause fahren."

Simon lächelt. „Danke, dass du dich mit mir getroffen hast."

Ich nicke. Mache kehrt, um zu meinem Bürogebäude zu laufen, wo mein Wagen steht. Dann bleibe ich stehen. Bevor ich weiß, was ich tue, drehe ich mich zurück zu ihm und quassle los: „Würdest du gerne mitkommen? Auf einen Tee?"

Oder etwas anderes …

Der letzte Teil scheint unausgesprochen und doch so offensichtlich in der Luft zu hängen, dass ich sofort sehe, dass Simon ihn gehört hat. Er sagt zuerst nichts, doch dann nickt er. „Sehr gerne."

Dreißig Minuten später stehe ich in meiner Küche und mache Tee. Es ist langweilig, und wenn ich eine Art sexy Verführerin wäre, würde ich Simon einen komplizierten Drink zubereiten, aber ich habe all den Wodka neulich verbraucht. Und vielleicht wird er, schließlich ist er Brite, meine Liebe für Tee am Abend wertschätzen, nicht wahr?

Als ich ihm die dampfende Tasse überreiche, berühren sich unsere Finger. Ich weiß, dass er sehen kann, wie ich jedes Mal zittere, wenn wir uns berühren.

„Das ist so englisch von dir", sagt er, bevor er an seinem Tee nippt. Er murmelt anerkennend. „Was ist das? Es ist gut."

„Ich dachte, ihr Briten kennt alle Teesorten auswendig?"

Er lacht sanft. „Ich bin nicht so britisch, Liebes."

„Es ist Jasmin mit Zitrone. Nichts Aufregendes."

„Das ist perfekt. Ich bevorzuge einfach. Ich habe sogar eine einfache Frage an dich, wenn es dir nichts ausmacht."

Der ungezogene Schimmer in seinen Augen verrät, dass er etwas im Schilde führt. Ich zögere erst, hebe dann aber mein Kinn an. „Natürlich. Frag einfach."

„Du hast deine Meinung bezüglich unseres kleinen Schauspiels geändert", fängt er an, „und ich frage mich, wie du über die anderen Dinge für unsere Zeit miteinander denkst?"

Seine Stimme ist seidig und sanft und er braucht mir nicht zu erklären, was er damit meint. Ich will ihm die Arme um den Hals legen und ihn alle möglichen Sachen machen lassen. Ich will die Sache in die Hand nehmen und zu meinem Vorteil nutzen. Stattdessen nippe ich an meinem Tee. Schlucke. Versuche meine Gedanken zu sortieren.

„Welche anderen Dinge?", frage ich etwas zimperlich, damit er die Dinge beim Namen nennt.

„Naja, wir werden Zeit miteinander verbringen. Und obwohl ich nicht auf eine Beziehung aus bin ..." Er greift nach der Haarsträhne, mit der er gestern gespielt hat. „Ich wäre definitiv daran interessiert, das Beste aus unserer Zeit zu machen – körperlich."

Ich schließe die Augen. Ich weiß, dass ich nicht ja sagen kann, es aber so gerne möchte! Ich kann ihn riechen und seine Hitze bereits fühlen, während er nur mein Haar berührt.

Aber wenn ich zuvor besorgt war, mich in Simon zu vergucken, dann verstärkt sich diese Sorge ums Zehnfache, wenn ich daran denke, dass er mich berührt. Und ich ihn berühre. „Ich bin nicht sicher, ob das eine gute Idee wäre." Selbst in meinen Ohren klinge ich nicht überzeugt.

Er steht auf und stellt seine Tasse auf den Tresen. Er berührt mich nicht mehr, aber zwischen uns ist nur so wenig Raum, dass ich ihn noch immer spüren kann.

„Darf ich dich noch etwas fragen?"

Ich sehe ihn verwirrt an. „Wenn du möchtest."

„Wie lange warst du mit – wie war seine Name? – zusammen? Dem Wichser, mit dem du verlobt warst?"

Ich beiße mir auf die Lippe, um nicht zu lachen. „Charles."

„Oh, ja, Charles. Charles, der Wichser." Er macht eine abweisende Bewegung mit seiner Hand. „Wie lange wart ihr zusammen?"

Ich bin nicht sicher, worauf er hinauswill, doch ich antworte: „Etwa sieben Jahre. Warum fragst du?"

Er kommt näher, bis seine Hüfte meine berührt. Wenn ich wollte, könnte ich meine Hände auf seine Brust legen. „Als ich das erste Mal hier war, auf der Couch ... naja, du bist ziemlich schnell gekommen. Als hättest du das gebraucht. Als wärest du seit geraumer Zeit im Bett nicht befriedigt worden."

Ich atme ein. Ich sollte Simon davonschieben, ihm sagen, dass er ein Arsch ist. Aber der Blick in seinen Augen zieht mich in seinen Bann, das Schimmern in diesen blauen Tiefen. Er berührt mich nicht, aber das braucht er auch nicht.

Ich will jetzt nicht an Charles denken. Um ehrlich zu sein, *kann* ich jetzt nicht an Charles denken. Simon füllt meinen

Verstand aus, meinen Blick, mein alles. Was ist an diesem Mann, dass ich jeglichen Sinn für Anstand über Bord werfe?

Ich weiß, dass ich seine Frage nicht beantworten sollte, doch ich tue es dennoch. „Er war … in Ordnung." Ich will nicht ins Detail gehen – nicht weil ich Charles beschützen möchte, sondern weil ich nicht will, dass Simon denkt, ich sei kalt wie ein Fisch.

Er schaut mich nur an. Ich will wegsehen, kann aber nicht. Sein Blick deckt alles auf und hinterlässt mich entblößt.

„Ich weiß genug über Frauen, um zu wissen, dass „in Ordnung" das Äquivalent zu „schrecklich" ist." Er berührt mich endlich, doch es sind nur seine Finger, die meine umschließen. „Hast du es je genossen?"

Ich schließe die Augen. Nein, habe ich nicht. Zuletzt war es schon so gewesen, dass ich versucht hatte, so gut es geht aus der Sache herauszukommen, was vermutlich der Grund dafür war, dass Charles mich mit seiner Sekretärin betrogen hat. Wir hatten seit über neun Monaten nicht miteinander geschlafen. Manchmal beklagte sich Charles darüber, aber ich fand immer eine Ausrede. Ich hatte Kopfschmerzen, war müde, musste früh raus. Sex dauerte sowieso nur zehn Minuten und jedes Mal starrte ich nur zur Decke und zählte die Minuten, bis es vorbei war.

Ich fühle mich so verletzlich wie schon lange nicht mehr. Wie kann ich zugeben, dass ich noch nie einen Orgasmus mit einem Mann hatte, bevor Simon mich berührte, während wir *Alien Love* schauten? Nicht mal Brian Hall, mein Playboy Freund aus Teenager Zeiten, oder irgendein anderer Junge, mit dem ich zusammen war, schaffte es, mich zum Kommen zu bringen. Ich redete mir selbst ein, dass ich zu jung gewesen war, dass ich meinen Körper erst noch kennenlernen musste, aber als Erwachsene? Charles beschimpfte mich immer wieder als einen kalten und prüden Fisch, bis ich irgendwann anfing, ihm zu glauben.

Durch Simons reibende Finger Erlösung zu finden, war wunderbar und ein Glückstreffer. Nicht wahr? Ich *will* aber nicht, dass dieser Moment nur Zufall war. Ich habe Fantasien über ein erfüllendes Sexleben mit einem Mann, der mich so verehrt, wie es nur in Geschichten passiert. Simon ist ein Mann, der dazu fähig ist, Fiktion zum Leben zu erwecken. Ich habe oft genug gesehen, wie er das auf dem Bildschirm gemacht hat. „Genießt du deine Sexszenen so sehr, wie es aussieht?", plappere ich los.

Er lacht weich. „ Schwerlich. Damit will ich nicht sagen, dass Miss Brice keine faszinierende Frau ist. Ich mag vielleicht leicht erregt sein, aber es ist nicht wirklich verführerisch, dreißig Leute um dich herumstehen zu haben, die dir sagen, welches Körperteil wann zu bewegen ist."

„Oh." Ich knabbere auf meiner Lippe. „Du hast mich definitiv getäuscht. Es sieht immer so aus, als würdest du es genießen."

Er legt einen Finger auf mein Kinn und dreht mein Gesicht zu sich. „Zurück zu dir, Liebes. Lass mich raten!", sagt Simon und spielt mit meinen Fingern. „Der Wichser hat dir die Schuld dafür gegeben, Sex nicht zu mögen."

Ich versuche cool zu bleiben, aber ich bin mir sicher, dass mein Gesichtsausdruck mich verrät, denn Simon fragt: „Keine Frau ist kalt, weil sie schlecht im Bett ist. Sie ist kalt, weil ihr Liebhaber ein egoistischer Sack ist, der keine Ahnung hat, was er tut." Er nimmt meine Hand und küsst meine Fingerrücken. Ich zucke zusammen, als ich spüre, wie seine Zungenspitze meinen Zeigefinger wäscht. „Du hast meine Hände auf dir genossen. Ich weiß, Liebling, dass du auch die anderen Dinge, die wir zusammen tun können, genießen würdest."

Im Moment bin ich alles andere als kalt. Ich stehe in Flammen. Meine Haut prickelt und ich bin sicher, feuerrot zu sein.

Das hier ist alles nur eine Welt der Fantasie, aber wen interessiert es, ob es real ist oder nicht? Ich war noch nie in meinem Leben so angetörnt. Als Simon denselben Finger nimmt und ihn mit seinem Mund einsaugt, seine Zunge darum wirbelt, bin ich sicher, dass ich explodieren werde.

Und er hat mich kaum berührt!

„Süße Marissa", sagt er, als er die anderen Finger küsst. „Lass mich dir zeigen, wie falsch der Wichser lag. Wie sehr du mich antörnst und welch leidenschaftliche Liebhaberin du sein wirst."

Er lehnt sich zu mir und küsst meine Wange. Dann meine Stirn, mein Ohr. Und sein Mund erreicht endlich meinen, bis ich keuche, dass er mich küssen soll.

Er küsst mich, aber nicht so wie im Wagen. Er küsst mich sanft, seine Lippen weich an meinen. Er spielt mit mir, lässt meine Hand los, um mich an der Taille zu nehmen und mich näher an ihn zu drücken. Ich spüre seine Erektion und zittere. Ich kann nicht glauben, dass dieser Mann mich will.

Es ist berauschend.

Ein leises Geräusch in meiner Kehle scheint ihn anzustacheln. Er beugt mich nach hinten und küsst mich härter, stößt seine Zunge in meinen Mund. Bevor ich weiß, was passiert, setzt er mich auf den Küchentresen und spreizt meine Beine, sodass er dazwischen stehen kann. Er küsst mich, bis ich Sterne sehe. Mein ganzer Körper steht in Flammen, und als er meine Seite streichelt, kann ich nicht anders, als mich fester an seinen Körper zu pressen.

„Lass mich dich berühren", flüstert er.

Ich schreie fast, bitte! Aber stattdessen nicke ich und sehe zu, wie seine fantastischen Hände nach unten wandern, von meinem Hals zu meinem Bauchnabel. Ich will mir all meine Klamotten vom Leib reißen und ihm sein Shirt ausziehen, aber ich kann mich nicht bewegen. Ich kann nur zusehen, als Simon am unteren Ende meines Shirts angelangt ist. Seine Finger tanzen über meinen Bauch. Ich muss lachen.

„Kitzelig?", fragt er.

„Oh, ja!" Ich lache weiter, während er meine Seite kitzelt, und muss ihn kurz anbetteln, aufzuhören.

„Was ist los, Liebling?"

Ich atme durch. Ich kann nicht anders, als mir ihn in seinen Liebeszenen mit Ava Brice vorzustellen. Obwohl all das nur Filmmagie war, ist sie umwerfend und blond und perfekt und er hat mehr als nur ein paar Betten mit ihr geteilt, auch wenn diese Betten allesamt Teil eines Filmsets waren. Wie kann er mit jemandem wie mir zusammen sein, jemand so Gewöhnliches? Werde ich ihn nicht enttäuschen? „Ich bin einfach nur nicht wie deine ... anderen Frauen."

Er hält inne und sieht mir in die Augen, seine eigenen Lider sind schwer, sein Blick brennt vor Lust. „Ich versichere dir, Marissa, du bist umwerfend."

Ich nicke. Die Lust in seinen Augen spornt mich an. Er zieht mir mein T-Shirt über den Kopf und wirft es über den Tresen. Ich trage einen langweiligen beigen BH– zumindest ist es Spitze! – und muss mich zurückhalten, meine Brust nicht zu bedecken. Meine Brüste sind übermäßig groß, nicht hübsch und keck wie er es vermutlich gewohnt ist.

Doch wenn ich den Schimmer in seinen blauen Augen beurteile, scheint ihn das nicht zu stören. Er leckt sich sogar die Lippen, bevor er seine Hand ausstreckt, um meine rechte Brust zu umfassen.

„Bist du hier empfindlich?" Er fährt mit seinem Finger um meinen Nippel, streichelt und spielt. Als ich nach unten sehe und seine gebräunte Hand auf meiner Brust erblicke, spüre ich, wie ich feuchter werde. Ich kann seine Frage nicht einmal beantworten, sondern drücke meine Brüste gegen ihn und bitte wortlos um seine Berührung.

Er neckt und spielt und umkreist, bis ich an ihm flattere. Mein Atem kommt keuchend.

Er greift um mich herum, küsst mich und ich bemerke nicht einmal, dass er meinen BH geöffnet hat, bis die kühle Luft auf meine Nippel trifft.

Jetzt bedecke ich mich. Ich kann ihn nicht meine nackten

Brüste sehen lassen! Nicht im hellen Licht der Küche. Charles hat mich nie bei vollem Licht nackt gesehen.

Doch Simon küsst mich lediglich schmeichelnd in den Nacken und murmelt: „Lass mich diese hübschen Brüste sehen", und leckt meine Haut. „Ich weiß, dass sie für mich brennen. Tun sie das? Willst du, dass ich diese festen rosa Nippel sauge, bis du es nicht mehr aushältst?"

Jesus, denke ich benommen. Noch nie hat jemand so mit mir gesprochen und ich liebe es. Ich habe irgendwie den Mut, meine Arme fallen zu lassen. Simons Blick weilt auf meinen Brüsten, meinen gerunzelten Nippeln – die jetzt dunkelrosa sind – und er fährt mit seinem Daumen über die Hügel.

Der Sinneseindruck schießt in meine Zehen. Es ist unerträglich. Es ist fantastisch.

Er küsst die Oberfläche meiner Brüste, flickt einen Nippel, dann den anderen. Ich kann nicht anders: Ich stöhne laut auf. Normalerweise wäre ich beschämt, aber ich bin an einem Punkt angelangt, an dem mich nichts mehr interessiert. Ich will lediglich, dass er mich berührt und mich schmeckt und mich sein macht.

„Simon, bitte", murmele ich und berühre sein goldenes Haar. „Ich kann nicht mehr."

Er zwickt einen Nippel und ich stöhne.

„So ungeduldig. Und doch kann ich nicht behaupten, dass ich nicht dasselbe fühle." Er legt einen Arm um mich und lehnt mich nach hinten, sodass er sich an meinen Nippeln laben kann. Er nimmt einen Nippel in den Mund und saugt daran, während seine Hand mit der anderen Kugel spielt. Sein Mund macht mich benommen. Ich will meine anderen Kleidungsstücke ausziehen und ihn in mir haben.

Seine Zunge leckt und saugt und dann befreit er den Nippel mit einem hörbaren Pop, bevor er seine Aufmerksamkeit dem anderen zuwendet. Ich fahre weiter mit meinen Fingern durch sein Haar. Meine Zehen kringeln sich und Gott im Himmel, ich will nicht, dass er je aufhört.

Doch während ich stöhne und meine Hüften sich an ihn drücken, verwandelt er sich plötzlich in das Raubtier, das ich erst einmal zuvor gesehen habe. Er öffnet meine Hosen und erforscht dann die Gegend unter dem Gummizug meiner Unterwäsche. Ich bin zu schockiert, um zu protestieren – wenn ich es überhaupt wollte. Doch ich will nicht. Ich will, dass er mich überall berührt, und ich will vor allem, dass er mich dort nochmal berührt.

Sein Zeigefinger teilt meine Scheide und er knurrt. „Schon so feucht? Ich kann spüren, wie du meine Hand aufweichst." Er saugt an meinem Nacken, als seine Finger all das berühren, was sie berühren sollen.

Selbst die leichteste Berührung führt dazu, dass ich mich fühle, als könnte ich jeden Moment explodieren. Ich drücke mich an seine Finger.

Er streichelt mich, teilt mich und seine Finger zeigen sich an meiner Klitoris, bevor sie wieder davontanzen.

Ich beginne zu betteln. Ich bettle nie und mache nie Geräusche beim Sex, doch jetzt bin ich verzweifelt. Ich brauche etwas – irgendetwas. Doch er neckt und spielt weiter, verteilt die Feuchtigkeit, die bereits aus meinem Innersten tropft. Er macht mich wild.

Ich ziehe an seinem Haar. Er sieht auf und lächelt mit schweren Augenlidern.

„Was willst du, Marissa?" Er flüstert die Worte an meinem Mund, heiß und verführerisch.

Ich drücke gegen seine Finger. „Du weißt, was ich will."

„Nein, ich will es aus deinem Mund hören."

Ich mache kein Geräusch. Ich kann es nicht sagen! Wie kann ich so etwas sagen? Ich beiße mir auf die Lippe und schüttele mit dem Kopf.

Der Druck seiner Finger wird schwächer und der Drang nur noch größer.

„Sag es", sagt er und küsst mich. „Sei ein braves Bad Girl und sag mir, was du willst."

Ich stöhne. Ich will sein Handgelenk packen, aber ich kann mich nicht bewegen. Es ist, als hätte er einen Zauber auf mich gelegt.

Seine Finger tanzen in die falsche Richtung. Stattdessen malt er Linien in der Falte meiner Schenkel.

Meine Geräusche werden drängender. „Bitte, Simon", bettele ich.

„Du weißt, was du zu tun hast, Liebes. Sag es."

„Bitte." Ich berühre sein Haar. „Bitte bring mich zum Höhepunkt", flüstere ich und Hitze durchdringt mich.

Er grinst, bevor seine Hand wieder in mich eintaucht. Er teilt erneut meine Haut und schiebt dann einen Finger in mich hinein.

Er küsst mich, stößt seine Zunge im gleichen Rhythmus in meinen Mund wie sein Finger in mir eintaucht. Ich kann nur warten und hoffen, dass mein Herz nicht explodiert. Er fügt einen zweiten Finger hinzu und beugt sie leicht, berührt einen Punkt, von dem ich nicht einmal glaubte, dass er existiert. Ein hohes Kreischen beginnt in meiner Kehle.

Das Geräusch, wie er mich fingerfickt, erfüllt die Küche und macht den Moment nur noch erotischer. Doch all das verschwindet, als sein Daumen gegen meine Klitoris drückt.

„Süßes Mädchen, komm für mich. Komm an meinem Finger."

Seine Stimme versetzt mich in Trance. Ich kann nur spüren, wie er in mich stößt, sein Daumen an meiner Klitoris. Die Sinneseindrücke wirbeln schneller und schneller in meinem Bauch, bis ich aufschreie. Mein Körper beugt sich nach hinten und endlich komme ich.

Ich kann kaum hören, wie Simon sagt: „Gut gemacht, Liebes", doch all das verschwindet im Strudel der Ekstase, die meinen

Körper ausfüllt. Ich komme und komme, bis ich froh bin, dass er einen Arm um mich legt, ansonsten würde ich vermutlich auf dem Tresen kollabieren wie eine Lumpenpuppe.

Als ich mich entspanne, mein Körper sich beruhigt, kann ich nicht anders: Ich beuge mich vor und küsse Simon mit aller Kraft. Zum zweiten Mal hat er mir nun Erlösung mit seinen Fingern verschafft. So lange Zeit war ich frigide und mochte keinen Sex, aber es war nicht im Geringsten meine Schuld gewesen.

Er beantwortet meinen Kuss, summt leise. Seine Hand ist noch immer in meinem Höschen, streichelt noch immer sanft, als könnte er sich nicht lösen. Ein Teil von mir will, dass er mich erneut kommen lässt, während der andere Teil weiß, dass ich für einen weiteren Orgasmus noch zu empfindlich bin.

Wenn er das mit seinen Fingern hinkriegt, wie wird es sein, wenn wir tatsächlich Sex haben?

Mein Körper wird heiß, als ich nur daran denke. Ich weiß, dass ich es mir nicht vorstellen sollte, aber ich kann nicht anders. Ich denke an Simon, seine Hände auf meinen Hüften, der seinen harten Schwanz in mich hineinstößt, bis ich schreie.

Doch all die Gedanken kommen zu einem Ende, als ich Simons Handy höre. Er blickt mich an, dann seine Hosentasche und zieht das störende Gerät schließlich heraus.

Er zieht eine Grimasse. „Mein Agent. Ich muss da rangehen", sagt er und dreht sich um.

Ich bin irgendwie froh über die Ablenkung. Sie erlaubt mir, mich wieder anzuziehen und vielleicht auch wieder einen klaren Kopf zu bekommen. Habe ich mich wirklich so von Simon berühren lassen? Ich kenne ihn nicht einmal! Und dennoch kann ich keine Schuld fühlen, denn niemand hat mich jemals so fühlen lassen.

Er sagt der Person am anderen Ende, dass er bald da sein werde, und legt auf.

„Tut mir leid", sagt er lächelnd, „aber ich fürchte, ich muss gehen."

Meine Zunge ist zu verknotet, also nicke ich nur. Und wieder einmal befriedigt er mich, ohne etwas im Gegenzug zu verlangen. Heißt das, dass er mich nicht so will, wie ich ihn möchte? Habe ich mir die Lust in seinen Augen eingebildet? Die Härte seines Schwanzes an mir?

Er lächelt breiter. „Du kannst dir gar nicht vorstellen, wie angepisst ich bin, dass ich gehen muss. Denn ich will noch so viele Dinge mit dir anstellen, Marissa. Und ich kann es nicht erwarten, deine Hände und deinen Mund an meinem Körper zu spüren. Vielleicht können wir das bald einrichten?"

Zitternd nicke ich.

„Gut." Er drückt mein Kinn nach oben, küsst mich und ich schmelze erneut. „Bis bald. Hab einen wunderschönen Abend, Marissa."

Ich sitze noch immer auf dem Tresen, als ich höre, wie sich die Tür schließt. Und auch einige Zeit später sitze ich noch immer wie benommen da und frage mich nur, wann wir diese Dinge tun, von denen er gesprochen hat.

KAPITEL NEUN

Simon

Zwischen den Aufnahmen gehe ich zum Trailer und checke mein Handy. Die anderen haben bemerkt, dass ich anders bin, also ist es besser, wenn ich mich von der Crew absondere. Selbst Ava hat während unserer letzten Sex-Szene etwas bemerkt. Wir lagen im Bett, Ava trug einen Tanga und ich einen Handschuh für Anstand am Set, als sie mir in die Auge sah und sagte: „Du bist anders als sonst."

Und das heißt etwas, da Ava noch nie das hellste Licht am Hafen war.

Die Wahrheit ist, dass ich aus *Alien Love* herauswachse. Wenn ich die Rolle in *Perfekte Vereinigung* nicht bekomme …

Doch daran will ich nicht einmal denken. Also vollziehe ich mit gesenktem Kopf sämtliche Bewegungen, lasse mich zu Borg schminken und tue, was ich kann, um die Szenen so gut wie möglich abzuschließen, um diese Staffel mit einem Höhepunkt zu beenden.

Doch Ava hat recht. Etwas an mir ist anders. Und es ist genau zwischen meinen Beinen, jedes verdammte Mal, wenn ich an Marissa denke.

Vor drei Tagen hat Marissa mich zu sich eingeladen. Vor drei Tagen habe ich sie berührt, sie geküsst, gehört, wie sie meinen Namen gestöhnt hat. Ich muss zugeben, dass ich mich dazu zwingen muss, nicht zu oft an unsere Begegnung zu denken, um mich nicht in ungemütlicher Lage zu befinden. Doch das hält mich nicht davon ab, den Moment wieder und wieder in meinem Kopf abzuspielen, als sie beim Erreichen ihres Höhepunktes aufschrie. Wie sie ihren Körper an mir gerieben hat, wie meine Finger in ihrer feuchten Hitze waren.

Ich stöhne. Nein, an diese Dinge zu denken, wird mir definitiv nicht dabei helfen, die fast-permanente Erektion loszuwerden, die ich mit mir führe, seitdem ich ihr Haus verlassen habe. Und in einer halben Stunde muss ich eine Duschszene drehen, wo ich nichts außer einem Handtuch tragen werde.

Scheißleben.

Ich gehe auf den Boden des Trailers und mache die notwendigen Übungen, um meine Muskeln für die Kamera poppen zu lassen. Doch bei jedem Sit-up schießt ein Bild von Marissa durch meinen Kopf. Wir haben miteinander geschrieben, aber ich war zu beschäftigt, um mehr als ein paar flirtende Nachrichten hier und dort zu versenden. Marissa, das süße Mädchen, scheint es nicht zu kapieren, wenn ich versuche, den Einsatz zu erhöhen. Oder sie ist zu schüchtern, um den Wink zu verstehen, dass Sexting mehr als willkommen wäre. Ich habe mich dazu entschlossen, es weiter zu versuchen. Sexting kann so viel Spaß machen.

Ich lächle. Ich freue mich lieber darauf, Marissa all die Möglichkeiten zu zeigen, wie sie Spaß haben kann.

Mein Handy vibriert genau in diesem Moment und ich weigere mich zuzugeben, dass mein Herz klopft wie das eines Teenagers. Ich will, dass es die Frau ist, mit der ich mich so zwanghaft beschäftige. Doch als ich die Nummer sehe – ich habe den Kontakt vor Ewigkeiten gelöscht –, mache ich ein finsteres Gesicht.

Warum, zum Teufel, ruft mich meine Ex jetzt an?

Doch ich kenne Janelle und ich weiß, dass sie mich weiter anrufen und mir schreiben und irgendwann vermutlich hier auftauchen wird, wenn ich ihr nicht antworte. So ist sie. Am Anfang unserer Beziehung hatte ich ihre Sturheit für liebenswert gehalten. Jetzt will ich ihr einfach nur noch den Hals umdrehen.

Janelle Williams war die letzte Frau, mit der ich eine ernsthafte Beziehung geführt hatte, und sie ist der Grund, warum ich jetzt keine Beziehung habe. Sie ist ebenfalls eine aufsteigende Schauspielerin – eine von Millionen in dieser Stadt. Bei unserem ersten Treffen während des Vorsprechens für *Alien Love* flogen sozusagen die Funken.

Unglücklicherweise dachten die Produzenten anders, weshalb sie nicht meine Gegendarstellerin wurde. Vielleicht sahen sie etwas in ihr, während ich von ihrem herausragenden Vorbau und ihrem guten Aussehen geblendet wurde. Es ist schwer zu glauben, dass ich jemals überhaupt dachte, sie wäre die Richtige. Bis sie mir ihr wahres Gesicht zeigte und dann, nachdem ich es gewagt hatte, Schluss zu machen, setzte sie sich mit einem der notorischsten Klatschreporter der Stadt zusammen und gab ihm ein umfassendes Interview. Inklusive der Details, wie furchtbar unsere Beziehung gewesen war – alles um ihre eigene Karriere voranzubringen.

Mein Gesicht wird finsterer, als ich Janelles Anruf beantworte. Ich wappne mich für den aufziehenden Sturm.

„Janelle, welch Überraschung."

Sie lacht leise. „Naja, ich habe heute Morgen einen Artikel über dich gelesen, während ich im Internet war, und es hat all diese Erinnerungen zurückgebracht. Ich fühle mich geehrt, dass du die Nummer wiedererkannt hast."

„Liebling, man kann dich nur schwer vergessen. Welche Geschichte meinst du?"

„*Alien Love* geht auf dem Zahnfleisch. Stimmt das?"

Ich seufze tief. „Ich bin überrascht, dass du das noch nicht weißt. Du rühmst dich stets damit, die erste zu sein, die alles weiß."

Sie kichert. Ich muss zugeben, dass sie unter Druck cool bleibt. „Du bist zu süß. Aber dein Charme wird dich nicht weiter bringen."

„Er hat mich in dein Bett gebracht."

Stille. Ich kann Geräusche im Hintergrund hören, dann sagt sie endlich: „Willst du wirklich dieses Spiel spielen?"

Ich lege meine Füße auf den Hocker. Ich habe das Gefühl, dass dies eine Weile dauern wird. „Warum nicht? Ist das nicht deine Stärke? Spielchen spielen?"

„Sag nicht, du bist immer noch sauer wegen des Interviews. Ich gebe zu, es war nicht der schlauste Zug, aber das Wasser ist längst den Fluss runter."

„Oh, es war ein schlauer Zug – für dich. Du hast deswegen deine Rolle in *Klinik Einsamer Stern* gekriegt. Es machte ja nichts, auf wen du getreten bist, nicht wahr?" Ich warte nicht auf ihren Protest. „Natürlich ist das Schnee von gestern. Ich habe das hinter mir gelassen, Liebes. Deshalb frage ich mich auch, warum du mich überhaupt kontaktierst."

Sie macht ein Geräusch – ich kann nicht sagen, ob sie genervt oder amüsiert ist. „Ich wollte dich lediglich nach deiner neuen Freundin fragen. Eine der Woodcrests, nicht wahr? Wie beeindruckend."

Ich versteife mich. Wie konnte Janelle bereits von Marissa wissen? Doch auf der anderen Seite sollte ich nicht überrascht sein. Wenn jemand weiß, wie er jemanden zum Gerede macht, dann ist es Janelle.

„Ihr Name ist Marissa", antworte ich. „Aber danke für deine Nachfrage."

„Ich frage nicht nach", schnappt sie zurück. „Ich sage dir, dass du dich von ihr fern halten solltest."

„Und warum sollte ich das?"

„Weil es offensichtlich ist, dass ihre Familie keine Ahnung hat, wer du bist, wenn sie dich so nahe an sie heranlassen. Habe ich recht?" Ich kann den Hohn in ihrer Stimme fast hören. Für sie stehen die Woodcrests weit über mir, da bin ich mir sicher. „Wenn ihre Familie deine Geschichte kennen würde, würden sie klein Maria so schnell wegschaffen, dass dir schwindelig werden würde."

„Marissa. Und vielleicht interessiert es sie nicht, was ihre Familie denken könnte." Lügner, Lügner. „Außerdem, was hast du damit zu tun?"

Ich kann ihr katzenähnliches Lächeln vor mir sehen. Ich hätte mich nicht ködern lassen sollen, doch gleichzeitig muss ich wissen, mit was ich es zu tun habe.

„Glaub mir oder lass es, aber du bist mir wichtig. Ich hasse es, zuzusehen, wie du dir selbst in den Arsch beißt", sagt sie in mütterlichem Ton, der mich laut schnauben lässt.

„Ich? Dir wichtig? Lass uns keine Spielchen spielen, okay? Die einzige Person, für die du dich interessierst, bist du selbst."

Sie lacht. „Okay, okay. Aber ich weiß, welche Karriere du dir aufbauen möchtest. Du bist skrupellos und ich würde es nicht ausschließen, dass du das süße kleine Woodcrest Mädchen benutzt, um an die A-Produzenten ranzukommen."

Ich beiße mir auf die Zunge. Janelle war schon immer ein argwöhnisches kleines Ding gewesen und es ärgert mich zu sehen, wie nah sie dran ist, den Nagel auf den Kopf zu treffen. Doch das kann ich nicht zeigen. „Denk, was du möchtest, Liebes. Das spielt für mich keine Rolle."

„Oh doch, das tut es. Du willst mehr als *Alien Love*, das wolltest du schon immer. Du hast Ambitionen, doch ich weiß, wer du bist, tief unten. Du spielst mit dem Feuer, Simon. Die Woodcrests halten ihren Namen für sich, aber ihr Geld ist überall in der Stadt verteilt. Wenn du Raul Woodcrests Tochter wehtust, wird er sichergehen, dass du nie mehr einen Schauspieligig in dieser Stadt bekommen wirst, nicht mal eine 0800-Wir kaufen jedes Auto Werbung."

Ich knirsche mit den Zähnen, doch bevor ich antworten kann, redet Janelle weiter. „Oh, Simon. Ich mache mir nur Sorgen, dass dein jüngstes Projekt dein eigenes Grab buddeln wird. Du bist nicht der richtige für eine Bindung, das wissen wir beide. Etwas anderes zu sagen, wäre absolut unehrlich. Außerdem, denkst du wirklich, sie würden ein wertloses Kind aus Londons East End ihre Tochter ausführen lassen? Und das bedeutet, dass jede Beziehung, die du mit dieser Woodcrest hast, früher oder später enden wird – und wie ich dich kenne … wird es schmutzig enden."

Es fühlt sich an, als kämen von ihrer Seite nur Spekulationen. Sie hat nicht alle Details – über *Perfekte Vereinigung*, den Deal zwischen mir und Marissa –, aber ich würde ihr zutrauen zu graben und zu graben, bis sie alles weiß. Janelle hat sich als Schlange im Gras erwiesen, auf die man ein Auge haben muss.

„Ich schätze deinen Ratschlag …", beginne ich zu sagen.

„Das ist kein Ratschlag. Das ist eine Warnung. Ich empfehle dir aufzuhören, was auch immer du tust – und glaube mir, ich werde herausfinden, was es ist, bald."

Ich sage nichts. Ich verkrampfe meinen Kiefer, bis meine Zähne schmerzen.

„Nichts zu sagen?", fragt sie. „Na, das passt schon. Ich wünsche dir eine wunderschöne Restwoche."

„Tschüss, Janelle."

Ich lege auf und werfe mein Handy auf die Couch. Ich stöhne und kann nicht anders, als mich zu fragen, ob Janelle die Wahrheit gesagt hat. Dass die Sache mit Marissa schlimm ausgehen wird. Aufgrund meiner Unfähigkeit, mich einzulassen. Aufgrund meiner Vergangenheit.

Ich hätte mich selbst nie als Bindungsfeind gesehen, aber im Rückblick dauerte meine längste Beziehung lediglich neun Monate, nur einige Monate mehr als mit Janelle. Und als diese

Freundin mich fragte, mit ihr zusammenzuziehen? Ich konnte mich nicht binden. Tief in mir hatte ich nicht geglaubt, dass sie die Richtige war. Das war auch der Grund gewesen, mit den Frauen nach ihr Schluss zu machen, Janelle eingeschlossen. Vielleicht habe ich mir nur selbst etwas vorgemacht. Vielleicht war ich so fixiert auf die Vorstellung, die Richtige zu finden, weil ich wusste, dass keine Frau jemals die *eine* sein konnte, die ich für immer wollte.

Zumindest führe ich Marissa nicht aufs Glatteis. Selbst wenn ich nicht gut genug für sie bin – was ich nicht bin –, was wir tun, ist sowieso nicht echt. Es ist nur ein Geschäft.

Ist es nur Business, wenn du deine Hand in ihrem Höschen hast?

Ja, das ist ein fairer Punkt. Aber es schadet nichts, wenn wir beide etwas Spaß haben, solange wir zusammen sind. Außerdem – wenn Marissa wüsste, wer ich wirklich bin, wie ich aufgewachsen bin, wäre jegliche Art einer bindenden Beziehung mit mir das letzte, was sie wollen würde.

Ich hatte kein tolles Zuhause; mein Dad war ein Alkoholiker und meine Mom lief davon, als ich noch ein Kind war. Wir waren die Familie, über die sich sogar die armen Kinder lustig machten, weil wir jeden Tag dieselben dreckigen, löchrigen Klamotten trugen und ich mehr als einmal dabei erwischt wurde, unser Abendessen aus den Mülleimern hinter der Schule zu klauen. Dad schlug uns, wann immer wir uns beschwerten oder nach etwas fragten, und das Jugendamt war öfter bei uns, als sie es nicht waren. Dann ging mein älterer Bruder Felix und übrig blieben ich und Dana und ein wütender, trinkender Dad und niemand, der auf uns aufpasste.

Sobald ich achtzehn war, bin ich mit Dana weg von dort. Wir gingen in die Staaten, ich bekam eine Greencard und wir blickten nie zurück. Ich habe seit über einem Jahrzehnt nicht mit meinem Dad gesprochen und mit Felix fast genauso lange nicht.

Also ja, schmutzig. Janelle hatte gesagt, die Sache mit Marissa würde schmutzig werden. Aber das werde ich nicht zulassen.

Ich entschließe mich, die Dinge zwischen uns nicht weiter eskalieren zu lassen. Ich sollte ihr sagen, dass unser Tun in ihrer Küche einmalig war und keine Wiederholung finden wird. Wir müssen uns konzentrieren. Wir können unser Urteilsvermögen nicht von Lust überschatten lassen.

Meine Entscheidung dauert an, bis ich kurz davor bin, das Set zu verlassen. Ich beende eine meiner episch langen Duschen, bei der ich all das grüne Make-Up abwische, und ziehe mich an. Als ich nach meinem Handy greife, sehe ich eine Nachricht von Marissa.

Hattest du einen guten Tag?

Ich lächle. Es klingt so nach Ehefrau. Mein Herz wird warm. Es ist dumm und ich weiß, dass ich nicht weitermachen sollte, aber wenn es um Marissa Woodcrest geht, habe ich scheinbar keine Entschlossenheit.

Oh, das Gewöhnliche. Make-Up. Nahaufnahmen. Drehen gleich eine Duschszene. Sag es, wenn ich dich zu sehr langweile.

Duschszene??? Kann ich zuschauen?

Ich hebe eine Augenbraue. Das ist die Nachricht, die bisher am ehesten einem Flirt ähnelt. Ich kann nicht anders: Ich muss sehen, wie weit ich es treiben kann.

Was? Heißt das, du nutzt mich nur für meinen Körper?

Ich warte gespannt auf ihre Antwort.

Sollte ich nicht diejenige sein, die das sagt?

Oh, ich nutze dich für deinen Körper, Liebling, schreibe ich. **Und ich kann nicht aufhören, daran zu denken, wie du an meiner Hand gekommen bist, mit meinem Namen in deinem Mund.**

Als sie nicht antwortet, habe ich Angst, zu weit gegangen zu sein. Ich fluche. Doch dann sehe ich die drei blinkenden Punkte und ihre Nachricht leuchtet auf.

Ich kann auch nicht aufhören, daran zu denken.

Ich jubele fast. **Um ehrlich zu sein, habe ich den ganzen Tag** an diese wundervollen Brüste gedacht. Wie seidig und weich sie waren. Wie dunkelrosa deine Nippel wurden, als ich sie geküsst habe.

Hast du? Naja, ich musste daran denken, wie deine Hände meine Brust entlangwanderten, ich dich küsste und spürte, wie warm deine Haut war. Ich hatte ja das letzte Mal keine Chance, dich zu berühren.

Ich stöhne bei der Vorstellung. Marissas kleine blassen Hände auf meinem Körper? Wäre irgendetwas erotischer? Liebling, du kannst mich berühren, wann immer und wo immer du möchtest.

Ich habe mich jedoch eines gefragt.

Und was?

Bist du so groß, wie es sich unter deinen Hosen angefühlt hat?

In dieser Sekunde wünschte ich, sie wäre hier, damit ich ihr zeigen könnte, wie groß ich wirklich bin. Ich bin froh, dass die Tür meines Wohnwagens verschlossen ist, denn mein Schwanz ist kurz davor, aus dem Reißverschluss herauszuplatzen.

Ein Gentleman gibt niemals an, tippe ich mit leicht zitternden Händen, aber du kannst gerne selbst zur Inspektion kommen.

Zu liebenswürdig. Ich frage mich, ob meine Finger ihn vollständig umfassen könnten? Oder ist er zu groß?

Ich lehne meinen Kopf zurück. „Sie versucht mich umzubringen", murmele ich.

Liebling, wo bist du? Ich muss dich finden, damit du so viel experimentieren kannst, wie du möchtest.

Keine Antwort, ich bin kurz davor, durchzudrehen. Wird sie mich so hängenlassen?

Dann schickt sie mir eine Nachricht, die mich zum Himmel stöhnen lässt. Kann ich dir etwas sagen? Ich habe noch nie einem Mann einen geblasen. Charles sagte, ich würde das bestimmt furchtbar machen. Aber du bringst mich dazu, es versuchen zu wollen. **Würdest du mich dich schmecken lassen?**

Ich bin ernsthaft davor, sie anzurufen und ihr zu sagen, sofort zu meinem Trailer zu kommen. Stattdessen stehe ich auf, stelle sicher, dass die Tür abgeschlossen ist, und setze mich wieder. Ich befreie meinen Schwanz, streichle ihn und schreibe zurück. **Nichts lieber als das. Im Moment habe ich meinen Schwanz in der Hand und stelle mir vor, es ist deine Hand. Dein Mund.**

Wirklich?

Ja. Wo bist du? Berühre dich, Marissa.

Ich streichle mich langsam und mit festem Griff und warte auf ihre Antwort. Als ich sehe, dass sie mir ein Foto von ihrer Hand unter dem Rock geschickt hat, stöhne ich. Mein Schwanz kneift. Ich kann nicht viel sehen, aber es ist erotisch genug, sodass ich mir vorstellen kann, was sie tut.

Ich bin in einem Hinterzimmer des Büros. Ich kann nicht glauben, dass ich das tue, aber ich bin so feucht.

Berühr dich. Bring dich zum Höhepunkt.

Ich kann nicht weitermachen und gleichzeitig schreiben. Ich rufe sie an und der Klang ihrer flüsternden Stimme bringt mich um den Verstand.

„Sag mir, was du gerade tust", knurre ich und streichle weiter meinen Schwanz.

„Ich berühre meine Klitoris", flüstert sie. „Aber ich bin so empfindlich, ich halte es fast nicht aus. Und trotzdem ist es nicht genug. Ich brauche mehr."

„Finger dich selbst, Liebling."

Ich höre, wie sie den Atem einsaugt. Ich kann Tropfen auf meiner Schwanzspitze sehen und Gott allein weiß, wie nah ich bin. Ich habe noch nie so etwas gemacht – schon gar nicht in meinem verdammten Trailer am Set – aber dieser Moment ist dabei, einer der erotischsten meines Lebens zu werden.

„O Gott", stöhnt sie. „Ich bin so nah."

„Beschreib mir, was du tust." Ich klinge harsch und fordernd, doch das stört mich nicht. Ich muss es wissen.

„Ich fingere mich und reibe meine Klitoris. Und du?"

„Ich streichle meinen Schwanz und wünschte, du wärst hier, um das zu tun."

Dann werden wir zu puren Geräuschen. Ich atme schwer und sie auch. Ich stelle mir ihre süße Pussy vor, die ich erst vor einigen Tagen berührt habe. Sie keucht.

„Kommst du?", frage ich.

„Ja, o mein Gott …" Sie verstummt allmählich und stöhnt nur noch. Ich glaube sie meinen Namen sagen zu hören.

Ich kann nicht mehr. Ich drücke meinen Schwanz ein letztes Mal und dann komme auch ich, Flüssigkeit spritzt auf meine Hand. Mein gesamter Körper zittert und es interessiert mich nicht einmal, dass ich bei der Arbeit bin. Es ist eine vollkommene Ekstase.

Danach kann ich fühlen, dass Marissa etwas beschämt ist, aber das werde ich nicht zulassen. Das war fantastisch. Ich sage ihr, dass sie wunderschön ist und ich nicht aufhören kann, an sie zu denken. Sie gibt zu, auch so zu fühlen.

„Kann ich dich heute Abend sehen?", frage ich.

Sie seufzt. „Ich wünschte, aber ich esse wieder mit meiner Mom zu Abend. Du weißt schon, die Frau, die von meinem Liebesleben besessen ist? Ich würde viel lieber dich sehen."

„Dann werde ich im Bett liegen, meinen Schwanz streicheln und dennoch an dich denken."

Sie keucht und lacht dann. „Du bist so schlimm! Ich muss los. Hab einen schönen Abend, Simon."

Ich grinse. „Hab einen schönen Abend, Liebling."

Erst als ich auflege, erinnere ich mich an mein Versprechen, die Geschichte abkühlen zu lassen. Das fühlt sich jedoch absolut nicht danach an. Es fühlt sich eher danach an, als würden sich die Dinge so aufheizen, dass ich sie nicht mehr kontrollieren kann. Verdammt, ich weiß nicht einmal mehr, was ich möchte.

KAPITEL ZEHN

Marissa

„Marissa – Marissa, hörst du zu?"

Mom wirft mir *den Blick* zu und ich weiß, dass ich auf frischer Tat ertappt wurde. Ich hatte ihr nicht im Geringsten zugehört.

„Tut mir leid, wie war das?", frage ich.

Sie seufzt. „Ich fragte, wie es Simon geht. Seid ihr noch zusammen?"

Ich werde rot. Vor einigen Stunden noch haben wir Telefonsex gehabt. Ich kann nicht glauben, so etwas getan zu haben – und das bei der Arbeit! Ja, mein Job ist vermutlich der langweiligste auf der ganzen Welt, aber zuvor war ich zufrieden damit, gelangweilt zu sein, und hatte akzeptiert, dass das mein Leben ist. Ich dachte, es sei passend für mich, einen langweiligen Job zu haben, wo doch Charles zu denken schien, dass ich lediglich das sei – bescheiden und anspruchslos. Doch heute – heute war verrückt gewesen. Mein Boss war mir auf den Geist gegangen und ich war nah dran gewesen, ihm aufs Dach zu steigen. Doch als ich Simons flirtende Nachricht erhielt, kam etwas über mich.

Ich nahm mein Handy, schloss mich in einer Toilettenkabine hinter dem Büro ein und kam dann so hart, dass ich fast schrie. Nicht ein Büro von meinem Boss entfernt. Es war so gefährlich, denn wirklich jeder hätte reinkommen und mich stöhnen hören können.

Ich tue so etwas eigentlich nicht. Nicht mehr. Doch seitdem ich Simon getroffen habe, tue ich Dinge, von denen ich weiß, dass ich sie nicht tun sollte. Es fühlt sich befreiend an – als wäre ich wieder *ich* – , und lässt mich danach lechzen, mal wieder etwas Wildes und Wagemutiges zu tun. Egal mit welchen Konsequenzen.

Ich räuspere mich und versuche, die Bilder und Geräusche dieser Unterhaltung aus meinem Kopf zu schieben. „Ja, das sind wir. Wir werden zu Abend essen mit seinen Prod..." Ich halte inne. Sie weiß nicht, was er beruflich macht. „Mit seinen Geschäftspartnern. Dieses Wochenende."

Mom schnalzt mit der Zunge. „Und was wirst du tragen, Liebes? Den gewöhnlichen grauen Pullover und den schwarzen Rock? Oder wirst du den weißen Pullover und den beigen Rock nehmen?"

Ich blicke sie finster an. „Das ist ziemlich unfair, da doch du diejenige warst, die immer darauf bestand, dass ich nichts zu Buntes trage."

Mom spießt gerade einen Broccoli-Stängel mit ihrer Gabel auf. Wir sind in einem kleinen Café, das nur nicht genetisch veränderte, vegane, glutenfreie, milchfreie Speisen serviert, und Mom hat entschieden, nur Leinsamen und Zucchini zu essen, um zehn Pfund zu verlieren. Ich habe das einzige auf der Karte bestellt, was halbwegs essbar klang, und es ist quasi ein lascher Salat mit einem Essig-Öl-Dressing, das ich zuhause hätte machen können.

„Marissa, du kannst mir nicht die Schuld an allem geben. Ich dachte, wir hätten das nach dem Vorfall mit Brian Hall hinter uns gelassen. Selbst danach habe ich dich immer unterstützt. Ich stand an deiner Seite, mehr als er es tat."

Ich esse einen Mundvoll Salat, kaue ihn langsam. Ich schlucke die Salatkugel und träume von dem Cheeseburger, den ich mir später auf meinem Heimweg holen werde. „Du hast recht, Mom. Du hast mich unterstützt. Ich werde diese Woche einkaufen gehen, wenn du es wissen musst."

„Hervorragend! Wann? Willst du, dass ich ..."

„Ich gehe alleine." Als ich ihren Blick sehe, füge ich hinzu: „Aber danke."

Sie schnieft nur beleidigt und ich gebe fast nach. Ich frage sie beinahe, ob sie mitkommen möchte, doch sie würde alles kritisieren, was ich aussuche. Ich ertrage die ständige Kritik nicht mehr. Bin es satt, gesagt zu bekommen, nichts richtig machen zu können.

Ich denke wieder an Simon. Es ist fast so, als könne ich bei ihm nichts falsch machen. Schon mehrere Male hat er mich bereits selbstlos befriedigt, fast so, als wäre mein Vergnügen wichtiger als seins.

Fast bringe ich den Mut auf, Mom zu sagen, dass Simon mich hübsch findet, egal was ich trage oder wie viel Make-Up ich mir ins Gesicht schmiere, doch stattdessen sage ich nur: „Ich will lediglich alleine einkaufen gehen. Das ist alles, Mom. Ich möchte dich damit nicht angreifen. Außerdem bevorzugst du es sowieso, mit Larissa einkaufen zu gehen." Larissa mit der perfekten Kleidergröße, die überall einkaufen kann, wo sie möchte. Ich habe Glück, wenn ich meine Hüften in ein Paar Hosen von der Stange bekomme.

Mom seufzt ein wenig, als sei sie besiegt und ich zu erschöpft, um zu kämpfen. „Naja, lass es mich wissen, wenn du Hilfe brauchst. Du weißt, dass ich immer für dich da bin."

Ich nicke und versuche, nicht wieder zu seufzen.

Ich vermisse Simon jetzt schon, obwohl wir schreiben und telefonieren und anzügliche Gespräche führen ... Neben den

Sexgesprächen liebe ich es, Simon flirtende, sarkastische, sexy oder einfach Allerwelts-Nachrichten (wie geht es dir?) zu schicken. Ich habe entdeckt, dass Simon nicht auf Smileys steht, während ich dazu tendiere, es damit zu übertreiben. Er tendiert hingegen dazu, längere Nachrichten zu schreiben, die manchmal ein ganzer Textparagraph sind. Ich liebe das an ihm.

Ich realisiere, dass es viele Dinge gibt, die ich an ihm liebe. Was mich, wenn ich darüber nachdenke, zu Tode erschreckt. Ich kann mich nicht in ihn verlieben! Das ist alles nur Show.

Doch sind die Nachrichten Show? Die langen Texte? Die Anrufe?

Als sich das Essen mit meiner Mutter dem Ende neigt, küsse ich sie auf die Stirn und mache mich direkt auf den Weg zur Burgerbude in der Nähe meiner Wohnung.

Als ich den ersten Bissen nehme, stöhne ich.

Und als ich an Simon und unser Sextelefonat von vorhin denke, stöhne ich erneut.

Nach dem Burger schlief ich wie ein Baby und gehe nun mit einem Lächeln auf dem Gesicht zur Arbeit. Doch ich kann nur an meine Gefühle für Simon denken. Ich mache mir Sorgen, was all das bedeutet, als meine Kollegin Donna sagt: „Du hast Besuch, Marissa."

Ich habe niemanden erwartet. Mein Herz leuchtet auf, als ich denke, dass es vielleicht Simon sein könnte. Ich stehe so schnell auf, dass ich fast meinen Becher kalten Kaffee umwerfe, und bin kurz davor, mit einem lauten „Simon!" herauszuplatzen, als ich in den Vorraum bei den Aufzügen blicke und die letzte Person auf Erden erblicke, die ich je wiedersehen wollte.

Es ist Charles.

Ich schließe den Mund abrupt, als ich realisiere, dass er offen steht. Charles trägt wie immer gefaltete Hosen und ein Polo-

Shirt, außerdem einen versnobten Schmollmund, als er das dürftige Büro inspiziert. Er hat nie verstanden, warum ich hier arbeite, wo er doch einen Trust Fund hatte und ich den lieben langen Tag auf dem Hintern sitzen könnte, wie Larissa es tut.

„Rissa, Liebes", sagt er und lächelt, als er mich sieht. Er umarmt mich während ich schlaff dastehe. Er löst sich. „Wie geht es dir?"

Besser als mit dir, denke ich. Stattdessen schenke ich ihm ein sprödes Lächeln, hauptsächlich für meine Kollegen, die uns alle beobachten, und sage: „Sehr gut. Was tust du hier?"

„Ich wollte mit dir zu Mittag essen, vielleicht können wir reden."

„Es tut mir leid, Charles. Ich will mit dir nicht Mittag essen gehen."

Ich höre jemanden hinter mir schnaufen. Charles' Augen weiten sich, als könnte er nicht glauben, dass ich ihn so frech ablehne. Ich bin selbst von mir überrascht, aber gleichzeitig erfreut. Ich kann meine Meinung sagen, ohne mir etwas anhören zu müssen. Yay!

„Ich muss mit dir sprechen und würde das lieber unter vier Augen tun, Marissa", sagt Charles mit einem leichten Winseln in seiner Stimme. Ich weiß, er wird eine Szene hinlegen, wenn ich ihn nicht beruhige. Ich seufze, bedeute ihm, mir zu folgen, und wir nehmen den Aufzug in den ersten Stock, wo wir nach draußen gehen. Wir sind hier vielleicht in der Öffentlichkeit, aber um ehrlich zu sein, haben wir hier mehr Privatsphäre als in meinem Büro.

„Ich weiß alles über Simon Richards ... oder, um präziser zu sein, Simon Dale", sagt Charles.

Fuck.

Fuck, fuck, fuck, denke ich.

Ich sollte mich nicht ködern lassen. Ich sollte rein gehen und nicht zurückblicken. Doch ich kann nicht anders.

„Hast du es meiner Familie gesagt?"

„Noch nicht. Anscheinend hast du es auch nicht vor. Wieso? Willst du deiner Mom nicht von all den Schauspielerinnen erzählen, die er gefickt hat? Wie seine Ex ein Interview gegeben hat, in dem sie beschrieb, wie er sie in ihrer Beziehung beschissen und dann, ohne mit der Wimper zu zucken, abgeschossen hat?" Charles Worte scheinen überzulaufen, aber er kann nicht anders, als mir jedes Stück Scheiße, das er ausgegraben hat, aufzutischen. „Er ist kein guter Kerl, Rissa."

„Aber du?" Ich knirsche mit den Zähnen. „Du kennst ihn nicht."

„Ich weiß genug aus den Boulevardblättern. Und das solltest du auch. Ich weiß doch, wie sehr du die Boulevardpresse liebst." Er kommt auf mich zu und nimmt meine Hände. „Er benutzt dich nur. Das weißt du, oder?"

„Oh?", schnaube ich. „Und wofür benutzt er mich?"

Es ist offensichtlich nicht der Sex, schließlich war ich laut Charles nie gut darin.

Charles sieht mich an, als sei ich verrückt. „Das Geld deiner Familie, Marissa." Er liegt falsch, doch das heißt nicht, dass es weniger weh tut. „Männer wie er und Frauen wie du ... diese Kombination macht keinen Sinn. Denkst du wirklich, dass er sich in dich verliebt hat?"

Die Worte schmerzen, aber ich versuche, das nicht zu zeigen. Wir machen überhaupt keinen Sinn und ich weiß es. Ich weiß, dass Simon sich nicht in mich verlieben wird. Ein Typ, der umwerfende Schauspielerinnen trifft, würde sich nie in jemanden wie mich verlieben. Ich löse mich von ihm und sage mit der stabilsten Stimme, die ich hinbekomme: „Simon und ich sind ehrlich miteinander. Und meine Mutter diktiert nicht, mit wem ich ausgehe. Wenn sie das täte, wäre ich noch mit dir zusammen."

Charles' Augen werden schmal.

„Also, wenn du keine weiteren Informationen für mich hast,

würde ich dir empfehlen zu gehen. Jetzt. Denn du und ich? Das ist vorbei. Wen auch immer ich treffe, geht dich nichts an. Und ich warne dich, Charles. Wenn du irgendwelche Ideen hast, zu meiner Familie zu gehen und Simon schlecht zu reden ... Ich habe bezüglich deiner Betrügerei den Mund gehalten. Wenn du mich zwingst, werde ich zur Presse gehen. Ich werde es zu meiner Mission machen, deinen Namen zu zerstören. Du von allen solltest die Macht meines Familiennamens kennen. Ich habe ihn noch nie benutzt, doch dafür werde ich es tun. Also teste mich nicht."

Charles sieht so perplex aus, dass ich lachen will, doch ich kann sehen, dass er meine Drohung ernstnimmt. Ich drehe mich weg, doch er ruft mir hinterher: „Simon wird dich, sobald er kann, in den Abfluss treten, aber komm nicht zurück zu mir gekrochen, wenn er es tut!"

Seine Stimme ertrinkt, als ich die Eingangstür hinter mir schließe, aber ich merke, dass ich vor Wut zittere. Ich gehe ins Badezimmer, um mich zu beruhigen. Glücklicherweise ist sonst niemand da. Ich lehne mich über das Waschbecken und rede mir ein: „Nicht weinen, nicht weinen, nicht weinen." Ich weigere mich, mich von diesem miserablen Schwachkopf zum Weinen bringen zu lassen. Ich werde nicht zulassen, dass seine Worte mir unter die Haut gehen.

Doch das heißt nicht, dass einige von ihnen nicht doch den Weg zu meinem Herzen finden. Ich weiß, dass ich hoffte, die Dinge zwischen mir und Simon könnten real werden. Ich habe versucht, es zu leugnen, aber es ist genau hier und starrt mich an. Ich kann nicht zulassen, mich in ihn zu verlieben, denn darin hatte Charles recht: Simon ist zu gut, zu perfekt für mich, und er wird nicht immer da sein.

„Also, Planänderung."

Ich betrete mein Haus, als Simon fast aus den Büschen herausspringt.

Ich mache erschreckt einen Satz zurück. „Verdammte Scheiße, du hast mich erschreckt." Ich schlucke. „Hängst du gerne in Gebüschen von anderen Leuten herum?"

„Nur wenn ein Van mit Journalisten mir folgt. Tut mir leid", sagt er aufrichtig. „Sie müssen Wind davon bekommen haben, dass ich für *Perfekte Vereinigung* zur Auswahl stehe, denn normalerweise haben sie kein Auge auf mich."

Ich grinse und ziehe ihn schnell nach drinnen. Das brauchen wir gerade noch. Die Presse, eine Story über ihn und mich und meine Mutter, die davon Wind bekommt. Ich war ehrlich erstaunt, dass Charles erst zu mir kam, bevor er meine Mom aufsuchte. Ich kann nur hoffen, dass meine Drohung, seine Betrügereien auffliegen zu lassen, ihn ruhig halten. „Was ist passiert?"

„Nichts. Oder eher, ich weiß, dass wir morgen Abend mit Spires und Nobles essen gehen wollten. Aber Noble hat angerufen und uns stattdessen zu seinem Haus am See eingeladen. Scheinbar soll das Wetter traumhaft werden und seine Frau hat entschieden, vor dem Ball eine Art Party zu schmeißen."

„Oh, okay." Wellen der Sorge wandern in meinem Körper auf und ab. Ich weiß, dass das gut für ihn ist, aber ein Haus am See bedeutet … Sonnenbaden. Und … Badeanzüge. Zwei Dinge, die so aufregend für mich sind wie die Pest.

Ich höre auf auszuflippen und erinnere mich daran, dass es nicht nur um mich geht. „Aber … das ist gut, oder? Es klingt, als hätten sie wirklich Interesse an dir."

Er nickt, während ich meine Sachen zur Seite lege und in die Küche gehe. „Möglich. Deine Show letzte Woche, in Declans Büro, scheint wirklich gewirkt zu haben. Aber ich meine, Dakota wird auf jeden Fall da sein, weil sie ihre einzige Wahl für die Rolle der Charlotte ist. Ich muss noch herausfinden, ob Liam Hyatt auch da sein wird."

Ich bleibe stehen und gehe zurück ins Wohnzimmer, wo ich sein Gesicht sehen kann, um herauszufinden, ob er Witze macht. Tut er nicht.

Ich gehe zu einer Party, wo ich einen Badeanzug tragen muss. Und Liam Hyatt ist vielleicht dort, genau wie ein Haufen anderer Hollywood-Schauspieler.

Bring mich um, jetzt.

Ich gehe zurück und blicke in meinen Kühlschrank, um schließlich zu entscheiden, dass ich zu müde und zu deprimiert bin, um etwas anderes als Rahmen-Nudeln zu essen.

„Bist du sicher, dass sie wollen, dass ich komme?", frage ich und fühle mich mal wieder jämmerlich unzureichend.

„Natürlich. Du bist meine Freundin, nicht wahr?"

Das Wort bringt mein Herz zum Flattern. Dummes, dummes Herz! Ich setze einen Topf mit Wasser auf.

„Naja, wenn es für sie okay ist, es klingt ..." Entsetzlich. „Nach Spaß. Ich werde den Tag freinehmen."

„Gut und vergiss deinen Badeanzug nicht." Ich kann fast hören, wie er mit den Augenbrauen wackelt. „Vorzugsweise einen String-Bikini."

Ächz. Der einzige Badeanzug, den ich habe, ist ein schwarzer Einteiler, den ich seit zwei Jahren nicht getragen habe.

„Du hast Hoffnungen. Was, wenn ich in einem Schwimmkleid und weißer Sonnencreme auf der Nase auftauche?"

„Dann werde ich einfach unter deinen Rock müssen, nicht wahr? Ich mochte Herausforderungen schon immer."

Ich werfe die Nudeln in das schwach köchelnde Wasser. „Du bist lächerlich. Das weißt du, oder?"

„Habe ich schon gehört. Aber es wird lustig werden, versprochen. Außerdem kannst du deinen ganzen Woodcrest-Charme bei Spires und Noble anwenden. Egal, ob mit oder ohne String-Bikini."

Ich brumme ein bisschen und denke nach. Ich habe seit der High School keinen zweiteiligen Badeanzug mehr getragen, aber warum sollte ich nicht mal etwas Gewagteres probieren? Ich wollte ohnehin einkaufen gehen. Beim Gedanken daran, dass Simon mich in einem Bikini sehen könnte, zittere ich und realisiere, dass es mich kein bisschen schert, was Liam denken könnte. Mich interessiert nur, was Simon denkt. Werden sich seine blauen Augen vor Lust verdunkeln? Um ehrlich zu sein, würde ich einen Tanga und sonst nichts tragen, um diesen Blick noch einmal zu sehen.

„Marissa, bist du da?"

Ich höre auf zu rühren und sehe zu ihm auf. Ich bemerke, dass es etwas seltsam ist ... Wir beide, hier, die so tun, als wären sie ein Paar, obwohl niemand in der Nähe ist. Und es fühlt sich fast normal an. Richtig. „Ja, sorry. Was war die Frage?"

Simon lacht leise. „Ich habe gefragt, wie dein Tag war."

Bevor ich merke, was ich sage, platze ich heraus: „Charles war bei mir im Büro."

Simon sagt nichts. Dann höre ich eine irritierte Stimme. „Warum, zum Teufel, war der Wichser dort?"

„Er erzählte mir, dass er wisse, wer du bist", erwidere ich leise.

Er schließt seine Augen und flucht, aber ich füge schnell hinzu: „Er hat es niemandem gesagt. Ich habe ihm gedroht, jedem zu verraten, dass er mich mehrmals betrogen hat, wenn er uns auffliegen lässt. Er hat es mir abgekauft. Ich denke nicht, dass er irgendetwas preisgeben wird."

Als Simon mich stirnrunzelnd ansieht, zwinge ich mich fortzufahren: Aber wenn du die ganze Sache jetzt abblasen willst, kann ich es verstehen."

Er zögert, schüttelt dann jedoch seinen Kopf. Erleichterung durchströmt mich. „Nein, wir stecken da zu tief drin. Ich bin nicht gewillt, meine Chance aufzugeben. Und du?"

„Ich auch nicht."

„Danke, Marissa. Wenn er noch mal auftaucht, ruf mich an. Ich werde mich um ihn kümmern."

Da wird mein Herz weich. Fassade oder nicht, Simon klingt,

als wäre er um mich besorgt. Ich hebe eine Augenbraue. „Dich um ihn kümmern? Warum klingst du gerade wie die Mafia?"

Ich schalte den Herd aus und werfe die Nudeln samt heißem Wasser in eine Schüssel. Der Dampf steigt nach oben, als ich das ach-so-gesunde Geschmackspaket hinzufüge. Mmm, Rahmen-Nudeln.

„ Sag mir einfach, wenn er dich nervt", sagt er grimmig. „Das wirst du, nicht wahr?"

Ich verrühre meine Schüssel salziger Wohltat. „Natürlich. Ich schätze, dass du dir Sorgen machst. Vielleicht kaufe ich mir zur Belohnung sogar einen Bikini."

Er lacht und mir wird ganz warm. „Du Schlingel. Aber ich werde dich darauf festnageln. Ich will all deine besten Vorzüge sehen."

KAPITEL ELF

Marissa

Freitag. Ich stehe vor dem Spiegel in meinem Zimmer im Haus am See. Jedes Härchen, das ich besitze, stellt sich auf. Ich sage mir selbst, dass ich das schaffe.

Die Verkäuferin versicherte mir, dass ich fantastisch in dem hellroten Bikini aussehe. Ich war auf einer Art Höhenflug und glaubte ihr. Doch jetzt, als ich mich selbst im grellen Tageslicht betrachte, bin ich nicht mal sicher, ob ich den Mut habe, mit meinem Überwurf nach draußen zu gehen. Ich ziehe den Bauch ein, drehe mich zur Seite und sehe einen weiteren Dehnungs-streifen, der am Tag zuvor mit Sicherheit noch nicht dagewesen war.

Die verdammte Dakota weiß wahrscheinlich nicht einmal, was ein Dehnungsstreifen ist.

Ich reibe darüber und rolle dann mit den Augen, weil dadurch meine Haut rot genug wird, um zum Bikini zu passen. Dann mache in den riesengroßen Fehler, meinen Po im Spiegel anzuse-hen. Ich kreische. Seit wann ist mein Arsch so gigantisch? Und nicht das gute, Kardashian-artige gigantisch. Gigantisch, sodass er sich viel weiter auszudehnen scheint, als es sozial akzeptabel ist.

Ich will mich gerade unter dem Bett verstecken, als es an der Tür klopft. „Marissa?" Es ist Simon. „Bist du bereit, runter zu gehen?"

Nein! Ich werde nie bereit sein! Aber in einem Ansturm extremen Mutes – oder extremer Dummheit – habe ich keinen weiteren Badeanzug eingepackt und ich zweifle stark, dass ich einen Anzug von Tilly leihen will, die Schwimmkleider trägt, aber die Größe eines Zahnstochers hat. Ich stöhne leise, ziehe meinen Überwurf an und hoffe, dass ich ihn für das ganze Wochenende anbehalten kann.

Ich öffne die Tür, wo Simon in Badehosen steht, ein Handtuch über der Schulter, und diesen umwerfenden, steinharten Bauchmuskeln. Gott, er hat ein Gesicht für die Ewigkeit, total einprägsam, wie Harrison Ford oder Sean Connery. Im Gegensatz zu mir sieht er aus, als gehöre er in die Welt der erstklassigen Prominenten. Und die Wahrheit ist: Auch wenn *Alien Love* kitschiges Zeug ist – er und er alleine hebt die Show von komplettem Blödsinn ab. Er würde einen fabelhaften Hauptdarsteller abgeben. Noble und Spires wären außer Verstand, jemand anderen zu casten. Das geht mir durch den Kopf, während er mir sein eingebildetes Halblächeln schenkt.

„Fertig, Liebling?"

Ich beiße mir auf die Wangeninnenseite. „Natürlich. Ich habe auch meine Gallone Sonnencreme", witzele ich und halte meine Strandtasche hoch. Obwohl ich nicht wirklich Witze mache, denn ich brauche tatsächlich etwa eine Gallone, um meine zarte Haut vor der Sonne zu schützen.

„Ich reibe dich gerne vollständig ein", sagt er und führt mich nach draußen. Ich zittere, als er meine Schulter berührt und ich mir vorstelle, wie er mich überall berührt. Ich sehe, dass er versucht zu erkennen, was ich unter meinem Überwurf trage. Zu schade, dass ich ihn enttäuschen und ihn den ganzen Nachmittag tragen werde.

„Gute Neuigkeiten", flüstert er, als wir die Treppen hinuntergehen. „Liam ist nicht hier. Ich weiß nicht, ob er einen Terminkonflikt hatte, oder was, aber ..." Er wackelt mit der Augenbraue.

„Oh. Das ist gut. Jetzt kannst du dich in ihre Herzen schleimen, ohne auf ihn achten zu müssen."

„Das ist der Plan, Liebling", sagt er und drückt mich, als wir Spires, Tilly und einigen ihrer Freunde in die Arme laufen. Noble ist auch da, alleine auf einem Handtuch sitzend und auf den See blickend, während er ein Bier trinkt. Es ist etwas komisch, einen Kerl, der so einschüchternd wirkt, mit Badehosen und Sonnenbrille zu sehen – wie jeder andere Seebesucher auch.

„Ich bin etwas überrascht, dass Noble keine Speedo trägt", sagt Simon in mein Ohr.

Ich lasse fast die Tasche fallen. „Danke für die Vorstellung, Arschloch", sage ich lachend.

Er zuckt mit den Schultern, ein Grinsen auf seinem hübschen Gesicht. „Sehr gerne. Hey, vielleicht hätte ich eine Speedo tragen sollen? Ein bisschen mit den Waren angeben?"

Ich blicke nach unten und werde dann rot, als er mich dabei ertappt, wie ich genau auf seinen Schritt starre. „Deine Waren brauchen keine Hilfe", murmele ich. „Außerdem würde ich sie gerne für mich behalten."

Ein Zittern überkommt mich, als er mir ins Ohr flüstert: „Die gehören heute Nacht ganz dir."

„Marissa, Simon!" Spires kommt auf uns zu, den Arm um seine sehr dünne Frau geschlungen. „Werdet ihr schwimmen? Oder nur in der Sonne sitzen? Tilly und ich gehen normalerweise nicht ins Wasser, aber wir sehen gerne anderen dabei zu."

Tilly schnaubt ein bisschen. „Ich mag es nicht, wenn die Algen sich um meine Knöchel wickeln."

„Tilly bevorzugt Pools voller Chlor."

„Oh, ich mag Seen auch nicht so gerne." Als mich alle ansehen, füge ich hinzu: „Als ich klein war, hat mir ein Fisch in den großen Zeh gebissen, als ich im See schwimmen war. Seither weigere ich mich."

Alle lachen. „Ich beschütze dich vor jeglichen zehenbeißenden Fischen", sagt Simon.

Mein Herz wird unaufhaltsamer Weise warm.

Wir gehen zum Ufer hinunter, das sandiger ist, als ich erwartet hatte. *Oh, schau, da ist eine Dakota, die auf dem Steg eine Margarita trinkt. Und ...* „Hat der Typ nicht vor einigen Jahren einen Oscar als bester Nebendarsteller gewonnen?", frage ich, stupse Simon an und werde wieder zum Fangirl. „O mein Gott, ist das ...."

Er nickt. „Ruhig."

„Einfach für dich", flüstere ich und klatsche ihm in die Seite. Das ist alles so furchterregend. „Mein Herz springt fast aus der Brust. Ich werde in Ohnmacht fallen. Wie kannst du nur so relaxt sein?"

Er flüstert grinsend zurück: „Ich habe eigentlich mir selbst zugeredet, ruhig zu sein."

Oh. Ich muss lachen. Ich realisiere, dass er sehr gut schauspielert. Er ist lustig. Ich kann nicht sagen, wo die Show endet und der echte Simon beginnt.

Simon und ich legen unsere Handtücher aus und ich beginne, Sonnencreme aufzutragen. In der Hoffnung, dass er noch nicht bemerkt hat, dass ich noch immer meinen Überwurf trage. Aber als ich versuche, meinen Nacken einzureiben, setzt er sich hinter mich.

„Wäre es nicht einfacher, das auszuziehen?", fragt er und zupft an dem dunkelblauen Stück Stoff.

Ich erstarre, als einige dünne blonde Filmstars vorbeigehen. Simon schenkt ihnen nicht einmal einen zweiten Blick, aber es spielt keine Rolle. „Ich glaube nicht – ich glaube ich werde es lieber nicht ausziehen."

Zuerst sagt er nichts und ich frage mich, ob er sauer ist. Dann bin ich sauer, weil er sauer ist, denn sollte ich nicht tragen dürfen, was ich möchte? Ich drehe mich zu ihm, um ihm die Meinung zu sagen, als ich realisiere, dass er mich nur anlächelt, ein eher geheimnisvolles Grinsen.

„Was?", frage ich.

„Nichts. Aber ich kann sehen, dass du einen Bikini trägst, was mich glauben lässt, dass du ihn gekauft hast, nachdem wir darüber gesprochen haben. Also bin ich überrascht, dass du Zeit und Geld für etwas verschwendest, was du nicht einmal ausführen wirst." Sein Grinsen wird breiter. „Außerdem, das sind Hollywood Schauspieler. Die Sache, wir hätten große Egos? Vollkommen falsch. Wir sind der unsicherste Haufen Menschen, den du jemals treffen wirst. Sieh sie dir an. Sie interessieren sich nicht dafür, wie irgendjemand außer sie selbst aussieht. Wenn es dir zu unangenehm ist, kannst du jederzeit das kleine Ding hier wieder anziehen." Er zupft wieder an dem Überwurf.

Ich hasse es zuzugeben, dass er recht hat. Und die Verkäuferin versicherte mir, dass es gut aussieht. Okay, das war ihr Job, aber trotzdem. Außerdem sind Spires und Tilly unten am Steg und ihre Freundestruppe ist draußen auf dem See. Ich schaue mich um, als ob jemand hinter den Bäumen lauern würde, und ziehe mir dann den Überwurf auf einen Schlag aus, bevor ich überdenken kann, was ich tue.

Simon sagt nichts. Ich bin nicht sicher, ob sein Blick die weiße Gischt des Meeres beäugt, denn ich kann ihn nicht direkt ansehen. Ich weiß nur, dass er nichts sagt. Warum sagt er nichts? Sehe ich so schlimm aus? Ich blicke verstohlen auf meinen Überwurf, als ich seine Hände auf meinen Schultern spüre.

„Ist es dein Lebensziel, mich kontinuierlich zu foltern?", knurrt er neben meinem Ohr. „Wenn ja, machst du einen fabelhaften Job."

Ich drehe mich zu ihm und seine blauen Augen sind so dunkel, dass sie schwarz erscheinen. Ich zittere, aber dieses Mal nicht vor Angst, sondern vor Aufregung. Ich gebe ihm die

Flasche mit Sonnencreme. „Wie wär's damit, wenn du dich nützlich machst?"

Er drückt die weiße Flüssigkeit in seine Handfläche. „Selbstverständlich, my Lady."

Die Sonnencreme ist kühl, während seine Hände heiß sind und ich weiß, dass er mehr reibt und streichelt, als nötig ist, um Sonnencreme aufzutragen. Seine Finger dippen unter die Schleifen meines Bikini-Oberteils und berühren meine Haut. Ich werde rot. Als seine langen Finger in mein Höschen dippen, bin ich nicht sicher, ob ich ihm auf die Hand schlagen oder ihn dazu auffordern soll, weiterzumachen.

„Muss ich wirklich den ganzen Nachmittag hier sitzen und dich und deine köstlichen Brüste und deinen fast nackten Arsch anschauen, gemeinsam mit dem Rest der Welt?", fragt er und küsst meine Schulter.

Ich lächle. „Du warst derjenige, der auf einen String Bikini bestanden hat."

„Das ist meine Schuld? Grausamkeit, dein Nam' ist Weib!"

„Wenn du brav bist", ertappe ich mich zu sagen, während ich mich zu ihm beuge, „wirst du vielleicht sehen, was darunter ist."

Er stöhnt und täuscht einen Kollaps auf seinem Handtuch vor. Ich lache und rolle die Augen.

Wir sitzen eine Weile in der Sonne, aber ich muss zugeben, es ist ziemlich heiß draußen. Ich beginne zu schwitzen und trotz der Möglichkeit, dass Fische an meinen Zehen knabbern könnten, sieht der See fantastisch einladend aus. Ich stehe auf und strecke die Hand aus: „Lass uns schwimmen gehen."

Er drückt seine Sonnenbrille nach unten und betrachtet mich. „Und was ist mit den bösen Fischen?"

„Ich bin sicher, du kannst sie mir vom Leib halten."

Er nimmt meine Hand und nickt entschieden. „Natürlich kann ich das. Ich werde my Lady vor allen Fisch-Knabber-Versuchen beschützen. Dann greift er nach unten, hebt mich hoch und ich kreische. Er trägt mich ins Wasser und lässt mich kurzerhand in den kühlen See fallen.

Ich pruste und schwimme nach oben, um ihm Wasser ins Gesicht zu spritzen. „Das war nicht sehr gentlemanlike!", protestiere ich. Ich kann hören, wie alle wegen unserer Posen lachen.

„Ich habe nie behauptet, ein Gentleman zu sein."

Ich spritze erneut und beginne damit, mich auf seine Schulter zu setzen, um ihn ins Wasser zu drücken. Doch er ist zu stark für mich, hält mich einfach nur fest und trägt mich weiter in den See, während ich lache wie eine Idiotin.

Die anderen beginnen, langsam zum Ufer zurückzutreiben, während Simon und ich auf sie zukommen. Kein Problem für mich, denn ich will ohnehin nur Zeit mit Simon verbringen.

„Viel Spaß da draußen!", ruft einer der Jungs und schwimmt langsam zurück zum Ufer.

Ich will gerade antworten, als Simon mich tunkt. Ich entscheide, dass er eine kleine Revanche braucht, und bleibe länger unter Wasser als erwartet. Ich kann sehen, dass er sich nach mir umsieht, und ich kann hören, wie er meinen Namen ruft.

Gerade als er unter Wasser tauchen will, packe ich ihn an der Taille und drücke. Er fällt nicht gerade um, aber er bewegt sich ein paar Zentimeter nach links.

„Göre!", ruft er und zieht mich hoch. „Ich dachte, du ertrinkst!"

Ich blinzele und lächle. „Ich schwimme, seitdem ich ein Baby war. Ich kann dir vermutlich davonschwimmen."

Er hebt eine goldene Augenbraue. Dann setzt er sich die Sonnenbrille auf den Kopf und sagt: „Dann mal los, Woodcrest."

Wir haben einen Schwimmwettkampf, der sich schnell in Spritzen, Tunken und aufeinander Rumklettern verwandelt. Und Simon, der mich umherwirft. Ich lache so sehr, dass ich außer Atem bin. Dann bemerke ich, dass wir weit draußen auf dem See sind und niemand uns beobachtet.

Er scheint dasselbe zu realisieren. Seine Augen werden dunkel und er zieht mich zu sich. Plötzlich flacht mein Lachen ab und Lust pulsiert zwischen uns.

„Habe ich dir schon gesagt, wie hinreißend du in deinem Bikini aussiehst?" Seine Finger wandern mein Rückgrat hinunter. „Ich kann kaum denken, wenn du das trägst."

Ich lege meine Hände auf seine Brüste und fühle sein klopfendes Herz unter meinen Fingerspitzen. „Du siehst auch nicht so schlecht aus", antworte ich mit flüsternder Stimme.

Ich kann spüren, wie seine Erektion an meinem Bauch wächst, und das bringt mich nur noch näher an den Rand des Wahnsinns. Seine Hand taucht in mein Bikini-Unterteil ein und umfasst meinen Hintern. Ich schließe die Augen.

„Weißt du, woran ich nicht aufhören kann zu denken?" Seine Stimme ist ein tiefes Murmeln in meinem Ohr.

Ich schüttele den Kopf.

„Wie köstlich dieser Arsch aussehen würde, wenn ich dich von hinten ficke. Ich würde ihn umfassen und streicheln, während ich mich in dir versenke."

Ich keuche. Meine Augen öffnen sich abrupt und ich versuche, gleichmäßig zu atmen, während ich den Ausdruck auf seinem Gesicht sehe, seine Hand auf meinem Arsch spüre. Er gibt mir einen leichten Klaps unter Wasser. Ich ringe nach Atem.

„Ich hätte nie gedacht, dass du darauf stehst", sage ich.

„Ich stehe auf alle Gelegenheiten. Ich mag alles an einer Frau: Brüste, Arsch. Aber deine Anlagen sind mir von besonderem Interesse."

So wie er es sagt, glaube ich es fast. Dass er mich wollen könnte, selbst mit all den Filmstars um uns herum. Das Feuer in seinen Augen sagt mir, dass er mich vielleicht sogar für länger als nur diesen Fake-Monat möchte. Ich fokussiere mich darauf, greife nach seinen Schultern und versuche, nicht im See zu versinken, so bin ich von ihm eingenommen.

Die Sonne scheint über uns und das Wasser zieht um uns

seine Kreise, doch alles, was ich will, ist seine Berührung. Seinen Kuss. Ich lehne meinen Kopf nach hinten und brauche nichts zu sagen.

Er küsst mich, zieht mich hoch, bis ich meine Beine um seine Taille wickeln kann. So nackt an ihm zu sein, macht mich verrückt. Ich will meinen kleinen Bikini ausziehen und spüre, wie sich unsere nackten Körper aneinander reiben. Simon küsst mich weiter, sein Mund ist heiß und drängend. Dann stoppt er den Kuss und blickt zum Ufer.

„Was ist?", frage ich.

„Ich gehe nur sicher, dass niemand in der Nähe ist."

Auch ich sehe mich um und er hat recht: Alle haben sich nach drinnen verzogen.

Er atmet durch. „Wenn wir das tun, Marissa …"

Ich stoppe ihn und lege meinen Finger auf seine Lippen. Ich weiß, was er sagen will, da es auch mir im Kopf herumschwebt. Die Dinge definieren. Das alles real machen. Aber selbst wenn wir Sex haben, würde es dadurch überhaupt real werden? Ich weiß nur, dass ich noch nie so gefühlt habe und zu viele Gedanken werden den Moment ruinieren. Ich will es einfach nur tun, diese unglaublichen Dinge einmal fühlen und nicht denken müssen. „Keine Bedingungen. Es ist nur Sex", sage ich und fühle mich köstlich frei, als die Worte aus meinem Mund kommen. Wer hätte je gedacht, dass ich bereit wäre, die Dinge zu trennen? Selbst jetzt bin ich mir nicht sicher, ob ich es kann, aber in diesem Moment will ich nur fühlen, nicht denken.

Er scheint das zu verstehen. Er nickt. Ich fühle, wie er mein Oberteil aufknotet und ich seinem heißen Blick ausgesetzt bin. Meine Nippel zucken – vom kühlen Wasser, von seinem Blick – und ich protestiere nicht, als er das Oberteil in die Tasche seiner Badehose steckt.

„Gott, du bist wunderschön." Während er sich sanft im Wasser bewegt, drückt er mich nach hinten und labt sich an meinen Brüsten wie in jener Nacht in meiner Küche.

Ich stöhne und halte mich an seiner Schulter fest, während sein Mund erst an einem Nippel saugt, dann am anderen, er meine Brüste umfasst und mit ihnen spielt. Es ist so, als würden sich alle Gefühle dort versammeln, wo er mich berührt, und es ist unerträglich. Er zwickt einen Nippel und ich stoße einen leisen Schrei aus, vergrabe meine Nägel in seinen Schultern.

Dann sieht er mich an, sein Blick ist dunkel. „Sollen wir das woanders hin verlagern?"

Ich nicke. Es interessiert mich nicht, wohin er mich bringt – solange er nicht aufhört, mich zu berühren. Wir schwimmen zurück zum Ufer und das Wasser an meiner nackten Brust macht sie noch empfindlicher. Wir klettern das Ufer hoch und Simon nimmt mich in die Arme, küsst mich, seine Hände wandern über meinen Körper. Ich weiß, dass alle nach drinnen gegangen sind, aber es ist trotzdem riskant. Was, wenn jemand nach draußen kommt und uns sieht?

Er scheint dasselbe zu denken, denn er sammelt unsere Handtücher ein und führt mich zu einer Baumgruppe, um uns ein wenig Privatsphäre zu geben. Es ist schattig, aber warm genug, um nicht kalt zu sein. Außerdem würden mich Simons Berührungen warm halten, selbst wenn es gefrieren und schneien würde.

Er formt eine Art Bett aus den Handtüchern und zieht mich neben sich. Er bedeckt mich, küsst mich, sein Mund wandert meinen Hals hinunter und verweilt auf meiner rechten Brust. Ich buckele mich stöhnend auf.

„Ich will dich, Marissa", sagt er an meiner Haut. „Ich wollte dich, seitdem ich dich zum ersten Mal gesehen habe. Du machst mich verrückt."

Noch nie hat ein Mann so etwas zu mir gesagt und es macht mich nur noch heißer. Sein Mund ist drängend, küsst meinen Bauch und dippt in meinen Bauchnabel. Bevor ich es realisiere, öffnet er die Bänder meines Unterteils und dann bin ich vollständig nackt, draußen, mit Simon Dales stechendem Blick auf mir.

„Verdammt", flüstert er. Ein einziges ehrfürchtiges Wort. „Du bist wunderschön, Liebling."

Normalerweise wäre ich beschämt und würde ein Kompliment wie dieses zurückweisen, aber Simon glaube ich. Ich dehne mich und drücke ihm meine Brüste entgegen. Seine Augen werden schmaler.

„Wirst du nur schauen oder mich berühren?" Ich kann nicht glauben, so etwas zu sagen. Doch bei ihm werde ich zur Verführerin.

„Oh, ich werde dich berühren." Er knabbert an meinem Bauch, bevor er meine Hüfte küsst, dann die Falte an meiner Hüfte leckt. Er teilt meine Beine, berührt die empfindliche Haut meiner Innenschenkel. Ich höre, wie er Worte murmelt, doch seine Berührung macht mich zu high, um sie zu hören. Es ist, als wäre die Welt um uns verschwunden und es sind nur wir beide auf dem gesamten Planeten.

Er teilt meine Beine weiter. Ich bin so froh, das Bikinizonen-Wachs gekauft zu haben, obwohl ich glaube, dass Simon es auch anders nicht stören würde. Ich weiß, dass ich für ihn feucht bin. Ich kann spüren, wie ich pulsiere und nach seiner Berührung bettele.

„So schön und rosa", sagt er und berührt meine Scheide. „Ich frage mich jedoch, wie du schmeckst."

Er teilt meine Scheide und nur die Spitze seiner Zunge berührt mich. Ich stöhne. Er schnipst mit seiner Zunge, schmeckend, doch es ist wie ein Schmetterlingsflügel. Doch als ich nach mehr bettele, beginnt er, mich mit der flachen Seite der Zunge zu lecken und es macht mich wild.

Ich lege einen Arm auf meine Augen, meine Hüfte hebt sich gegen ihn. Er muss mich nach unten halten, während er leckt, küsst und dann saugt, sein Mund klammert sich an meine Klitoris. Lust kreist in mir. Ich kann die Sterne hinter meinen Augenlidern sehen. Er beginnt, seine Zunge in Kreisen um meine Klitoris zu wirbeln und am Eingang zu spielen, als er zwei Finger in mich hineindrückt. Da platze ich. Ich schreie in die Bäume, mein gesamter Körper zittert vor Ekstase. Er leckt weiter, lässt meine Lust andauern. Ich will ihn wegdrücken, weil es zu viel ist. Es ist alles zu viel.

Er küsst wieder meine Oberschenkel, streichelt mich, lässt mich runterkommen. Ich öffne die Augen und starre in die Bäume über mir.

„Bereit für mehr, Liebling?", höre ich ihn fragen.

Mein Körper erschauert bei der Frage. Ich setze mich auf und lehne mich an ihn. „Wann immer du bereit bist", sage ich lächelnd, bevor ich ihn küsse.

KAPITEL ZWÖLF

Simon

Als Marissa endlich ihren Überwurf auszog, muss ich zugeben, keinen String-Bikini erwartet zu haben. Feuerrot, in Gottes Namen. Ich habe sie geneckt und hatte gehofft, irgendeine Art Zweiteiler zu sehen zu bekommen, aber als sie dieses beleidigende Gewand über den Kopf zog und mir ihren köstlichen Körper in diesem kaum anwesenden Bikini präsentierte?

Ich glaube, ich habe dabei ein bisschen meinen Verstand verloren.

Mit meinen Badehosen hatte ich nicht viel Deckung für meine wachsende Erektion, doch jedes Mal, wenn sie sich bewegte, tanzten ihre Brüste. Und als sie aufstand. Ihr Arsch genau vor mir? Ich wollte ihn packen, mit meinen Händen darüber fahren und zusätzlich noch verhauen. Naja, ich war geil und geplagt, um es gelinde auszudrücken.

Jetzt küsse ich Marissa unter den Bäumen und sie ist komplett nackt. All die weiße Haut für mich entblößt. Ich weiß, dass sie ihres Körpers wegen unsicher ist. Ich wünschte, sie überzeugen zu können, dass sie keinen Grund dazu hat. Sie ist nicht dünn, das ist war, aber ich stand noch nie auf Bohnenstangen. Ich bevorzuge, etwas zum Festhalten zu haben. Marissa hat unglaubliche Kurven und ich will einfach nur in ihr versinken.

Ich küsse sie, bis sie wieder flach auf dem Rücken liegt. Sie hält inne, um zu sagen: „Du trägst zu viel Kleidung."

Sie hat recht. In Rekordgeschwindigkeit entledige ich mich meiner Badehosen und offenbare meinen harten Schwanz. Ihr Keuchen schürt meine Hitze. Während ich mich auf meinen Oberarmen abstütze, küsse und lecke ich ihren Mund. Sie windet ihre Arme um meinen Nacken und fährt mit den Fingern durch mein Haar. Als sich unsere nackten Körper aneinanderdrücken, stöhnen wir beide.

Zum Glück sind wir hier in der Baumgruppe geschützt und der Hügel ist hoch genug, sodass uns niemand sehen kann. Doch in diesem Moment interessiert es mich auch nicht, ob Noble oder sonst jemand uns sehen kann. Ich habe Marissa endlich in meinen Armen. Ich kann sie endlich schmecken, sie wieder zum Höhepunkt bringen.

Mein Schwanz drückt sich gegen ihren weichen Bauch. Sie greift nach unten und streichelt mich und ich schließe meine Augen. Ich rolle mich auf die Seite, um ihr besseren Zugang zu geben. Ihre Finger reichen kaum um meine Erektion herum.

„Du bist groß", sagt sie und lächelt. „Ich bin beeindruckt."

Ich lache angespannt. Sie könnte mir erzählen, dass der Mond aus Käse gemacht sei, und ich würde es nicht bemerken. Ich kann mich nur auf ihre weiche Hand um meinen Schwanz konzentrieren, die streichelt, zieht, drückt – und mich wahnsinnig macht.

Ich kann fühlen, wie meine Eier sich zusammenziehen, und weiß, dass ich nah dran bin. Ich bewege ihre Hand weg.

„Ich will in dir sein." Ich küsse ihr Kinn. Dann, als ich dabei bin, ihre Beine zu teilen und in ihre warmen Tiefen einzutauchen, fluche ich.

„Was ist?", fragt sie.

Ich drücke meine Stirn auf ihre. „Kondome", knirsche ich. „Wir haben keine."

Sie scheint verwirrt, bevor sie realisiert, was ich meine. „Oh, oh, das ist …" Sie denkt einen Moment nach. „Ich nehme die Pille und weiß, dass ich sauber bin."

Ich sehe zu ihr und Hoffnung keimt auf. „Ich bin auch sauber", versichere ich ihr.

Zur Antwort spreizt sie ihre Beine und hebt ihre Hüfte hoch, streift mit ihrem feuchten Geschlecht an meinem Schwanz.

Das ist die einzige Antwort, die ich brauche. Ich lehne mich zu ihr herunter, nehme meinen Schwanz und führe ihn zu ihrem Eingang. Als ich ihn langsam einführe, stöhnen wir beide. Sie ist so eng – so eng. Ich bin nicht sicher, wie lange ich durchhalten kann. Ich drücke, bis ich bis zu den Hoden in ihr bin, und dann küsse ich sie, freue mich einfach darüber, in ihr zu sein. Vollständig in ihr, ohne etwas, das zwischen uns steht.

Ihre Brüste heben und senken sich mit ihren schnellen Atemzügen. Ich kann nicht anders, als sie auf die Brüste zu küssen, als ich beginne zu stoßen, sie wieder und wieder auszufüllen. Sie stöhnt und das Geräusch schießt direkt in meinen Schwanz, macht mich noch härter als zuvor. Sie ist so heiß und feucht und eng, dass mein Gehirn dabei ist, komplett abzuschalten. Ich kann mich lediglich darauf konzentrieren, wie gut sie sich um meinen Schwanz herum anfühlt, wie süß sie schmeckt und wie sie meinen Namen mit rauchiger Stimme sagt.

Ich beginne zu hämmern, meine Stöße sind tief und sicher. Ein leises Knurren ertönt in ihrer Kehle und sie lehnt den Kopf zurück. Ich setze mich auf, nehme ihre Hüften und nutze den Winkel, um sie härter zu ficken. Unsere Körper schlagen aneinander und ich bin froh, dass wir nicht reingegangen sind, weil uns jeder in dem Haus hören würde. Ich sehe zu, wie mein Schwanz sie füllt, und das führt nur dazu, dass ich noch wahnsinniger werde. Ich sehe zu, wie ihre Pussy mich aufnimmt, immer wieder und wieder.

Ihre Hüften sind gekippt, um sich meinen Stößen anzupassen. Ich kann spüren, wie sie sich um mich herum verengt. Sie beißt sich in die Hand und schließt die Augen, als sich ihr Körper dem Orgasmus nähert.

Ich bin kurz davor, es zu verlieren. Mein Rhythmus wird zackiger, verzweifelt. Ich knurre ihren Namen, packe ihre Hüften und dann komme ich in ihrem warmen, engen Körper.

Ich kollabiere neben ihr und atme schwer. Ich bin bedeckt von einem leichten Schweißfilm, und als eine Brise uns streift, zittere ich. Marissa dreht sich auf die Seite und malt Muster auf meine Schulter. Sie ist rot und sieht so aus, als wäre sie fantastisch gefickt worden, und ich liebe es.

Während ich sie küsse, habe ich verirrte Gedanken, dass das hier real sein könnte. Dass das keine Farce bleiben muss, um ein paar Arschlöcher-Produzenten auf meine Seite zu ziehen. Marissa ist schlau, lustig und wunderschön – und der Sex, ich kann nicht einmal anfangen, den zu beschreiben. Ich küsse sie fester und kann fühlen, wie ich mich für eine zweite Runde vorbereite, als die Realität mich plötzlich einholt.

Es spielt keine Rolle, ob ich es real machen möchte. Sie ist eine Woodcrest. Ich bin ein verfickter, zweitklassiger, unbedeutender Schauspieler aus einer rauen Gegend in London East End.

Es kann nicht real sein. Es kann nur verdammt guter, unglaublich wahnsinniger Sex sein. Ist das nicht, was sie gesagt hat? Nur Sex. Ich muss mich zusammenreißen und daran denken. Wir müssen uns an den Deal halten und unsere Gefühle haben hier nichts verloren.

Ich werde von einem Geräusch hinter den Bäumen aus meinen Gedanken gerissen.

„Was war das?" Marissa blickt um sich.

Ich schiele in die Büsche und hinter die Bäume und lache leise, als ich sehe, was uns gestört hat. Ich deute darauf: „Nur ein Eichhörnchen. Vielleicht will es mitmachen."

Sie klopft leicht auf meinen Bauch. „Sei nicht eklig. Armes

Eichhörnchen. Es wollte wahrscheinlich nur ein paar Eicheln sammeln und hat uns dann so gefunden."

„Armes Eichhörnchen? Ich würde eher sagen Glückspilz, wo er doch so eine wunderschöne Frau wie dich anschauen durfte."

Ihr zieht die Röte ins Gesicht und ich muss zugeben, dass ich überrascht bin, dass sie, nachdem was wir getan haben, noch rot werden kann. Sie blickt zur Seite und versucht plötzlich, die verschiedenen Teile ihres Bikinis zu finden, die im Gras verteilt liegen. Ich finde meine Badehose und gebe ihr das Oberteil, das ich mir vorhin im See in die Tasche gesteckt habe.

„Wir sollten vermutlich rein gehen", sagt sie und knotet den Bikini zu, ohne sich wirklich darum zu kümmern, wie es aussieht. Die Schleifen sind schief und sie ist gerötet und ihre Augen blitzen. Ich habe das Gefühl, wenn jemand mit lediglich einer halben Gehirnzelle sie so sieht, wird er sofort wissen, was wir getrieben haben.

Ich ziehe mir meine Badehose an – die jetzt nass und kalt ist – und bin kurz davor, etwas Dummes zu sagen. Ich kann es auf meiner Zunge spüren, obwohl ich mir vor zwei Minuten erst eingeredet habe, dass alles nur Sex war. Ein Teil von mir sieht eine gemeinsame Zukunft und seit wann will ich denn das? Nicht seit Janelle – und schau dir an, wie das ausgegangen ist. Ich muss mich auf den anderen, männlicheren Teil konzentrieren, der sie lediglich fragen will, ob wir das wiederholen können. Bald. Sehr, sehr bald.

Also sage ich nichts. Wir gehen nach drinnen, wo Noble uns kurz mustert und uns dann mitteilt, dass wir uns gerne fertig machen können, bevor wir zum Abendessen runterkommen.

Nach einer kurzen Dusche treffe ich Marissa unten, wo sie mit Tilly spricht.

Die anderen Gäste laufen herum und trinken Cocktails, bevor

das Abendessen serviert wird. Ich muss mich zügeln, mich nicht neben Marissa hinzusetzen und lediglich mit ihr zu sprechen. Sie sieht frisch und sauber aus, trägt ein weißes Sommerkleid, ihr Haar ist am Rücken geflochten.

„Haben Sie Spaß?"

Ich drehe mich und sehe Noble, der hinter mir steht und an einem Glas Rotwein nippt. Er sieht nach dem Aufenthalt an der frischen Luft leicht gebräunt aus, obwohl das auch nur am Licht liegt. Ich muss noch herausfinden, wie er tickt. Er ist immer so selbstsicher, so ernst. Manchmal frage ich mich, ob er jemals wütend war, geweint hat oder etwas Dummes getan hat, wie die Treppe herunterzufallen oder betrunken zu sein.

„Es war ein wunderschöner Tag", antworte ich und hebe mein Glas.

„Das war es. Spires weiß immer, wie man eine tolle Party schmeißt. Normalerweise ist meine Frau mit von der Partie, aber sie hatte heute irgendein Club-Event. Buch-Club? Strick-Club? Es könnte ein Club gewesen sein, der das Verkleiden von Katzen beinhaltet."

Ich lache, doch als ich realisiere, dass Noble keine Witze macht, huste ich und nehme einen Schluck Bier. „Verkleidet Ihre Frau öfter, ähm, Katzen?"

„Nur, wenn sie nichts Besseres zu tun hat." Er verzieht sein Gesicht zu etwas, das wie in Lächeln aussieht, aber ich kann nicht wirklich sicher sein.

„Nun ja, das klingt sehr – interessant."

„Es ist ein absurdes Hobby", antwortet Noble staubtrocken.

Ich drehe mich leicht zur Seite und fange Marissas Blick auf. Ich werfe ihr den „Hilf mir, das ist furchtbar!"-Blick zu und sie muss sich ihren Mund bedecken, um nicht loszulachen. Sie dreht sich zu Tilly um und sagt etwas, bevor sie aufsteht und kommt, um mich zu retten.

„Ah, Miss Woodcrest!" Als Noble sie sieht, leuchten seine Augen, wie sie es nie tun, wenn er mich ansieht. Er nimmt ihre

Hand, als wäre sie eine Figur aus einer Jane Austen Erzählung. „Wie gefällt es Ihnen hier?"

„Dieser Ort ist wunderschön. Ich bin so froh, hier sein zu dürfen."

„Sie beide scheinen eine schöne Zeit im See gehabt zu haben", kommentiert Noble und schwenkt seinen Wein. „Sind Sie lange draußen geblieben?"

Es scheint fast, als würde er uns necken, und Marissa wird rot. Ich dachte, Noble hätte nur zwei Betriebsarten: mürrisch oder totaler Wutanfall. Weiß er überhaupt, was Necken bedeutet?

„Wir hatten ein sehr schönes Bad im See und sind so viel geschwommen, dass ich Marissa zurück zum Ufer helfen musste."

Sie sieht mich an. „Das ist eine Lüge und er weiß es. Glauben Sie ihm kein Wort!"

Noble lächelt, ein sehr kleines Lächeln. „Ich werde das im Hinterkopf behalten", sagt er nur sehr verschlüsselt.

Angst überkommt mich. Heißt das, dass ich kein Hauptrollen-Material bin? Jetzt blickt er sie an, etwas fragend, als ob er sich anstrengen würde, uns zusammen zu sehen. Weiß Noble, dass Marissa und ich ein Arrangement haben? Doch woher? Selbst Janelle vermutet nur. Die einzigen, die sicher wissen, was wir tun, sind Marissa und ich.

Ein Teil von mir wünscht, er hätte uns draußen hinter den Bäumen gesehen. Das hätte diese Frage kurzerhand aus seinem Kopf gewischt und er hätte mir die Rolle gegeben.

Verdammt. Das ist ein mieser Gedanke, wenn es um Marissa geht. Es würde bedeuten, dass ich sie nur benutze, um diese Rolle zu bekommen. Doch halt, ist das nicht, was ich tue? Ich sehe Marissa an, die so frisch, unschuldig und wunderschön aussieht. Ja, ich benutze sie, doch sie benutzt mich auch.

Ich lächle steif und hoffe, dass ich später alleine mit ihm sprechen kann, um ihm zu versichern, dass Marissa die einzig wahre Liebe meines Lebens ist. Noble geht weiter und ich beginne,

Spaß an der Party zu haben. Ich habe meinen erforderlichen Small Talk mit Dakota, nur damit die Produzenten eine richtige Vorstellung von uns beiden auf der Leinwand haben und sehen, welch tolles Paar wir abgeben würden. Ich habe ein gutes Gefühl. Dakota ist eine süße Frau, streng professionell. Ich habe keinen Zweifel daran, dass ich zwölf Stufen auf der Karriereleiter hinaufklettern würde, wenn ich mit ihr am Set wäre, anstatt bei *Alien Love*. Obwohl meine Liste an Rollen bei weitem nicht so beeindruckend ist wie ihre, ist sie freundlich und überhaupt nicht herablassend.

Als das Essen fertig ist, begeben wir uns in den Speisesaal und ich tippe Marissa auf die Schulter.

„Wie lief es mit ihr?", fragt sie.

„Bezaubernd", sage ich ehrlich.

„Ihr seid ein tolles Paar. Ich kann nicht anders, als ein bisschen eifersüchtig zu sein, wenn ich daran denke, dass ihr zusammen auf der Leinwand zu sehen sein könntet."

„Weißt du noch, was ich darüber gesagt habe, dass Filme nur Fantasie seien? Was wir heute Nachmittag hatten – das war real."

Ich erstarre. Real? Falsch? Alles wirbelt in meinem Kopf herum. Ich weiß, ich bin Schauspieler, aber das ist verdammt verwirrend. Und das sollte es nicht sein. Das ist ein Stück, ein Mittel zum Zweck. Ich kann in ihrem Gesicht sehen, dass auch sie sich das fragt, denn ihre Augen weiten sich leicht vor Verwirrung, doch sie sagt nichts weiter.

Nachdem wir bis spät am Abend gegessen und Kontakte geknüpft haben, begeben sich alle in ihre Zimmer. Sobald wir alleine sind, werfe ich mich aufs Bett. Zu meiner Überraschung springt auch Marissa sofort aufs Bett und ich lege meine Arme um sie. Sie ist normalerweise so grüblerisch, so bedacht, das Richtige zu tun, aber jetzt sieht sie glücklich aus. Frei. Meine Brust zieht sich zusammen, als ich bemerke, dass ich dazu beigetragen habe. Doch dann erinnere ich mich, dass sie zum Essen und auch danach Wein hatte. Sie ist vermutlich hauptsächlich beschwipst, doch das ist in Ordnung. Solange sie glücklich ist, scheine auch ich glücklich zu sein.

„Hattest du einen schönen Abend?"

„Oh ja. Als wir vorhin zusammen waren – naja, ich habe noch nie zuvor so etwas gespürt, Simon. Es war fantastisch. Ich versuche nur, mich daran zu gewöhnen, Dinge zu tun, die sich gut anfühlen, aber nichts bedeuten. So wie du es tust."

So wie ich es tue. Ich versteife mich. Plötzlich fühle ich mich schmutzig. Denkt sie das von mir? Natürlich tut sie das. Ich bin der Mann, von dem die Paparazzi denken, dass ich mich wahllos mit Frauen treffe und sie dann abschieße.

Sie lächelt verkniffen. „Wie auch immer, wir sollten es wieder tun. Und viel öfter."

Natürlich will ich das, aber warum fühle ich mich deshalb so schrecklich? Als würde ich sie auf mein Niveau herunterziehen. Ich reibe mir die Brust, als würde mein Herz schmerzen. Ich weiß, dass ich mir selbst gesagt habe, dass es nur um ein bisschen Spaß geht, dass es nicht echt sein sollte. Nach dem Ball werden wir getrennte Wege gehen. Der Sex ist nur ein Bonus. Ein großartiger Bonus, aber dennoch ein Bonus. Sie wird einen anderen Mann finden, mit dem sie zusammen sein kann, den sie vielleicht heiraten kann.

Bei dem Gedanken balle ich meine Hände zu Fäusten.

Nur Sex. Ich kann das. Ich habe es hunderte Male davor getan.

Aber warum fühlt es sich dieses Mal so anders an?

Warum fühlt es sich so an, als würde ich am Ende doch verlieren, auch wenn ich den Part bekomme?

KAPITEL DREIZEHN

Simon

Am nächsten Abend stehe ich im Anzug vor Marissas Haus und habe das Gefühl, als würde sich in meiner Karriere endlich alles zusammenfügen. Am Vormittag hatten wir im Haus am See Brunch mit Noble und Spires. Sie haben angedeutet, dass sie nahe dran wären, eine Entscheidung bezüglich des Casts für *Perfekte Vereinigung* zu treffen. Bevor wir zurück nach Hause gingen, hatten Marissa und ich eine weitere Runde überwältigenden Sex in unserem Zimmer.

Ich grinse. Wer hätte gedacht, in Marissa Woodcrest würde sich solch eine erotische Frau verstecken? Ich muss zugeben, dass ich das gehofft hatte, aber es ist besser als in meiner Vorstellung.

Ich grinse noch immer idiotisch, als die Tür aufgeht. Marissa steht in aufreizend blauem Kleid vor mir. Meine Mund steht offen. Ihr dunkles Haar fällt in weichen Locken ihren Rücken herunter, und als sie sich dreht und fragt „Wie sehe ich aus?", bin ich kurz davor, den Verstand zu verlieren, als ich den offenen

VIRNA DEPAUL

Rücken ihres Kleides sehe. Es ist ein einfacher Trick, aber teuflisch sexy.

Mein mit Lust erfülltes Gehirn fragt sich, ob wir den Abend einfach auslassen und zuhause bleiben können, damit ich ihr das Kleid sofort wieder ausziehen kann. Vorzugsweise mit den Zähnen.

Doch als ich kein Wort sage, verliert Marissa ihr Selbstbewusstsein. „Ist es so schlimm?", fragt sie und spielt mit ihren Haaren.

„Nein – ich meine, es ist nicht schlimm. Es ist so gut, dass ich sprachlos bin." Ich nehme ihre Hand und küsse sie. „Ich weiß nicht, wie ich mich konzentrieren soll, wenn du so aussiehst, Liebling."

Sie lächelt und wird ein bisschen rot. „Schmeichler."

Als ich sie zum Wagen bringe, betrachte ich ausgiebig ihren Arsch, der vom dünnen Stoff nur knapp bedeckt wird. „Ruhig, Junge", murmele ich. Ich kann sie nicht zerfleischen, bevor wir ankommen.

Eine Stunde später, als wir den Ballsaal betreten, kann ich nicht anders, als beeindruckt zu sein. Es ist eine der teuersten Anlagen der Stadt, und obwohl ich noch nie bei einem der berühmten Events von Noble und Spires war, habe ich Gerüchte darüber gehört, dass die Produzenten dabei aufs Ganze gehen. Ein Kerzenleuchter hängt von der Decke, während der Boden aus hellgrauem Marmor ist und im seichten Licht glitzert. Überall flackern Kerzen und die Besucher führen ihre teuren Kleider und Anzüge auf, während Geigenmusik den passenden Hintergrund bietet.

Ich kann sehen, dass Marissa nervös wird. Ich lehne mich zu ihr und flüstere ihr ins Ohr: „Du siehst fantastisch aus. Danke, dass du das für mich tust."

Sie sieht zu mir. „Wir Fake-Freundinnen müssen den Schein waren", sagt sie und verzieht ihre Nase, als sie lächelt.

Ich wünschte, es wäre bereits Zeit zum Tanzen, denn es gibt

nichts, was ich mehr genießen würde, als Marissa auf dem Parkett herumzuwirbeln.

„Dale!" Spires kommt mit Tilly am Arm auf uns zu. Er trägt einen Anzug, der vermutlich zwei Größen zu klein und mehrere Jahre alt ist, aber Tilly sieht in ihrem pfirsichfarbenen Kleid und den Diamanten an Ohren und Hals sehr glamourös aus. „Schaut euch diesen Saal an!", fügt Spires mit dröhnender Stimme hinzu.

„Es ist eine wundervolle Veranstaltung. Ich hoffe, Sie haben Spaß", antworte ich.

„Mrs. Spires, Sie sehen fantastisch aus." Marissa nickt Tilly zu, die kichert und rot wird.

Spires sieht mich an und ich weiß, dass er an die Rolle denkt und wie häuslich ich mit Marissa aussehe. „Ich hoffe, Sie haben den Aufenthalt am See genossen", sagt er und beäugt uns. „Sie scheinen eine schöne Zeit gehabt zu haben."

Ich lache fast, vor allem weil ich weiß, dass Marissa rot wird. Ja, wir hatten definitiv eine schöne Zeit. Wenn ich nur daran denke, was wir draußen getrieben haben, wie ich in sie hineingeglitten bin und sie dazu gebracht habe, meinen Namen zu schreien …

Marissa zwickt mich in den Arm und ich kann nicht anders, als sie zurückzuzwicken.

„Wir hatten eine wundervolle Zeit. Vielen Dank nochmal für die Einladung."

Spires nickt und dann leuchtet sein Blick auf, als er jemanden hinter uns erblickt. „Entschuldigen Sie uns", sagt er.

Wir treffen Noble und seine Frau und zwei Freunde von ihnen. Noble sieht ernst und überfordert aus, aber seine Frau ist lebendig und hört überraschenderweise nicht auf zu sprechen. Ich habe keine Ahnung, wie sie zusammengefunden haben. Es ist, als hätte ein Golden Retriever eine Bulldogge geheiratet.

Declan taucht neben mir auf. „Schöne Party", sagt er und hebt ein Champagnerglas. „Aufs Weiterschwimmen oder Untergehen. Nach all dem Scheiß, den wir zustande gebracht haben, um dir diese Rolle zu ergattern, will ich wirklich nicht verlieren."

„Du bist immer so ein Optimist." Ich nehme das Champagnerglas und gebe es Marissa. „Außerdem lief der Abend am See, wie bereits gesagt, gut. Besser als erwartet. Du hättest dort sein sollen."

Die Sache ist: Marissa ist der Grund, warum es besser als erwartet lief. Weil sie dabei war, hat es Spaß gemacht. Alles andere war nur trockene, langweilige Hollywood Heuchelei.

„Du weißt, dass ich anderweitig zu tun hatte."

Ich nicke. Ja, Declan hatte gesagt, dass er sich um eine dringende Angelegenheit kümmern musste und deshalb nicht zum See kommen konnte. Es hatte etwas mit einem potentiellen Klienten zu tun, mehr Details hatte er mir nicht gegeben.

Declans Blick landet auf einer verführerischen Blondine, die uns gegenüber steht. „Entschuldigt mich", murmelt er. Wir sehen zu, wie Declan sich der Blondine vorstellt, die seine Aufmerksamkeit bereitwillig erwidert.

„Es gibt massenhaft Frauen hier", nuschelt Marissa. „Willst du … dich unters Volk mischen?"

„Mit anderen Frauen? Überhaupt nicht, Liebes. Ich bin schließlich in einer ausgefüllten, verbindlichen Beziehung."

„Ah, richtig", sagt sie leise. „Du musst den Schein aufrechterhalten."

Ich sehe sie an. „War alles nur Schein? Es hat sich letzte Nacht und heute Morgen verdammt echt angefühlt. War ich nicht enthusiastisch genug?"

Sie zittert. „Nein, du warst bekanntermaßen sehr enthusiastisch."

„Und wenn ich mich korrekt entsinne, ging es dir ähnlich. ‚Simon, Simon, Simon.' Du konntest nicht aufhören, meinen Namen zu rufen."

Sie rollt mit den Augen und wird rot. „Benimm dich."

Ich schiele auf ihren Po und ihren nackten Rücken und sage: „Mit dir in dem Kleid? Keine Chance."

Ich höre, wie die Musik beginnt, und will sie gerade fragen, ob sie tanzen möchte, als ich im Augenwinkel eine rothaarige Frau sehe. Ich erstarre. Das kann nicht …

Als sie mich sieht, lächelt sie breit. „Simon!" Janelle tanzt in meine Richtung, ihr helles rotes Haar ist auf ihrem Kopf aufgetürmt und sie trägt ein smaragdgrünes Kleid, das absolut nichts versteckt. Janelle hatte den perfekten Femme Fatale-Look vermutlich perfektioniert, bevor sie ihr erstes Wort sprechen konnte. Sie trägt roten Lippenstift und eine Art Eyeliner, der sie wie eine Katze aussehen lässt. Als ich ihre funkelnden Nägel sehe, weiß ich, dass sie weit gefährlicher als eine Allerwelts-Hauskatze ist. Mehr ein Puma. Einer, der dir ohne zu zögern die Halsader herausreißen würde.

Sie streckt ihre Hand aus, und obwohl ich sie zum Teufel schicken möchte, weigere ich mich, in ihre Falle zu tappen. Ich drücke ihre Hand und warne sie still, sich zu benehmen.

„Janelle. Was tust du hier?"

Sie lächelt. Ich bemerke, dass sie zwei sehr kleine Falten in Augennähe hat, was mich ohne Ende dankbar macht. „Ich bin eingeladen", sagt sie mit weicher, seidiger Stimme. „Noble und Spires sind gute Freunde von mir. Wusstest du das nicht? Naja, zumindest seitdem ich für ihren neusten Film vorgesprochen habe. Ich wusste nicht, dass du ihnen auch so nahe stehst."

Ich drehe ruckartig meinen Kopf, um sie anzusehen. Sie meint das im Ernst. Und wenn sie das weiß, dann weiß sie vermutlich …

„Doch dann habe ich die Gerüchte gehört, welche Schauspieler für die Hauptrollen in Betracht kommen." Sie wedelt mit ihren falschen Wimpern. „Meine Rolle ist nichts, wirklich. Ein oder zwei Szenen. Aber du! Herzlichen Glückwunsch, Simon, das ist wundervoll. Du bist so weit gekommen, seit …", sie schielt zu Marissa, „… damals."

Ich blicke zu Marissa, die uns nur ansieht. Sie ist jedoch ruhig und realisiert vermutlich, dass Janelle Schwäche aus weiter Entfernung riechen kann.

„Janelle, hast du meine neue Freundin, Marissa Woodcrest, schon kennengelernt? Marissa, das ist Janelle Williams."

„Seine Ex-Freundin", fügt Janelle mit boshaftem Lächeln hinzu. Sie schüttelt Marissas Hand. „Ich habe so viel von dir gehört, Liebes."

Marissa hebt eine Augenbraue. „Wirklich? Denn ich habe nur so wenig von dir gehört."

Ich huste, um mein Lachen zu vertuschen. Janelle sieht blutrünstig aus, versteckt es aber gut. „Wie witzig du bist", sagt sie. „Offensichtlich schaust du nicht die Serie *Klinik Einsamer Stern*."

Ich kann spüren, wie die Luft zwischen ihnen angespannter wird, und ich bin sicher, dass es ein Blutvergießen geben wird, wenn ich nicht vorsichtig bin. „Marissa, Liebling, lass uns die anderen Gäste begrüßen. Wir wollen Janelle nicht länger aufhalten."

Janelle lächelt nur.

Ich führe Marissa zur Seite, und als wir außer Hörweite sind, zischt sie: „Ich kann nicht glauben, dass Elvira Hampton aus *Klinik Einsamer Stern* tatsächlich eifersüchtig auf mich ist. Mich!"

Ich registriere amüsiert ihren funkelnden Blick. „Ein Fan, hm?"

Sie nickt beschämt. Ich nehme an, die Frage war unnötig.

„Wir waren eine Weile zusammen. Sie war nicht ganz so furchtbar zu Beginn unserer Beziehung, aber sie hat früh genug ihre wahre Seite gezeigt. Wir haben uns beim Vorsprechen für *Alien Love* kennengelernt, obwohl sie angepisst war, als ich die Hauptrolle und sie nicht mal einen Rückruf bekam."

Sie schnaubt. „Ist das so? Naja, sie ist jetzt ziemlich erfolgreich."

„Ich nehme an. Aber glaube mir, dass ich vollständig über sie hinweg bin."

Marissa sieht mich an und ich bemerke, was ich gesagt habe. Es ist egal, ob ich über Janelle hinweg bin, denn es ist ja nicht so, als wären Marissa und ich tatsächlich zusammen. Ich räuspere mich, fühle mich unangenehm.

„Ich hole dir ein Glas Champagner."

Sie lächelt. „Das passt schon. Ich muss auf die Toilette. Ich bin gleich zurück." Sie geht davon und lässt mich allein.

Ich sehe mich um und sehe, wie Spires und Noble trinken und mich beobachten. Ich beiße mir auf die Wange, um nicht zu stöhnen. Haben sie unsere kleine Szene mit Janelle gesehen? Ich kann nicht zulassen, dass sie die Sache ruiniert, weil sie sich nach einer kleinlichen Revanche sehnt.

Janelle findet mich erneut und hält nun ihr eigenes Glas Champagner. Wir sehen Paaren beim Tanzen zu und beurteilen in Stille.

„Du benutzt sie also wirklich, um dein Image aufzupolieren?", sagt sie und nippt an ihrem Champagner. „Aber du warst offensichtlich noch nicht ehrlich mit ihrer Familie. Die Woodcrests würden dich nie in ihre Nähe lassen, wenn sie wüssten, wer du wirklich bist." Sie dreht sich zu mir, ihre Stimme wird zu einem Schnurren. Sie berührt meinen Arm. „Und selbst wenn sie dich akzeptieren würde, wie lange würde dein Interesse andauern? Einen Monat? Sie ist hübsch, das gestehe ich dir zu, aber wir kennen alle deine … Gelüste. Und wenn du sie verletzt, wird deine Karriere vorbei sind. Die Woodcrests werden das sicherstellen." Ihre Finger gleiten meinen Arm hinauf und es ist, als würde ich eine Spinne beobachten.

Ich kann spüren, dass Spires und Noble uns beobachten. Ich löse mich von ihr. „Wie bereits gesagt, das geht dich nichts an, Janelle."

Sie lächelt spöttisch mit ihren roten Lippen. „Ich weiß, Liebling. Das heißt nicht, dass ich nicht etwas Spaß haben kann."

Mein Herz klopft. Janelles Idee von Spaß endet nie gut für die anderen.

„Lass es." Ich packe ihr Handgelenk, und als sie merkt, dass ich nicht loslasse, folgt sie mir in eine ungestörte Nische. Als wir alleine sind, knurre ich: „Wenn du irgendetwas versuchst, mach ich dich fertig."

Sie lacht. „So barbarisch, Simon! Ich würde dir fast glauben, aber wir wissen ja alle, wie deine Drohungen sind. Hohl."

„Das ist mein Ernst. Wenn du etwas versuchst, wird es dir sehr, sehr leid tun."

Sie nippt lediglich an ihrem Champagner. Dann, als sie ihn leer getrunken hat, stellt sie das Glas auf einen Tisch und kommt auf mich zu. „Ich weiß, dass du das nicht meinst. Ich kenne dich. Dir wird mit dem kleinen Mädchen langweilig werden und dann wirst du, wie immer, etwas Dummes anstellen. Und wenn du es tust, wird es überall in den Nachrichten sein, und Raul Woodcrest wird deine Karriere beenden."

Sie drückt ihre Brüste gegen meine Brust, fährt mit den Händen über meinen Körper. Bevor ich sie packen kann, sehe ich im Augenwinkel eine Bewegung. Ich drehe mich, aber wer auch immer dort war, ist weg.

Ich fluche. „Ich bin fertig hier." Ich drücke sie von mir weg und stampfe davon. Als ich den Ballsaal betrete, halte ich Ausschau, wer uns gesehen haben könnte. Ich fange Spires Blick auf und seine Augen sind schmal. Mein Herz sinkt zu Boden. Was hat er gesehen?

Dann sehe ich Marissa an der Seite, ihre Arme vor der Brust verschränkt. Ich gehe zu ihr. „Ich habe dich gesucht", sage ich, als wäre nichts geschehen.

Sie blickt auf. „Ich konnte dich nicht finden. Wo warst du?" Sie klingt nicht argwöhnisch, nur resigniert.

Ich weigere mich, sie verärgert zu sehen. Janelle verdient diese Befriedigung nicht. „Lass uns tanzen, okay?"

Bevor sie nein sagen kann, führe ich sie auf die Tanzfläche. Die Musik läuft an und wir beginnen, zu walzen. Ich bin kein großartiger Tänzer, aber ich weiß genug, um uns nicht zu blamieren.

„Tut mir leid wegen Janelle. Ich hatte keine Ahnung, dass sie heute Abend hier sein würde." Ich reibe Marissas Rücken.

„Nein, natürlich konntest du das nicht wissen. Sie wird also in *Perfekte Vereinigung* mitspielen, hm?"

„Scheint so." Ich blicke finster drein. „Gott weiß, wen sie verführt hat, um diese Rolle zu bekommen.

Marissa lächelt zu mir hoch. „Spielt es eine Rolle? Sie hat nur einen kleinen Part. Sie hat nicht mal ein Zehntel der Starqualität und des Talents, das du hast. Sie spielt nicht einmal in deiner Liga. Vielleicht kann sie in dieser Stadt nur vorwärts kommen, indem sie sich hochschläft."

Ich zucke zusammen. Ist das nicht irgendwie das, was ich mit Marissa tue? Nein, ich hatte nicht von den Beziehungen ihrer Familie gewusst und dennoch nutze ich sie, um selbst besser dazustehen. Und das ist nicht wesentlich anders als das, was Janelle tut. Ich denke an das Enthüllungsinterview, in dem sie unsere gesamte Beziehung und wie ich sie verlassen habe, dargestellt hat. *Simon Dale ist kein Beziehungsmensch*, hat sie dem Journalisten erzählt, *er ist ein Mann für Affären. Er hat keinen hingebungsvollen Knochen in seinem Körper.*

Das war nicht das Schlimmste gewesen. Sie hatte erzählt, wie ich immer mit ihr gestritten hätte, ihr gesagt hätte, wie sie sich anzuziehen und wohin sie zu gehen hatte. Sie machte aus mir ein furchtbares Ungeheuer, nur weil ich derjenige war, der das Geld verdiente. Nichts davon stimmte. Wenn dann war sie diejenige, die mich kontrollierte. Sie wollte, dass ich mein Geld für sie ausgebe, obwohl ich es für schlechtere Zeiten sparen wollte. Sie wusste nicht, was schlechte Zeiten waren. Jedes Mal, wenn ich mich wehrte, bekam sie einen Trotzanfall wie ein kleines Kind.

Aber aus irgendeinem seltsamen Grund, hatte ich sie gemocht. Ich bin mir nicht sicher, ob es Liebe war – manchmal denke ich

VIRNA DEPAUL

nicht, dass ich zu dieser Emotion überhaupt fähig bin –, aber ich wollte, dass wir funktionieren. Ich wollte das Richtige tun und beständig sein. Ich wollte nicht der Schauspieler sein, dessen soziales Leben so verkorkst ist, dass es die Karriere beschmutzte. Doch als meine Karriere einen Sprung machte, als *Alien Love* so beliebt wurde, machte Janelles Eifersucht das unmöglich. Da bin ich gegangen und habe die Entscheidung nie bereut.

Janelle sah in meiner neugewonnen Berühmtheit natürlich einen Weg, selbst ein bisschen berühmt zu werden.

Ich will kein Mensch sein, der andere benutzt, um vorwärts zu kommen. Und während ich Marissa nah an mich drücke, als wir über die Tanzfläche gleiten, wird mir bewusst, dass die Frau in meinen Armen die letzte ist, die ich je verletzen möchte.

Noble und Spires stehen zusammen am Rande der Tanzfläche, deuten ungefähr in meine Richtung und reden verschwörerisch. Ich bin mir plötzlich sicher, dass sie über mich und Janelle reden und darüber, dass ich eine Leiche zu viel im Keller habe, um einen adäquaten Hauptdarsteller abzugeben.

Marissa bemerkt, wie ich mich verspanne. „Entspann dich", flüstert sie mir in mein Ohr. „Worüber machst du dir Sorgen?"

All das war, ehrlich gesagt, anstrengend. Ich will den Rest der Nacht in Marissas Armen verbringen und sie übers Parkett wirbeln. Ich will mich nicht mehr aufspielen. Ich flüstere: „Janelle hat im Verdacht, dass etwas vor sich geht. Sie denkt, dass wir nicht wirklich zusammen sind und ich dich benutze, um die Rolle zu bekommen."

Sie zuckt mit den Schultern. „Na und? Dann steht ihr Wort gegen unseres. Wenn sie etwas vorhat, werden wir ihr einfach sagen, dass sie falsch liegt."

„Sie glaubt ehrlich gesagt nicht, dass wir glaubwürdig sind", fahre ich fort. „Sie glaubt nicht, dass jemand wie du ernsthaft mit jemandem wie mir zusammen sein würde."

Sie hört auf zu tanzen, ihre Augen blitzen und sie stützt die Hände in die Hüften. „Na, hast du sie zum Teufel geschickt? Ein

Teil von mir will dich heiraten und ein Dutzend Kinder mit dir haben, nur um zu beweisen, dass sie falsch liegt."

Ich nicke. Das Glitzern in ihren Augen amüsiert mich. Sie hat recht. Janelle kann nicht in unsere Köpfe sehen. Es spielt nur eine Rolle, wie wir uns zeigen. Und dennoch sind diese erhitzten Austäusche mit meiner Ex-Freundin ein bisschen zu viel Drama für den verantwortungsbewussten, hingebungsvollen Familienmenschen, den ich heute Abend spiele. Ich deute mit dem Kinn Richtung Noble und Spires. „Ich muss die Wogen bei den beiden glätten", sage ich zu Marissa, die nickt.

„Natürlich."

„Bin gleich zurück." Ich bemerke, dass Declan am Rande der Tanzfläche steht, und rufe ihn zu mir. „Wirst du für einen Moment Marissa Gesellschaft leisten?"

Declan grinst. „Mit Vergnügen." Er nimmt ihren Ellbogen und sie beginnen zu tanzen.

Ich gehe auf Spires und Noble zu und klammere mich an der unwirklichen Hoffnung fest, dass Janelle unsere harte Arbeit mit ihrem Erscheinen nicht bereits ruiniert hat.

KAPITEL VIERZEHN

Marissa

Nach dem Tanz mit Declan sage ich ihm, dass ich eine Pause brauche. Hauptsächlich will ich jedoch sicher gehen, dass Janelle ihre Krallen nicht wieder in Simon hat. Ich sah den Blick in ihren Augen, als würde sie etwas austüfteln.

Aber was? Sie kann nichts tun, um ihm wehzutun. Ich lache leise und denke daran, wie besorgt er war, dass die Welt denken könnte, er wäre nicht gut genug für die Rolle. Er denkt, ich sei so ein großer Teil davon, doch die Wahrheit ist, dass Liam keine Chance auf die Rolle in *Perfekte Vereinigung* hat. Simon könnte die Rolle mit geschlossenen Augen bekommen. Er hat recht: Schauspieler haben zerbrechliche Egos und er ist der Schlimmste von allen.

Ich nehme mir ein Glas Wasser und trinke es schnell. Ich hatte nicht bemerkt, wie durstig ich nach dem vielen Tanzen war. Ich überlege, mir ein zweites Glas zu nehmen, als ich eine Stimme neben mir höre.

„Durstig?"

Ich drehe mich. Ich habe sie heute Abend zum ersten Mal getroffen, aber ich würde diese Stimme überall wiedererkennen. Janelle streckt ein Glas aus und um ehrlich zu sein, zögere ich, es zu nehmen. Soviel ich weiß, kann sie es vergiftet haben, als wäre sie die böse Königin in Schneewittchen. Statt einem Apfel ist es eben Wasser.

Ich nehme das Glas und nippe daran. Es schmeckt nicht vergiftet, schlussfolgere ich.

„Ich liebe dein Kleid", sagt sie. „Es ist ziemlich gewagt – vor allem für jemanden wie dich."

Ich zügele mich, um ihr nicht an den Haaren zu ziehen, als wären wir in der Grundschule. Ich hasse diese Frau jetzt schon. Nicht nur weil sie – wirklich – mit Simon zusammen sein konnte, sondern weil sie so falsch und kleinkariert wirkt. Was hat ihn so zu ihr hingezogen? Ich hoffe, es lag nicht nur daran, dass sie schöne Brüste hat.

„Weißt du, als ich hörte, dass du mit Simon zusammen bist, konnte ich es nicht glauben. Simon Dale und eine Woodcrest?" Janelle lacht. Ich glaube, sie versucht leichtherzig zu lachen, aber es kommt mehr wie ein Gackern rüber. Die böse Hexe, in der Tat.

„Naja, das ist er aber. Also mit mir zusammen. Vielleicht hat er seinen gewöhnlichen Typ von Frau satt."

Sie beäugt mich. Ich trinke mehr des potentiell vergifteten Wassers.

„Du überraschst mich", sagt sie und klingt tatsächlich überrascht.

„Oh wirklich? Wie?"

„Ich dachte, du wärst ein trauriges, pathetisches Ding, das in der Ecke zittert. Aber du bietest ganz schön Paroli. In einem anderen Leben hätten wir vielleicht Freundinnen sein können."

Ich schnaube so laut, dass sich die Leute umdrehen und uns ansehen. „Wir könnten nie Freundinnen sein." Ich will ihr gerade sagen, dass Simon nach mir sucht, als sie mich am Arm berührt.

„Ich weiß, dass unser erstes Treffen unter keinem guten Stern stand, aber ich wollte dich warnen." Ihre blauen Augen werden groß. Vermutlich Kontaktlinsen. Alles an Janelle schreit falsch: ihr Haar (definitiv kein natürliches Rot), ihre Brüste (absolut Silikon) ihre Augenfarbe (niemand hat so blaue Augen). Ihr Klang ist genauso falsch.

„Ich weiß, dass Simon im Moment aufmerksam erscheint, aber lass dich nicht täuschen." Sie nimmt sich ein Glas Champagner von einem Kellner. „Er hat auch mich mit viel Aufmerksamkeit bedacht. Hat mich überall mit hin genommen, mir die schönsten Sachen gekauft – und der Sex!" Seufzend legt sie eine Hand aufs Herz. „Ich sage dir, es war explosiv. Der beste Sex meines Lebens."

Ich klammere mich so sehr an das Glas, dass ich Angst habe, es zu zerbrechen. Ich gebe es dem Kellner, der mir einen mitfühlenden Blick zuwirft, bevor er davontrottet. Als wüsste er, dass etwas zwischen mir und Janelle stattfinden würde. Dann lehne ich mich zu ihr und sage: „Es war auch für mich der beste Sex, den ich je hatte. Der Unterschied ist nur, dass ich ihn weiterhin haben werde. Du allerdings nicht."

Als sich ihre Augen weiten, drehe ich mich um und gehe weg. Der Kellner, glaube ich zu sehen, der mein Glas eingesammelt hat, sieht mir mit Bewunderung nach. Ich hebe meine Hand, als ich an ihm vorbeigehe.

Ich lasse meinen Blick nach Simon schweifen und sehe ihn mit Spires und Noble sprechen. Plötzlich verfliegt mein Stolz, Janelle nicht zu nah an mich herangelassen zu haben, und ich rufe mir in Erinnerung, dass ich nicht auf unbestimmte Zeit den besten Sex meines Lebens mit Simon haben werde. Das war gelogen, weil unsere Beziehung nicht echt ist und es auch niemals war. Ich bin nur ein Mittel zum Zweck für ihn. Sobald er die Rolle hat, wird er weg sein.

Ich stehe im Ballsaal und beobachte Simon, der lacht, sein goldenes Haar glitzert im Kerzenlicht. Alle Gefühle der Welt überfluten mich und besonders eines bringt mich zu Boden.

Ich habe mich in ihn verliebt.

Es trifft mich wie ein Blitzschlag. Ich will es nicht glauben. Ich will mir einreden, dass ich überreagiere. Aber tief in mir weiß ich, dass es die Wahrheit ist. Ich atme tief durch und versuche, mein rasendes Herz zu beruhigen. Es ist, als wäre der gesamte Ball verschwunden und übrig bin nur ich, die hier steht und hofft, dass Simon mich ansieht.

Hofft, dass Simon mich liebt.

„Rissa!"

Die Stimme ist betrunken, nuschelnd und – um Himmels Willen –, als ich aufsehe, steht Charles mit rotem Gesicht vor mir. Er leert sein Glas Champagner und – zu meinem Ärger – rülpst dann.

„Rissa!", sagt er erneut. „Ich habe dich überall gesucht."

Ich packe ihn am Ellbogen, weil er eine Szene macht, aber er bewegt sich nicht. „Was tust du hier?", zische ich.

„Habe eine Einladung von … ähm … kann mich nicht erinnern, von wem. Spielt es eine Rolle? Ich habe gehört, du würdest hier sein und ich muss mit dir sprechen. Rissa, warum hast du nicht mit mir zu Mittag gegessen? Ich wolle alles wieder gut machen. Ich liebe dich!"

Zu meinem Horror sehe ich Tränen in seinen Augen. Er schreit mittlerweile fast und es fühlt sich an, als würde uns jeder in diesem Ballsaal anstarren. Ich sehe mich verzweifelt nach Simon um, aber er ist nirgends zu sehen. Wo zum Teufel ist er?

„Charles, das ist nicht der richtige Ort. Komm, ich rufe dir ein Taxi und du kannst dich ausnüchtern."

Er zieht seinen Arm weg wie ein wütendes Kind. „Nein, du hörst mir zu! Du hörst mir nie zu!" Er trinkt seinen Champagner aus und dann, als er sieht, dass er leer ist, stellt er das Glas auf den Boden und setzt sich daneben.

„Steh auf. Tu das nicht." Ich versuche, ihn hochzuziehen, aber es hat keinen Sinn.

Ich entscheide mich wegzulaufen, aber er folgt mir auf den Knien. Wird dieser Albtraum je enden?

„Rissa! Rissaaaaaaaaaaaaa!" Er packt meinen Arm. „Es tut mir leid, dass ich mit meiner Sekretärin geschlafen habe. Es tut mir leid. Ich hätte dich nicht betrügen sollen. Es war falsch."

Jetzt weiß ich, dass jeder uns beobachtet. Ich ziehe meinen Arm weg und laufe einfach weiter. Vielleicht kann ich ihn auf die Straße locken, wo ein Auto ihn überfahren kann.

Er steht auf und folgt mir. „Ich meine, du warst nicht gut im Sex und ich habe das gehasst, aber ich hätte es mit dir hinbiegen sollen."

Wir sind jetzt draußen. Ich habe es aufgegeben, nach Simon zu sehen. Ich will gerade ein Taxi herwinken, als Charles sagt: „Aber weißt du, es hat nicht geholfen, dass du so frigide warst. Du wolltest nie tun, was ich wollte."

Ärger kommt in mir auf. Ich schubse ihn und er kreischt. „Geh zur Hölle, Charles. Ich war nicht frigide. Du warst nur verdammt schlecht im Bett. Vielleicht solltest du lernen, was eine Klitoris ist, bevor du umhergehst und Frauen als frigide bezeichnest!" Ich weiß, dass meine Stimme zu laut ist, aber es stört mich nicht. Es ist mir egal, ob die gesamte Stadt mich hört.

Seine Augen weiten sich, bevor sein Gesicht rot wird. Ich kenne diese Blick: Er ist dabei, etwas Furchtbares zu sagen.

„Ich weiß nicht, warum du dich so verhältst. Glaubst du, irgendein anderer Mann würde dich wollen?" Er höhnt. „Ich bin das Beste, was du kriegen kannst, Rissa."

Es ist wie ein Dolch in meinem Herzen. Ich sollte nicht zulassen, dass er mir wehtut, aber Tränen füllen meine Augen.

Bin ich für alle nur ein Nichts? Wertlos?

Dann höre ich, wie jemand die Stufen herunterkommt – und da ist Simon. Er ist aufgebracht, die Hände zu Fäusten geballt und er schlägt Charles direkt in den Kiefer. Charles geht stöhnend zu Boden.

„Wie kannst du es wagen", sagt Simon mit bebenden Schultern. „Sag das nochmal und ich drehe dir den Hals um, du Stück Scheiße."

Charles stöhnt und knurrt, bedeckt sein Gesicht. „Du hast mich geschlagen!"

„Ja, und du verdienst es noch zwanzig Mal schlimmer." Simon dreht sich zu mir und legt seine Hände auf meine Schultern. „Bist du in Ordnung? Ich konnte dich nicht finden ..."

Die Tränen fließen. Er zieht mich an seine Brust und ich schluchze in seinen Anzug.

„Wir gehen." Er bedeutet dem Portier, seinen Wagen bringen zu lassen. Wir gehen zur Seite, weg von Charles, der noch immer auf dem Boden liegt, jammert und damit droht, die Polizei zu rufen.

Dankbarerweise kommt der Wagen in Rekordzeit und Simon geleitet mich hinein. Als der Fahrer wegfährt, weine ich immer noch, aber das Schluchzen ist nicht mehr so intensiv. Ich fühle mich so dumm, weil ich mich habe ärgern lassen.

Simon fährt sich mit den Fingern durchs Haar, bevor er seine Fliege lockert. „Der Abend hat sich zu einem ganz schönen Desaster entwickelt."

Ich schniefe und er gibt mir ein Taschentuch aus seiner Tasche. Ich lächle, trockne mir die Augen und versuche, meine verbleibende Mascara nicht zu verschmieren. Ich sehe vermutlich aus wie ein Waschbär mit Mascara auf meinen Wangen und verschmiertem Make-Up.

„Es hat gut angefangen", sage ich mit heiserer Stimme. „Aber es sieht so aus, als würden unsere Ex-Freunde uns einfach nicht in Ruhe lassen können."

Er lacht bitter. „Das ist wahr. Doch auf der anderen Seite kann ich Charles nicht vollständig die Schuld geben."

„Warum nicht?"

„Wenn ich dich verloren hätte, würde ich auch den Verstand verlieren."

Ich beginne zu zittern. Das konstante Mantra der letzten

Wochen klingelt in meinen Ohren. Ist das echt? Oder nur zur Show? Ich ziehe an meinem Taschentuch und zerfetze es fast in meinem Kummer.

„Kann ich dich fragen, was Janelle zu dir gesagt hat?", fragt er sanft und nimmt mir das Tuch weg, bevor ich es zerstöre. „Ich habe gesehen, wie sie mit dir geredet hat, während ich mit Spires und Noble sprach. Es tut mir leid, dass ich nicht kommen konnte. Sie wollten mich nicht gehen lassen und ich musste die Wogen glätten."

Wieder erinnere ich mich an die Wahrheit: Es ist alles nur ein Geschäftsdeal. Ich kann Simon nicht einmal die Schuld geben. Ich bin diejenige, die sich in ihn verliebt hat. Er hat von Anfang an gesagt, dass es nie mehr als eine Fassade sein würde.

Ich schüttele den Kopf. „Es war nicht wichtig. Sie versuchte, nett zu sein, kam aber gehässig rüber."

Er sieht mich an, als wüsste er, dass ich lüge. Doch er drängt mich nicht. Stattdessen nimmt er mich in den Arm und ich lasse ihn. Ich brauche seine Arme um mich. Ich weiß, dass ich nicht so weiter machen sollte, aber es interessiert mich nicht. An diesem Punkt will ich lediglich all die Zeit mit ihm haben, die ich bekommen kann.

Denn all das wird bald enden, nicht wahr?

Neue Tränen sammeln sich in meinen Augen. Der Gedanke daran, von ihm getrennt zu sein, teilt mein Herz in zwei Stücke.

Nichts, was Charles oder Janelle sagen können, spielt eine Rolle. Es ist Simon, der eine Rolle spielt. Er hat irgendwie den Weg in mein Herz gefunden und ich kann ihn nicht gehen lassen. Ich vergrabe mein Gesicht in seinem Revers. Ich inhaliere seinen Duft und hoffe, ihn in meiner Erinnerung festzubinden.

„Willst du, dass ich dich nach Hause bringe?", fragt er mit seinem Mund an meinem Haar.

Ich schüttele den Kopf. „Ich will jetzt nicht alleine sein."

„Natürlich." Er löst sich von mir, aber nur, um mir mein Haar aus dem Gesicht zu streichen. Ich bin sicher, dass ich furchtbar aussehe, aber das kommentiert er nicht. „Du sahst übrigens wunderschön aus heute Abend."

„Du sahst auch nicht schäbig aus", sage ich lächelnd.

„Ich werde gleich rot."

Die Neckerei wärmt mein Herz. Während ich hier sitze, meine Arme um seinen Hals, sehe ich ihm in seine blauen Augen und ich will nicht, dass er je aufhört, mich zu berühren. Ich will diese Umarmung nie verlassen.

Ich verheddere meine Finger in seinem Haar. „Küss mich, Simon. Ich brauche einen Kuss von dir."

Seine Augen blitzen im seichten Licht. Seine Hand wandert meinen nackten Rücken herunter. Ich zittere bei der Berührung.

„Dich zu küssen, wird für mich immer eine Freude sein."

Ich stöhne tief hinten in meiner Kehle, als unsere Münder sich berühren. Ich weiß nicht, wer sich zuerst bewegt hat, aber plötzlich bin ich auf seinem Schoß und wir berühren uns überall, während unsere Lippen aufeinanderpressen und unsere Zungen sich verheddern. Seine Hand ist unter meinem Kleid und ich berühre sein Haar, sein Gesicht, seine Brust. Ich kann spüren, wie er unter meinem Po hart wird. Ich wackle und er flucht an meinem Mund.

Er umfasst meinen Po und drückt meine Rundungen. Ich beuge mich, um mein Kleid hochzuziehen und den kaum anwesenden Tanga zu entblößen. Als er realisiert, dass mein Arsch nackt ist, drückt er ihn erneut, bevor er ihn sanft schlägt.

„Schmutziges Mädchen", sagt er, „ist das alles, was du unter dem Kleid trägst?"

Ich nicke. „Auch keinen BH."

Er stöhnt und ich muss lachen. Er küsst mich hart und ich bin kurz davor, seine Hosen aufzuknöpfen und ihn an Ort und Stelle zu haben, als der Wagen anhält.

Ich klettere von seinem Schoß und ziehe mein Kleid herunter, als der Fahrer die Tür öffnet.

„Wo sind wir?"

Für einen Moment sieht Simon verwirrt, dann besorgt aus. „Der Fahrer muss uns zu mir gebracht haben."

„Oh, wie lustig. Ich habe noch gar nicht gesehen, wie du lebst." Simon zuckt zusammen. „Ja, lustig in der Tat."

Ich trete auf die Straße und erstarre vor Verwirrung. Wir stehen vor einer … Biker Bar? Fetzen von AC/DCs „You Shook Me All Night Long" dröhnen durch die Nacht und verschiedene unappetitliche Charaktere in schwarzem Leder und Ketten lungern draußen rum und inspizieren die Limo, als hätten sie gerade ein Einhorn gesehen. Ich habe keine Ahnung, wo wir sind.

Ich sehe ihn fragend an.

Er zuckt mit den Schultern. „Ich weiß, es ist ein weiter Schritt zu deiner protzigen Nachbarschaft."

Ich grinse. „Ich mag es. Es ist überraschend, aber echt. Ausgefallen und abenteuerlich."

Sein Gesichtsausdruck entspannt sich. „Ist das so? Also bist du in der Stimmung für noch mehr Abenteuer heute Nacht?"

„Definitiv, solange das Abenteuer nur uns beide beinhaltet."

„Na dann. Ich werde sehen, was ich tun kann." Er nimmt meine Hand und zieht mich die klapprigen Treppen auf der Seite des Gebäudes hoch und hält an, um seine Wohnungstür aufzuschließen. Er zieht mich nach drinnen und presst mich sofort gegen die geschlossene Tür. Ich habe nur einen Moment, um das abgenutzte Innere und die bescheidenen Möbel aufzunehmen, bevor er mich küsst, bis ich kaum noch atmen kann.

KAPITEL FÜNFZEHN

Marissa

Simon küsst mich und ich will, dass er nie wieder aufhört. Ich komme kaum zum Atmen, als er mich gegen die Wohnungstür drückt, seine Hände umfassen meine Brüste durch mein Kleid.

„Ich will dich", knurrt er an meiner Kehle.

Worte haben mich verlassen. Ich nicke nur und er küsst mich, zwickt meine Nippel durch das dünne Material meines Kleides. Ich stöhne. Ich bin bereits feucht, und wenn er wollte, könnte er mich in diesem Moment an der Tür ficken.

Aber da er spürt, dass dies nicht der bequemste Ort wäre, hebt er mich hoch und trägt mich in sein Schlafzimmer. Ich halte mich atemlos an seinem Hals fest und lache, als er mich unfeierlich auf sein Bett wirft.

Ich federe etwas auf der Matratze, die im Gegensatz zu seinen anderen Möbeln ein erste Klasse Modell zu sein scheint. „Schönes Bett hast du hier", sage ich und es interessiert mich nicht, wie albern ich klinge.

Er sieht mich an. „Warte nur, bis ich in dir bin." Er reißt sich die Jacke vom Körper, beginnt sein Shirt aufzuknöpfen und flucht, als er nicht schnell genug ist.

Ich unterdrücke mein Lachen. Ich knie vor ihm auf dem Bett und helfe ihm mit den Knöpfen. Als er sieht, dass ich beschäftigt bin, sucht er den Reißverschluss an meinem Kleid. Ich schüttele es ab und entblöße meine nackten Brüste und den Tanga. Er stöhnt und sieht mich an.

„Du bist so unglaublich." Als ich das Kleid ganz abgeschüttelt habe, wirft er es auf einen nahestehenden Stuhl. Normalerweise hätte ich protestiert, wenn man bedenkt, wie teuer das Kleid war, aber in diesem Moment ist es mir egal.

Er drückt mich aufs Bett, sein Mund ist auf meinen Brüsten. Er spielt mit ihnen, küsst und saugt und knabbert und ich beginne, ihn mit heiserer Stimme anzubetteln. Ich bettle, dass er nie aufhört, dass er in mir ist, ich bitte ihn um alles. Es ist egal, was er tut. Sein heißer Mund wandert meinen Körper hinunter und küsst mich. Doch dann setzt er sich auf, öffnet seinen Gürtel und zieht in Rekordgeschwindigkeit seine Hosen aus. Sein harter Schwanz wedelt vor mir.

Ich nehme ihn in die Hand und streichle ihn. Er flucht. Ich lecke die feuchte Spitze, wirbele meine Zunge darum und kann spüren, wie sein Körper bebt. Aber er lässt mich nicht lange spielen. Er legt sich aufs Bett, bedeutet mir, mich hinzuknien, mein Gesicht in Richtung seines Schwanzes zeigend.

Ich habe das noch nie getan, muss ich zugeben. Plötzlich fühle ich mich unsicher, Simons Gesicht so nahe an meinem Geschlecht zu haben. Doch als er mich leckt, schmelzen alle Unsicherheiten dahin. Ich stöhne an seinem Schwanz, fühle seine Zunge in meiner Vagina. Er schleckt und ich kann sein Schmatzen hören, als seine Lippen mich schmecken.

Ich beginne, auch ihn zu schmecken. Ich streichle seinen Schwanz, der unter meinen Händen noch härter wird. Er ist lang und unbeschnitten, und obwohl ich noch nie so über den Penis eines Mannes gedacht habe, finde ich, dass er auf seine Weise wunderschön ist. Ich nehme den bauchigen Kopf in meinen Mund und sauge daran. Ich höre sein Stöhnen. Das spornt mich nur an.

Wir spielen miteinander, bis ich spüre, wie ich bebe. Er drückt einen Finger in mich und dann einen weiteren, züngelt unermüdlich meine Klitoris. Ich beginne, mich gegen seinen Mund zu drücken, während ich weiterhin seinen Schwanz in meinem Mund aufsauge. Ich atme durch und drücke seinen Schwanz weiter in mich hinein, sodass er fast den Rücken meiner Kehle berührt. Er buckelt unter mir.

„Fuck, ich kann nicht länger warten", höre ich ihn sagen. Er wirbelt mich herum und ich muss lachen, weil er uns so leicht manövriert. Er küsst mich wild und wir schmecken einander. Er löst sich kurz, um ein Kondom vom Nachttisch zu nehmen. Er steht auf, nimmt meine Hüften und zieht mich zum Rand.

Ich bin auf den Knien, feucht und verzweifelt, von ihm erfüllt zu werden. Ich halte mich an der Decke fest und stöhne, als er seinen Schwanz gegen meine nasse Öffnung drückt. In dieser Position fühle ich jeden Zentimeter. Für einen Moment bin ich mir nicht einmal sicher, ob er reinpassen wird. Doch dann fühle ich sein Becken an meinem Arsch und ich zucke.

Er verpasst mir einen Klaps. Ein lautes Klatschen echot im Raum.

„Ich habe dir gesagt, dass ich dich so ficken würde, nicht wahr?", sagt er und zieht ihn heraus, bevor er ihn wieder hineinstößt. „Ich habe dir gesagt, ich würde dich ficken, als ich deinen köstlichen Po versohlt habe, nicht wahr?"

Ich kann nur stöhnen und versuche, nicht zur Antwort zu schreien. Der scharfe Schmerz seiner Schläge kombiniert mit seinem Schwanz in mir befördert mich an einen anderen Ort. Er stößt in unermüdlichem Rhythmus und mein Körper wird eng, als wäre ich eine Feder, die kurz davor ist, aufzuspringen.

159

Ich lehne mich runter aufs Bett, meine Brüste sind an die Bettdecke gepresst. Erneut schlägt er mich auf den Po.

„Schmutziges, ungezogenes Mädchen", flüstert er. „Wer hätte gedacht, mein Mädchen würde es lieben, so gefickt zu werden?"

Ich stöhne. Charles hatte nie so mit mir geredet. Aber ich liebe es. Ich blicke über meine Schulter zu ihm nach hinten und es steigert nur mein Vergnügen, sein hübsches Gesicht zu sehen.

Ich kann spüren wie sein Rhythmus holpriger wird, als er davor ist, zu kommen. Mein Körper wird enger und enger und all das Blut in meinem Körper sammelt sich unten. Ich weiß, dass mein Orgasmus vernichtend sein wird. Außergewöhnlich. Ich drücke mich an ihn und er stößt ein letztes Mal in mich hinein. Ich explodiere und schreie ins Laken. Ich zittere, als sein Schwanz in mir kommt. Es verlängert nur meinen eigenen Orgasmus.

Er klopft leicht ein letztes Mal auf meinen Arsch, bevor er sich befreit. Ich falle auf meiner Seite zusammen und er gesellt sich kurz darauf zu mir, seine Arme um mich gelegt.

„Verdammt, das war großartig." Er flüstert in meinen Nacken und ich muss zugeben, dass sein Lob mich ein bisschen stolz macht. Jetzt bin ich nicht mehr so frigide, nicht wahr?

„Du warst auch nicht schlecht." Ich drehe mich, damit ich ihn ansehen kann. Er trägt noch immer eine Socke, und als ich mich umsehe, sehe ich unsere Kleidungsstücke im Raum verteilt. „Ist das deine Fliege auf der Lampe?", frage ich.

Er blickt nach hinten und lacht. „Naja, wir hatten es etwas eilig. Zumindest ich hatte es eilig, in dich zu kommen." Er liebkost meine Seite und ich zittere.

Simon küsst mich, streichelt meinen Körper und fährt dann damit fort, mich überall zu küssen, von Kopf bis Fuß. Als er in mich eindringt, krümme ich mich nahezu auf dem Bett, sehnsüchtig nach ihm. Obwohl ich will, dass er sich schneller bewegt, behält er einen angemessenen, fast schmerzhaften Rhythmus bei, der mich fast in den Wahnsinn treibt. Doch als ich beginne, auf dem Bett zu buckeln, kann ich sehen, dass er strauchelt. Plötzlich hämmert er in mich hinein und wir kommen gleichzeitig, zur Decke schreiend.

Ich wache mit dem Wissen auf, den besten Sex meines Lebens gehabt zu haben. Ich schiele auf mein Handy und sehe, dass es neun Uhr morgens ist. Simon schläft noch und so setze ich mich auf und beobachte ihn eine Weile. Sein goldenes Haar ist zerzaust und auf seinem Gesicht kann ich den Schatten eines Bartes erkennen. Er sieht jünger aus, wenn er so schläft. Ich berühre seine Wange, die mit der Narbe, und seine Augenlider flattern. Als er mich sieht, lächelt er.

„Wie spät ist es?"

Ich sage es ihm und er gähnt, streckt sich wie ein schläfriger Löwe.

„Simon, woher hast du deine Narbe?"

Er versteift sich und es sieht nicht so aus, als würde er mir antworten.

Sofort löse ich mich von ihm. „Es tut mir leid, ich sollte nicht so neugierig sein."

Er erwischt mein Handgelenk und zieht mich zu sich zurück. Dann seufzt er, als er sich vorbeugt und mich weich küsst. „Es ist in Ordnung. Es ist nur – ich verbinde keine angenehmen Erinnerungen damit."

„Oh. Wurdest du … wurdest du angegriffen?" Der Gedanke daran, dass jemand ihn verletzen, vielleicht sogar töten könnte, lässt mich vor Angst zittern. Simon ist ein so guter Mensch. Ich liebe es, mit ihm zusammen zu sein. Nein, das stimmt nicht genau. Ich liebe ihn. Und so sehr mir das Angst macht, kann ich diese Wahrheit nicht leugnen.

„Ich wünschte, das wäre der Fall gewesen", sagt er grimmig.

Ich blinzele. „Was?"

Er lässt sich zurückfallen und reibt sich mit den Handflächen übers Gesicht. „Ich bin in Schwierigkeiten geraten. Ganz allein meine Schuld. Ich habe mich auf rabiate Jungs eingelassen, und naja, du weißt selbst, wie übermütig ich sein kann. Ich hab einen Streit angefangen. Und verloren. Es war ein Fehler und diese Narbe ist eine konstante Erinnerung daran, dass ich nie den Boden unter den Füßen verlieren sollte. Denn am Ende sind wir alle nur ein Produkt unserer Erziehung."

Ich blicke finster drein. Seine Aussage, dass er nicht zu viel von sich halten sollte, verwirrt mich und ich bin mir nicht sicher, was er damit meint, ein Produkt seiner Erziehung zu sein. Er hat mir noch nie etwas von seiner Kindheit oder seiner Familie erzählt. Ich weiß nur, dass seine Schwester Dana Kellnerin im Country Club ist. Ich sehe mich in seinem dürftigen Appartement um und frage mich, ob seine Familie schwere Zeiten durchstehen musste. Wenn das der Fall wäre – es würde mich nicht kümmern, auch wenn sie alles verloren hätten.

„Wir machen alle Fehler", sage ich. Egal, was für eine Erziehung dahinter steckt.

Als ich nicht fortfahre, stützt er sich auf seinen Ellbogen. „Du erwähntest Fehler aus deiner Vergangenheit. Fehler, die dich deine Mutter nicht vergessen lässt."

Ich nicke. Zögere. Dann entschließe ich mich, mutig genug zu sein, um ihm meine Geschichte zu erzählen. Immerhin hat er dasselbe getan. „Ich war ein ausgeflippter Teenager. Rücksichtslos. Ich feierte. Ich schlief mit vielen Männern. Es war nie besonders gut, wenn man bedenkt, dass ich vor dir nie einen Orgasmus hatte, geschweige denn einen Blowjob gab. Aber ich war definitiv nicht das brave Mädchen, das du kennengelernt hast", füge ich hinzu in der Hoffnung, die Erzählung ein wenig aufzulockern.

Er lacht nicht, aber er streckt seine Hand nach mir aus, um

meine Wange zu streicheln. Ich erschauere. „Was ist passiert, Marissa?", fragt er.

Ich senke meinen Blick und fahre mit meinem Finger über das Muster des Bettlakens.

„Ich war mit diesem Jungen zusammen – Brian Hall –, er war ein typischer Bad Boy. Er trug eine Lederjacke und rauchte Zigaretten. Das Schlimme war aber, dass ich dachte, er liebte mich. Eines Nachts verließen wir eine Party. Wir waren betrunken und ich bat ihn, nicht mehr zu fahren. Ich sagte, er solle ein Taxi rufen, aber welcher Bad Boy würde so etwas tun?" Ich lächle traurig.

„Marissa", flüstert er.

Ich schüttele den Kopf. „Wir hatten einen Unfall. Ich war verletzt, aber nicht all zu sehr. Ich habe keine Narben davongetragen."

„Und Brian?"

„Er rannte davon. Ließ mich zurück. Er wollte nicht von der Polizei gefunden werden. Natürlich fanden sie ihn später, aber ..."

„Der Wichser hat dich zurückgelassen? Verletzt?" Simon schnappt nach Luft, Unglaube und Zorn stehen auf seinem Gesicht geschrieben.

„Ja. Und natürlich stand ich schließlich meiner Familie gegenüber. Meine Mom und mein Dad waren erschüttert. Sie standen bereits kurz vor ihrer Scheidung, aber nach dem, was ich getan hatte ..."

„Ließen sie sich endgültig scheiden?"

„Ja. Sie kamen wieder zusammen. Trennten sich erneut. Und sind jetzt wieder ein Paar. So wie es aussieht."

„Die Scheidung war nicht deine Schuld, Marissa. Und was dich betrifft – zu jemandem ins Auto zu steigen, der betrunken ist – *war* ein Fehler. Aber es ist nichts, wofür du den Rest deines Lebens bezahlen solltest. Es ist nicht richtig von deiner Mom, dich ständig daran zu erinnern. Es ist falsch, deine Schuld heranzuziehen, um dich an der kurzen Leine zu halten."

„Sie will nur das Beste für mich. Es war gut, dass ich meine Lektion lernte, bevor etwas noch Schrecklicheres passierte. Ich war außer Kontrolle. Ich bin nicht dafür bestimmt, wild und rücksichtslos und heißblütig zu sein, Simon. Ich bin gern ein gutes Mädchen, meistens. Himmel, vorzugeben, deine Freundin zu sein, ist das rücksichtsloseste, was ich jemals getan habe."

Er schweigt einen Augenblick, bevor er erwidert: „Bereust du es? Besonders nach dem, was heute Nacht passierte?"

„Überhaupt nicht", antworte ich aufrichtig. „Ich werde die Zeit mit dir niemals bereuen, Simon."

Er blinzelt. Zärtlichkeit und Verlangen flammen in seinen Augen auf und Hoffnung keimt in mir auf.

Wird er erwidern, was ich gerade sagte? Wird er mir sagen, dass er mehr Zeit mit mir verbringen will? Dass er nicht will, dass unsere Zeit endet? Wird er ...

Er beugt sich vor, küsst mich auf die Schläfe und fragt: „Bist du hungrig?"

Jetzt bin ich es, die blinzelt.

Ob ich hungrig bin?

Okay.

Er will den Moment unterbrechen. Er will keine Intimität, keine Gefühle, keine Zeit mit mir verbringen. Er will keine echte Beziehung.

Jetzt, da der Ball zu Ende ist, gehen wir wieder getrennte Wege.

Ich schlucke hart und zwinge mich zu einem Lächeln. „Kochst du?"

„Du willst nicht essen, was ich koche, Liebling."

„Weißt du, was wir dann tun sollten?"

Er hebt eine erwartende Augenbraue.

„Lieferservice, wie zivilisierte Leute."

Er schnaubt. „Welches Restaurant liefert in diese Nachbarschaft?"

Ich bemühe mich um ein Lächeln. „Ich kenne da jemanden, der jemanden kennt ..."

Als das Essen ankommt, ist es himmlisch. Eier, Speck, lockere Pfannkuchen, knusprige Croissants, sogar frische Marmelade und cremige Butter sind auf seinem Bett verteilt, als befänden wir uns auf einem Frühstücks-Picknick. Er war auch so schlau, genug Kaffee für einen Elefanten zu bestellen, und wir trinken fast alles.

Ich muss zugeben, dass ich normalerweise schüchtern bin, wenn es darum geht, in männlicher Gesellschaft zu essen. Charles machte immer abfällige Kommentare über mein Gewicht. Ich kam zu einem Punkt, wo ich versuchte, in seiner Anwesenheit überhaupt nicht mehr zu essen. Es war leichter, im Salat rumzustochern, wenn wir essen waren, und mir dann zuhause etwas zu kochen.

Mit Simon nehme ich nur etwas Ei und einen Muffin, was kaum die Hälfte eines Tellers bedeckt. Ich nehme kleine Bissen und versuche mich davon abzuhalten, am Essen zu schnüffeln. Ich habe solch einen Hunger.

Er scheint zu spüren, dass ich Ermutigung brauche, denn er platziert mehrere Speckstreifen auf meinem Teller und bestreicht dann meinen Muffin mit Butter. „Iss auf. Du brauchst deine Energie", sagt er erklärend. „So sehr ich es mag, dass du mein T-Shirt trägst ... Ich kann es kaum erwarten, es dir auszuziehen."

Seine Worte überraschen mich ein wenig. Seit dem Ball und dem, was davor bereits passierte, ging ich schwer davon aus, dass wir uns nach diesem Essen Lebewohl sagen würden. So pathetisch es mich auch erscheinen lässt ... Ich wäre froh, wenn Simon mich danach nicht sofort aus seinem Leben verbannt.

Ich beginne, wie ein normaler Mensch zu essen, und lecke mir am Ende sogar die Finger ab. Simon sieht mich an, als wäre er kurz davor, mich zu vernaschen.

Ein bisschen beschämt, weil ich so viel gegessen habe, räume ich wortlos unser Frühstück weg. Ich stelle die Teller in die Spülmaschine, als ich einen Arm um meine Taille spüre. Ich drehe mich in seinen Arm und lächle.

„Ich weiß genau, was ich heute Morgen gerne tun würde." Er knurrt anzüglich, küsst meinen Hals und ich krümme mich. „Aber was würdest du heute gerne tun?"

Plötzlich kommt es mir – ich sollte heute nicht frei nehmen. Ich stöhne. „Ich muss ein Projekt für die Arbeit fertigmachen."

Er starrt mich an. „An einem Sonntag? Zum Teufel. Warum arbeitest du überhaupt dort, Liebes? Du hasst den Job doch eindeutig."

„Das tue ich. Ich denke täglich darüber nach, zu kündigen. Aber ich hatte nicht wirklich eine Wahl, was ich mit meinem Leben anstellen möchte. Meine Mutter ..."

„Deine Mutter ist dieselbe Person, die denkt, du solltest mit Charles zusammen sein. Ich wette, sie ist nicht die beste Wahl dafür, wer dein Leben diktieren sollte", sagt er.

Er hat natürlich recht. Die Idee war zu arbeiten und dann nach der Hochzeit mit Charles zu kündigen. Manchmal fantasierte ich, auch nach der Heirat weiterzuarbeiten – vielleicht selbstständig, als mein eigener Chef, so sehr diese Entscheidung meiner Mutter auch einen Herzinfarkt verpassen würde. Selbst für mich klingt die Idee, meinen Job zu kündigen, das Bekannte zu verlassen, beängstigend.

„Weißt du", sagt er, „ich glaube, dass ich dich nicht gehen lassen will. Ich würde dich gern weiterhin sehen. Was denkst du darüber?"

Mein Gehirn setzt aus. Er will mich nicht gehen lassen. Mein Herz flattert abermals in meiner Brust. Lag ich also falsch in der

Annahme, dass er mich nicht mehr sehen will? O Gott, ich lag falsch!

„Das fände ich sehr schön", schaffe ich zu sagen.

Er macht einen Schritt zur Seite und lehnt sich an die Küchentheke. „Gut, denn die Erscheinung des Wichsers letzte Nacht macht deutlich, dass er noch nicht ganz aus dem Bilde ist. Und ich finde, dass wir Spires und Noble zumindest noch einmal zeigen müssen, dass wir ein legitimes Paar sind, wenn nicht sogar noch zweimal. Bis zur Pressekonferenz. Da Janelle auf dem Ball aufgetaucht ist, habe ich das Gefühl, dass sie noch immer unentschieden sind. Ich habe versucht, die Wogen zu glätten, aber du kennst sie ja."

Das flatternde Gefühl in meinem Herzen? Ein bedrücktes Gefühl hat es ersetzt. Schon wieder. Er will nur der Show wegen weitermachen.

Dachtest du wirklich, er würde dir sagen, dass er dich liebt? Mein Verstand schreit mich an.

Gott, ich fühle mich so dumm. Hier bin ich und erwarte, dass er erklärt, alles real machen zu wollen, obwohl er es tatsächlich nur zu seinem Vorteil nutzt. Wie er von Anfang an gesagt hat.

Als ich schweige, sagt er: „Marissa? Bist du damit einverstanden, weiterzumachen?"

Ich will in Tränen ausbrechen. Ich beiße mir so hart in die Wange, dass ich Blut schmecke, nur um die Tränen aufzuhalten.

„Ja, sicher. Wir können genauso gut unser Bestes geben, nicht wahr?"

Er lächelt. „Hervorragend. Ich wusste, du würdest kein Spielverderber sein." Sein Handy klingelt und er gibt mir einen schnellen Kuss, bevor er den Raum verlässt, um zu antworten. Ich bleibe eine Weile sitzen und blicke in die Ferne. Schließlich stehe ich auf und gehe ins Wohnzimmer. Simon lächelt mich vom kleinen Balkon aus an und ich betrachte seine bescheidenen Besitztümer. Seine Wohnung erscheint mehr wie ein Hotelzimmer, vollkommen unpersönlich, im Gegensatz zu einem

Zuhause, das er selbst zusammengestellt hat. Vielleicht weiß er nicht, wie man persönlich wird.

Doch ich schüttele diese Gedanken ab, da sie mich nichts angehen. Er ist nicht mein Partner. Er wird es nie sein und das muss ich in meinen dicken Schädel reinbekommen. Ich gehe zurück in die Küche und finde Geschirrspülmittel unter der Spüle. Ich schalte die Maschine an und lehne mich an den Tresen, da Simon noch immer telefoniert.

Dann warte ich und frage mich, was zum Teufel ich jetzt tun soll.

KAPITEL SECHZEHN

Simon

Es ist Montagnachmittag, der letzte Drehtag der vierten Staffel von *Alien Love*. Ich bin in meinem Wohnwagen, nachdem ich gerade mit den Produzenten von *Perfekte Vereinigung* telefoniert hatte. Diese Männer werden mir die Rolle nicht geben, bevor ich mich komplett verbiege, was ich verstehe. Aber zwischen meiner Rolle als Borg und dem reformierten Simon hin- und herzuwechseln, ist ziemlich anstrengend. Ich wünschte, sie würden mich endlich aus meiner Misere befreien.

Ich lehne mich in meinem Stuhl zurück und reibe mir die Schläfen. Ich frage mich, ob es irgendwo eine frische Tasse Kaffee gibt, denn ich bin kurz davor, an Ort und Stelle einzuschlafen.

Mein Handy klingelt und ich stöhne. Ich nehme ab: „Simon hier."

„Simon, Declan. Noble und Spires haben gerade angerufen und ein Meeting für morgen angesetzt. Ich habe ein gutes Gefühl."

Sekunden später beende ich den Anruf, mein Magen zieht

sich zusammen. Die erste Person, die ich anrufen möchte, ist Marissa, also beginne ich, ihre Nummer zu wählen. Ich halte inne, als jemand an meiner Tür klopft. Eine der Praktikantinnen steckt ihren Kopf herein.

„Mr. Dale, ich habe eine Besucherin für Sie. Sie hat keinen Termin, besteht aber darauf, Sie zu sehen."

Ist es Marissa? Es muss Marissa sein. Sie hat mich noch nie am Set besucht, doch die Vorstellung ist aufregend. Mit klopfendem Herzen antworte ich: „Schick sie herein."

Ich hatte mich gerade bereit gemacht, unter die Dusche zu gehen und die grüne Farbe abzuwischen. Also ziehe ich mir einen Bademantel über, als sich die Tür zu meinem Wohnwagen öffnet. Ich will gerade Marissas Namen sagen, als ich realisiere, dass die Frau vor mir absolut nicht Marissa ist. Sie ist ebenfalls die letzte Person, die ich je hier vermutet hätte.

Es ist Marissas Mom, June Woodcrest.

Sie trägt einen teuren, cremefarbenen Anzug, ihre Schuhe und die Handtasche in einem tiefen Blutrot. Sogar ihr Lippenstift passt zur Handtasche. Sie starrt mich an, als sei ich eine Art Käfer, den sie nie wieder sehen wollte. Ich muss zugeben, dass ihre Erscheinung mich so außer Fassung gebracht hat, dass ich für einige Moment kein Wort rausbringe.

„Darf ich mich setzen?", fragt sie und beäugt meine grüne Pracht.

Ich gehe zur Couch und befreie das Sofa von Magazinen. „Ja, bitte." Sie setzt sich mit kerzengeradem Rücken hin.

Ich gehe um die Couch herum und setze mich auch. Als ich mich zu ihr drehe, sieht sie mich wie einen krankheitsübertragenden Käfer an. Das alberne, überschwängliche Lächeln aus dem Country Club ist lange vergangen. Mein Herz beginnt zu klopfen und ich kann spüren, wie mir der Schweiß ausbricht.

„Was kann ich für Sie tun, Mrs. Woodcrest?" Ich versuche, ruhig und gesammelt zu klingen.

Sie sieht sich in meinem Trailer um und ich kann sehen, dass sie mich in meinem Make-Up und dem seidenen Bademantel hauptsächlich verurteilt. Ich verlagere mich. Sie wischt einen Fleck von der Lehne der Couch und schnieft ein bisschen.

„Mr. Dale", sagt sie schließlich. „Es kann kein Missverständnis vorliegen, warum ich hier bin."

Ich blinzele. „Ich denke, ich verstehe. Es tut mir leid, Sie wegen meines Berufes angelogen zu haben. Aber ich versichere Ihnen, es ist anders, als Sie denken."

Sie verzieht das Gesicht. „Es ist genau, was ich denke. Meine Tochter verhält sich wie ein anderer Mensch und jetzt weiß ich, dass es an Ihrem furchtbaren Einfluss liegt. Bevor sie Sie getroffen hat, war sie ein süßes, pflichtbewusstes Mädchen. Jetzt lügt sie und trotzt uns. Sie verkauft sich selbst für dumm. Für jemanden, der sie nicht verdient." June nimmt ein Taschen-tuch aus ihrer Tasche und tupft sich die Augen. Ich kann mir nur schwer vorstellen, dass sie tatsächlich weint. „So ein Desaster!"

Ich knirsche mit den Zähnen. Ich lasse mich für gewöhnlich nicht leicht ärgern, aber Junes Ton bringt mich an den Rand. Doch auf der anderen Seite habe ich mir von schnöseligen Blau-blütern noch nie gerne sagen lassen, was ich tun soll.

„Sie sind also hier, um …?" Ich hebe eine Augenbraue.

June sieht mich an. „Lassen Sie es mich so einfach wie möglich ausdrücken: Wir kennen die Geschichte Ihrer Familie. Wir wissen, dass Ihre Mutter verschwunden und ihr Vater ein Trinker ist. Wir wissen, dass Sie nichts als Abschaum aus dem Londoner East End sind. Aufgrund dieser Begebenheiten bitten wir Sie, unsere Tochter in Frieden zu lassen."

Meine Ohren dröhnen. Während ich diese Frau ansehe, ihren Gesichtsausdruck voller Urteil und Verachtung, kann ich mich nur schwer zurückhalten, sie zur Hölle zu schicken.

„Wer hat es Ihnen erzählt?"

„Ich bin reich, Mr. Dale. Ich habe Leute, die so etwas heraus-finden können, wenn man ihnen Zeit gibt. Und nachdem sie passenderweise ins Leben meiner Tochter getanzt waren, habe ich Sie verfolgen und untersuchen lassen."

„Sie haben mich verfolgen lassen? *Untersuchen?*", wiederhole ich. Nicht einmal die verdammten Paparazzi waren in der Lage gewesen, die Wahrheit über meine Herkunft herauszufinden.

Sie nickt. „Meine Tochter wurde schon immer von Männern angezogen, die ihr nicht guttaten, und sie leidet noch heute darunter. Ich will nicht, dass sie erneut verletzt wird. Sie ist offensichtlich geblendet von Ihnen und Ihrem guten Aussehen. Aber sie kann keine eigenen Entscheidungen treffen, um sich selbst zu retten. Also treffe ich sie für sie und ich denke, es wird ihr eine Menge Herzschmerz ersparen. Lassen Sie sie in Ruhe."

Er vergleicht mich mit *ihm*. Mit Brian Hall, der Mann, der betrunken Auto fuhr und Marissa in einem Unfallwagen zurückließ. Der Mann, der sie verletzt allein ließ, nur um seinen eigenen Arsch zu retten. „Sie wissen nicht, wovon Sie sprechen", stoße ich aus, auch wenn mein Entschluss bröckelt. Eine kleine Stimme in meinem Kopf wiederholt wieder und wieder, dass sie genau weiß, wovon sie spricht. Und die Stimme wird mit jedem Mal lauter.

„Oh, das tue ich. Noch nie in meinem Leben war ich mir etwas so sicher. Sie sind ein niedriger Virus und müssen ausgelöscht werden, bevor Sie meine Familie unterwandern können. Verstehen Sie das?"

Ich balle meine Hände zu Fäusten. So hart, dass meine Nägel sich in meine Handflächen graben. „Was werden Sie tun?"

Sie lächelt wieder, eine Katze, die ihren Singvogel gefangen hat. „Nichts. Wenn Sie sie alleine lassen, werde ich nichts tun. Aber wenn Sie ihr nur eine Nachricht schicken, werde ich es herausfinden. Und dann werde ich sicherstellen, dass Ihre Karriere vorbei ist. Mein Mann kennt Noble und Spires. Raul und Mr. Noble haben sogar dieselbe Schule besucht. Wenn ich es recht verstehe, kommen Sie für die Hauptrolle in einem Film in Betracht. Aber wenn Sie meine Tochter kontaktieren, werde ich an den Seilen ziehen. Sie werden diese Rolle nie bekommen und nie wieder in Hollywood arbeiten. Verstehen Sie das?"

Ich starre sie an. Das Blut kocht in meinen Venen. Janelle hatte gesagt, dass es so kommen würde, und ich hasse es, dass sie recht hatte. Ich will diese Frau anschreien. Ich realisiere, dass ich nicht einfach aufhören kann, Marissa zu sehen. Scheiß auf die Rolle. Denn Marissa ist ein Teil meines Lebens. Sie und ich ... wir gehören zusammen.

Oder?

In meinem Apartment wirkte sie wie ein Diamant, und wenn ich die Rolle, die ich so sehr brauche, nicht bekommen werde, wer weiß, wie meine Schauspielkarriere nach *Alien Love* aussehen wird? Außerdem, wenn June Woodcrest ihre Drohungen wahr macht, werde ich nie wieder einen Part finden – und vollkommen pleitegehen. Ich wäre nicht in der Lage, für sie zu sorgen. Ich wäre ein Loser, wie damals als junger Punk. Marissa gehört in den Country Club, nicht zu einem Faker, der in Londons East End aufgewachsen ist und sie dann benutzt hat, um auf der Karriereleiter aufzusteigen. Ein zweitklassiger Schauspieler, der vielleicht nie die Chance hat, mehr zu sein – und definitiv noch viel niedriger enden könnte.

Letzten Endes läuft es darauf hinaus: Ich verdiene Marissa nicht mehr, als es Brian Hall tat.

Also schlucke ich die Galle in meinem Hals herunter und nuschele: „Ich verstehe."

Sie lächelt zufrieden. „Gut." Als sie aufsteht, stehe auch ich auf. Aber sie macht keine Anstalten zu gehen. Sie platziert lediglich ihr Taschentuch in ihrer Handtasche und schließt sie mit schneller Bewegung.

„Ich muss Ihnen schrecklich vorkommen, Mr. Dale. Aber versetzen Sie sich in meine Lage. Marissa ist mein kleines verlorenes Lämmlein. Man kann ihr einfach nicht vertrauen, eine gute Entscheidung zu treffen, und das beinhaltet, auf welchen Mann sie sich einlassen soll."

Ich starre sie an und versuche, meinen Atem zu kontrollieren. Diese verdammte Frau. Sie mag mir bezüglich recht haben, aber wenn sie in einem falsch liegt, dann ist es ihre Tochter. Marissa ist zu pflichtbewusst und zu gut, es ihren Eltern zu sagen, aber in dem Moment realisiere ich, dass ich es kann.

„Hören Sie zu", sage ich spitz. „Sie müssen etwas wissen. Marissa ist in der Lage, gute Entscheidungen zu treffen, eingeschlossen des Verstands, sich nicht romantisch auf jemanden wie mich einzulassen. Wir hatten nie etwas miteinander, Mrs. Woodcrest. Diese Beziehung? Alles nur Schein."

Sie neigt ihren Kopf und sieht mich an und setzt sich, fast benebelt, wieder hin. Also fahre ich fort.

„Ich habe im Country Club bemerkt, dass es Ihrer Tochter nicht gut ging, und ich brauchte jemanden, der meine Freundin spielte, sodass Noble und Spires mich für ihren Film in Betracht zogen. Vorzutäuschen, in einer Beziehung zu sein, war meine Idee. Ihre Tochter wäre nie mit mir gesehen worden, hätte ich sie nicht dazu gedrängt, mir zu helfen."

Ihre Augen werden schmal.

„Sie sehen, es gibt nichts, worüber Sie sich Sorgen machen müssen. Marissa ist vernünftiger, als Sie denken. Sie hat einen guten Grund, sich vor mir in jeglicher ernsthafter Kapazität fernzuhalten, das versichere ich Ihnen."

Zumindest würde Marissa das, wenn sie wüsste, wer ich wirklich bin. Wo ich herkomme. Und ich werde ihr nicht die Gelegenheit geben, den echten Simon kennenzulernen. Ich werde es jetzt beenden. Ich muss, um Marissas Willen. Ich ziehe das Band meiner Robe enger. „Marissa hat mir von Brian Hall erzählt. Bitte lassen Sie sie nicht länger für ihren Fehler aus Teenagerzeiten büßen. Bitte zwingen Sie sie nicht, sich wieder auf den Wichser Charles einzulassen. Um Himmels Willen, er ist ein armseliges Exemplar von Mann und sie verdient etwas Besseres. Ihr Vater scheint das zu verstehen und als ihre Mutter sollten Sie das auch."

Sie blinzelt, offenbar verblüfft. Ich weiß. Wo darf ein egozentrisches Arschloch, der eine Frau benutzt hat, um seine Karriere anzutreiben, solche Forderungen stellen? Offenbar interessiert er sich nicht für das Glück der besagten Frau, sonst hätte er sie nie benutzt.

Aber so wie June Woodcrest nickt, glaube ich fast, dass sie Marissa tatsächlich ein bisschen in Ruhe lassen wird.

Das ist, nach allem, das Mindeste, das ich für Marissa tun kann.

Aber warum fühlt es sich nicht genug an? Warum fühlt es sich so an, als wäre nichts, was ich je tun könnte, genug für Marissa?

June Woodcrest bleibt stumm, als sie geht. Ich bringe sie nicht nach vorne. Stattdessen verschließe ich die Tür, bevor ich flüsternd fluche und in meinem Wohnwagen auf und ab wandere. Ich habe nur Mrs. Woodcrests Gesicht vor mir, als hätte sie mich endlich ertappt, wissend, dass sie mich in der Tasche hat.

Doch als der Ärger sich verzieht und Erschöpfung mich überkommt, kommen auch die dunkleren Gedanken. Scheiß auf die Rolle. Darum geht es nicht. Es geht um mich, der Marissa nie verdient hatte, nie mehr als ein Gossenkind sein würde. Es geht um zwei Teile von verschiedenen Puzzles. Teile, die nie zusammenpassen werden.

Ich denke darüber nach, wie Janelle mich in diesem Interview beschrieben hatte. Vieles davon stimmt nicht, aber als sie sagte, dass Simon Dale kein Beziehungsmensch sei, ertappte ich mich dabei, zuzustimmen. Ich bin kein Beziehungsmensch. Zumindest nicht für langwierige Sachen. Ich bin in einem Haus aufgewachsen, das meine Mom so sehr hasste, dass sie abhaute. Ein Haus, in dem mein Dad mich und meine Schwester so sehr hasste, dass er sich betrinken und mich vermöbeln musste. Ich weiß nicht, wie ich mich an jemanden binden kann, ganz zu schweigen an eine Frau. Ich weiß das über mich. Es ist nicht schön und ich bin nicht stolz darauf, aber es ist, was es ist. Darum habe ich Marissa gegenüber klar gemacht, dass dieses Arrangement nie darüber hinausgehen konnte.

Marissa wurde von Brian Hall genug verletzt. Ich kann ihr nicht noch mehr wehtun. Ich muss sie gehen lassen. Ich muss. Sie verdient etwas Besseres.

KAPITEL SIEBZEHN

Simon

Am nächsten Tag fühle ich mich wie Scheiße, als ich Declan kurz vor dem großen Meeting treffe. Ich habe weder gegessen noch geschlafen. Ich bin mir sicher, dass Marissa sich fragt, warum ich ihr nicht geschrieben habe. Aber ich habe es ihrer Mutter versprochen, dass ich das nicht tun werde. Und ich sollte es nicht tun. Sie verdient etwas Besseres als mich, aber ich weiß, dass sie eine bessere Trennung als Stillschweigen verdient. Fuck. Ich wische mir übers Gesicht und bemerke, dass ich mich nicht einmal rasiert habe. Heute Morgen konnte ich kaum den Arsch aus dem Bett kriegen, um unter die Dusche zu steigen. Marissa hat einmal gesagt, ich hätte ein erinnerungswürdiges Gesicht, eines, das einfach nicht schlecht aussehen kann. Ich hoffe, sie hat recht, denn ich habe ein Gefühl, dass heute Stichtag ist.

Marissa. Warum kann ich nicht aufhören, an sie zu denken?

Und warum zur Hölle muss der Stichtag ausgerechnet jetzt kommen?"

„Du weißt, was ein Bügeleisen ist?", fragt Declan. Seine

brauen Augen werden groß, als er meine zerknitterte Kleidung sieht. „Um Himmels Willen, hast du auf der Müllkippe übernachtet?"

Ich knirsche mit den Zähnen. Er hat recht. Ich muss mich zusammenreißen. Davon habe ich mein Leben lang geträumt. Nicht von irgendeinem Mädchen. Sondern der Rolle meines Lebens. Und wenn ich sie bekomme, wird Marissa keine Rolle spielen. Ich werde alles haben, was ich je wollte.

Das ist zumindest meine Hoffnung.

Ich fahre mit den Händen durch mein Haar und wische mir den Schlaf aus den Augen, dann bitte ich Declan um Inspektion. „Okay?"

Er sieht mich immer mit einem halben spöttischen Lächeln an, als wäre ich ein übriggebliebenes Sandwich auf einem Tablett. Dann richtet er meinen Kragen und meine Krawatte. „Immer noch scheiße, aber es wird schon passen."

Ich atme tief durch. „Los geht's. Lass uns die Ruhe bewahren. Du weißt, dass Noble Angst riechen kann?"

„Manchmal bin ich mir nicht einmal sicher, ob der Typ menschlich ist."

„Es interessiert mich nicht, ob er ein Alien vom Planeten BORG ist. Ich brauche diese Rolle." Denn das ist alles, was ich habe.

Declan zieht an seiner Krawatte. „Das musst du mir nicht sagen, Kumpel."

Wir gehen ins Vordere des Büros. Spires und Noble sind gerade angekommen und wir schütteln, wie gewöhnlich, Hände. Ich schiele zu Noble und versuche zu sehen, ob ich ihm etwas ablesen kann, aber er blickt mich nur wie gewöhnlich an. Der Mann könnte für die CIA arbeiten, ohne jemals zu zerbrechen, da bin ich mir sicher. Spires ist herzlich und geräuschvoll, redet darüber, wie großartig der Ball war und wie fantastisch alle aussahen.

Wir gehen in den Konferenzsaal. „Danke, dass Sie sich heute

Nachmittag mit uns treffen", sagt Noble mit weicher, vorsichtiger Stimme und schiebt seine Brille die Nase hoch.

Declan wirft mir einen Blick zu, er denkt, es wird gutgehen. Mein Magen zwickt. Ich bin mir nicht so sicher. Als ich versucht habe, die Wogen des Janelle-Vorfalls zu glätten, hat keiner der Männer etwas gesagt. Aber ich konnte sehen, wie sie mich beäugten, abschätzten. Noble fragte, woher ich Janelle kannte, während Spires seinen Champagner in stillschweigendem Gericht trank. Der gesamte Austausch war seltsam gewesen und ich hatte mich gefühlt, als hätte mich der Schuldirektor um ein Gespräch gebeten.

Jetzt blicken Noble und Spires mich mit ruhigen Gesichtern an. Selbst Spires. Sein gewöhnlich lautes Verhalten ist verschwunden und das ängstigt mich am meisten.

Sie müssen schlechte Nachrichten haben. Es muss so sein. Sie werden sagen, dass sie mich am Ende doch nicht wollen.

„Sie wissen, dass wir tun müssen, was das Beste für die Investoren dieses Films ist. Müssen Erfolg garantieren", beginnt Noble und stützt seine Arme auf dem Tisch ab. „Ich muss sagen, dass wir viele Diskussionen über Sie hatten, Dale. Am Anfang waren wir uns unsicher."

„Wir wussten, dass Sie eine tickende Zeitbombe waren und noch nie bei einem ernsten Projekt getestet wurden. Und dennoch waren wir von Ihrer Probeaufnahme mit Dakota beeindruckt. Sie haben einen Volltreffer gelandet. Aber wir wussten noch immer nicht, ob Sie fähig sind, sich zu binden", sagt Spires frei heraus. „Das haben wir zu verstehen gegeben. Wir können nicht mit Schauspielern arbeiten, die es nicht ernst meinen."

Noble lächelt. „Mein Partner will sagen, dass wir möglicherweise ein paar schlechte Erfahrungen gemacht haben."

Ich nicke angespannt. „Declan und ich schätzen es, dass ich überhaupt in Betracht gezogen wurde."

„Wie auch immer, nach dem Ball haben Noble und ich dies ausführlich diskutiert. Am Ende mussten wir beurteilen, ob wir das Risiko eingehen möchten, unser Vertrauen in ein neues Gesicht zu legen. Sie haben die Fähigkeiten, Sie haben das Charisma. Das steht nicht zur Debatte. Aber sind Sie in der Lage, den Film als Hauptrolle zu führen?", fragt Spires.

„Ich versichere Ihnen, dass ich das wäre." Ich lehne mich vor und weigere mich, ihm zu gewähren, uns bereits aufzugeben. „Ich habe zuvor jugendliche Fehler begangen, das räume ich ein. Aber heute bin ich hingebungsvoll. Seien Sie versichert, dass ich dieser Performance alles geben werde, was ich habe."

Noble nickt, doch Spires studiert lediglich mein Gesicht. Ich muss mich zwingen, mich nicht zu krümmen. Wird er nein sagen?

Gott im Himmel, bitte lass das nicht das Ende sein!

„Also, hier ist der Deal. Wir haben unsere Entscheidung getroffen." Noble blickt Spires an, der nickt. „Wir haben beschlossen, Ihnen die Rolle zu geben."

Ich starre sie an. „Das ist – danke. Vielen Dank."

Ich blicke Declan an, der sein Pokerface aufgesetzt hat.

„Herzlichen Glückwunsch Ihnen beiden", sagt Spires. Er steht auf und wir folgen ihm. „Mein Assistent wird die praktischen Details übersenden." Er streckt die Hand aus, die ich energisch schüttele. Ich verabschiede mich auch von Noble, dann sind beide aus der Tür.

Vor dem Büro stehen Declan und ich einfach nur da, starren ins Leere.

Dann sagt Declan: „Ich kann es verdammt noch mal nicht glauben!"

Ich lache los. Ich kann nicht anders. Ich umarme Declan ungestüm und wir klopfen einander auf die Schultern. Wir fluchen und lachen und stöbern in der Büroküche nach etwas zum Anstoßen. Schließlich teilen wir uns eine alte Flasche Champagner, die schon etwas schal ist, aber das stört uns nicht. Wir trinken aus Papierbechern, stoßen an, lachen und feiern.

Wir sind einigermaßen beschwipst, obwohl nicht genug

Champagner übrig ist, um viel Schaden anzurichten. Als wir die Flasche geleert haben, bekomme ich jedoch eine Nachricht von Marissa, die mich innehalten lässt.

Hast du schon etwas gehört?

Ich starre auf mein Handy. Plötzlich scheint die Feierei keinen Sinn mehr zu machen. Ja, ich habe die Rolle bekommen. Aber der Deal, den ich gestern mit Mrs. Woodcrest gemacht habe, schwirrt mir noch immer im Kopf rum. Und jetzt kann ich nicht einmal Marissas Nachricht beantworten. Warum zum Teufel habe ich mich dazu einverstanden erklärt?

„Schlechte Nachrichten?" Declan schielt mir über die Schulter.

„Nein, aber ich muss los."

Er zieht ein Gesicht. „Okay, aber morgen essen wir zusammen zu Abend und feiern?"

Das interessiert mich im Moment nicht. Ich nicke und verabschiede mich, lasse ihn alleine. Er kann feiern, soviel er möchte.

Ich starre noch immer auf mein Handy, als ich die Treppen runtergehe und in den Wagen steige. Als der sich nicht bewegt, blickt der Fahrer, Greg, zu mir nach hinten und fragt: „Wohin, Boss?"

Ich will Marissa sehen. Aber ich weiß, dass ich es nicht kann. Die Sache zwischen uns ist vorbei. Sie ist nicht länger Teil meines Lebens. Ich habe bekommen, was ich immer wollte. Ich werde jetzt dieses neue Leben haben. Alles ist anders.

Also, warum bin ich darüber nicht glücklich?

Ich sage Greg, mich nach Hause zu fahren. Ich weiß nicht, wo ich sonst hin soll.

Zuhause rufe ich meine Schwester Dana an und berichte ihr die guten Neuigkeiten. Als sie spürt, dass ich nicht so glücklich bin, wie ich sein sollte, sage ich, dass ich nur müde sei. Sie macht dieses Geräusch – etwas zwischen „mhm" und „ja sicher" – und ich weiß, dass ich dran bin.

„Geht es um Marissa?"

Ich sitze auf der Couch und nuckle an einer Flasche Bier. „Warum sollte es um sie gehen?"

„Sei nicht doof, Simon. Ich habe gesehen, wie du sie damals in der ersten Nacht im Restaurant angesehen hast. Ich habe angenommen, die Dinge seien gut gelaufen – zumindest im Bett?"

„Dana."

„Tut mir leid, ich werde nicht witzeln. Aber im Ernst, du rufst nicht mehr an, schreibst nicht mehr, also dachte ich, du wärst die ganze Zeit mit ihr zusammen."

Ich nippe an meinem Bier. Wie erkläre ich meiner Schwester, dass ich nicht weiß, was ich gerade fühle?

Dana schnaubt ins Telefon. „Hallo? Hey, hast du ihr überhaupt schon erzählt, dass du die Rolle hast?"

„Nein, und das werde ich auch nicht. Es ist vorbei." Meine Stimme ist hart wie Stahl.

„Was? Du bist ein Idiot, großer Bruder."

„Was hast du erwartet? Das war der Deal. Ich habe die Rolle. Und jetzt ist es zwischen mir und ihr …" Ich schlucke Galle herunter. „Vorbei."

„Du bist herzlos. Sagst ihr nicht einmal, dass du die Rolle hast, obwohl sie dir geholfen hat, sie zu bekommen?"

„Und wie immer war es ein Vergnügen, mit dir zu reden. Bis bald."

„Schön. Aber du solltest wirklich …"

Ich lege auf, leere mein Bier und hole mir ein frisches aus dem Kühlschrank. Ich meide das Schlafzimmer, da ich dort nur an Marissa und was wir dort getan haben, denken muss. Ich schlafe schließlich auf der Couch ein und habe einen merkwürdigen Traum über Noble und Marissa, die sich verlieben und durchbrennen.

Als ich aufwache, klingelt mein Handy. Es ist Marissa. Ich stöhne und nehme mein Handy, hebe aber nicht ab. Nicht mal eine Nachricht, das habe ich Mrs. Woodcrest gesagt. Außerdem, was würde ich überhaupt sagen? Ich schalte das Handy mit einem Zucken auf stumm.

Es tut mir so leid, denke ich, *aber ich weiß einfach nicht, was ich tun soll.*

Ich weiß, was ich will. Ich will sie in meinem Bett und meinem Leben. Aber ich musste sie ihretwillen gehen lassen.

KAPITEL ACHTZEHN

Marissa

Es ist Freitag und ich esse mit meinen Eltern und Larissa zu Mittag, nervös wie noch was, weil ich ihnen etwas sagen werde. Was ich ihnen mitteilen werde, hat nichts mit Simon zu tun, da er seit dem Wochenende meine Anrufe ignoriert. Nach der Abmachung, dass wir uns weiterhin sehen würden, weiß ich nicht, was passiert ist, doch während seiner Abwesenheit habe ich mir viele Gedanken über ihn, unsere Situation und das, was wir zuletzt besprochen hatten, gemacht.

Vergangene Fehler.

Seine und meine.

Simon wird noch immer von seiner Vergangenheit eingeholt. Ich sah es in ihm, als er über seine Narbe sprach. Und offensichtlich werde auch ich immer noch verfolgt.

Aber ich will das nicht mehr.

Ich möchte zumindest versuchen, über das hinwegzukommen, was mir passiert ist. Die Beziehung zu meiner Mom aufzugeben, ist nichts, wofür ich bereit bin. Also entschied ich mich für etwas anderes. Etwas viel Einfacheres.

Meine Karriere.

Immerhin tut auch Simon alles dafür, seine Träume zu erfüllen. Warum sollte ich das nicht auch können?

Ich beschloss, dass ich besser dran wäre, meine derzeitige Stelle zu verlassen, um meine eigene Marketingfirma zu starten. Ich habe die Fähigkeiten, die Erfahrung und mit meinem Trust Fund genug Startkapital, um mein eigenes Projekt zu starten. Ich werde als alleinige Eigentümerin und Freiberuflerin anfangen. Es ist ein großer Schritt. Wenn ich daran denke, wird mir schwindelig.

Ich habe heute Morgen meinem Chef mit zweiwöchiger Frist gekündigt. Jetzt muss ich es meiner Familie mitteilen.

Ich blicke sie über den Tisch an und schwitze bereits. Larissa sieht selbstzufrieden aus, als wüsste sie mein Geheimnis und würde darauf brennen, es auszuplaudern. Nervosität staut sich in meinem Magen. Weiß sie, dass ich meinen Job gekündigt habe?

Wir bestellen, obwohl ich weiß, dass ich nicht in der Lage sein werde, zu essen. Mom sieht mich mit schmalen Augen an, während Dad bestimmt zu sein scheint, niemanden von uns anzusehen. Während Mom Konflikte liebt, bevorzugt Dad es, hart und lange zu arbeiten und sich dem Drama fernzuhalten. Wie er und Mom je zusammen gekommen sind, ist mir ein Rätsel.

„Na, Rissy, wie geht's deinem Freund?" Larissa nippt an ihrem Wasser und runzelt die perfekte kleine Nase ein wenig.

Ich weiß nicht, wie ich ihren Ton auffassen soll. „Großartig", sage ich langsam. „Wir waren letzte Woche bei einem Ball, es war sehr lustig." Mit der Ausnahme von Charles' Erscheinen und Janelles ... und Simon, der nicht mehr mit mir spricht ...

Mom schnieft. Ich will sie gerade fragen, was ihr Problem ist, als der Kellner beginnt, uns die Teller vor die Nase zu stellen. Als ich den Salat vor mir sehe, erinnere ich mich an mein Frühstück mit Simon im Bett. Das war das letzte Mal, dass ich ihn gesehen hatte.

Dad nimmt die erste Gabel seines Salates, als meine Mom mit ernster Stimme ansetzt: „Marissa, wir wissen alles über Simon Dale."

Ich lasse fast meine Gabel fallen. Sie sagte Simon *Dale*. Wissen sie es? Hat Charles etwas ausgeplaudert? Ich blicke Larissa an, die lächelt, und dann Dad, der seine Gabel ablegt und meine Mutter missbilligend ansieht.

Ich versuche, cool zu bleiben. „Was genau wisst ihr über ihn?"

Anstatt mir zu antworten, wendet sich Mom Dad zu. „Simon Richards ist Simon *Dale*. Er ist kein Blaublüter, der mit Prinz Harry verwandt ist. Er ist ein Schauspieler in einer kitschigen Seifenoper. Er spielt einen Alien, Raul."

Moms Blicke sind wie Dolche. „Er hat uns alle angelogen. Er ist nichts als Müll – ein zweitklassiger Schauspieler. Dieser Fernsehserie, in der er mitspielt, mangelt es keineswegs an Pornographie! Nicht nur das: Seine Mutter ist abgehauen und sein Vater ist ein Trinker. Ein Trinker aus dem Londoner East End!" Mom umklammert ihre Serviette.

Mein Herz sinkt zu Boden. Außer der einen Konversation über seine Narbe, hat Simon seine Vergangenheit nicht mit mir geteilt. Jetzt erzählt mir meine Familie, dass er quasi in der Gosse aufgewachsen ist. In ihren Augen machen ihn seine Wurzeln zu einem minderwertigen Mann, aber ich interessiere mich kein bisschen. Ich habe es so satt, dass sie immer so tun, als seien sie besser als andere, da doch die Wahrheit ist, dass die Woodcrest Familie so kaputt ist wie nur irgend möglich. Wie kann jemand wie Charles ihren Beifall gewinnen, ist er doch ein gemeiner Betrüger, der mich immer schlecht fühlen ließ. Und Simon, der mir das Gefühl gab, so viel wert wie eine Goldmine zu sein, ist nicht gut genug?

„June ...", beginnt mein Vater.

„Ihr habt Nerven, so zu tun, als wären wir zu gut für Simon", unterbreche ich ihn. „Er ist ein liebevoller, schlauer, brillanter Mann und es würde mich nicht interessieren, wenn seine Eltern zwei Zirkuskünstler vom Mars wären!"

Ich bin kurz davor, ihnen zu sagen, dass er der erste echte Mann ist, mit dem ich je zusammen war, als meine Mutter sagt: „Oh, komm runter, Marissa. Er hat mir die Wahrheit gesagt."

Ich halte mitten im Satz inne. Sie hat mit Simon geredet? Ohne mich? „W-was?"

Sie sieht mich herablassend an. „Er hat zugegeben, dass eure Beziehung nie echt war. Dass ihr euch gegenseitig benutzt habt."

Mein Mund steht offen. *Simon* hat es meiner Mutter erzählt? Warum? Warum würde er das tun, da er doch weiß, dass ich damit in Teufels Küche kommen würde?

Zu meiner Überraschung blickt mein Vater fast genauso traurig drein wie ich. „Stimmt das, Marissa?"

Ich kämpfe mit den Tränen und schlucke hart. Ich versuche, etwas zu sagen, irgendetwas, aber es geht nicht. Scham überkommt mich und ich werfe meine Serviette auf den Tisch, springe auf und werfe fast mein Glas um. „Wann hast du mit ihm gesprochen?" Ich schaffe es, den Knoten in meinem Hals zu lösen.

„Vor einigen Tagen", sagt sie und ich quelle über. Ich habe schon länger als das nicht mehr mit ihm gesprochen. Ich will mehr fragen, bin aber bereits zu zerstört. Mehr Details werden mich vermutlich umbringen.

Er hat es ihr gesagt. Er hat ihr gesagt, dass alles nur Show war. Es ist vorbei.

„Simon hat mir gesagt, warum du es getan hast", fährt sie fort und verletzt mich nur noch weiter. Was hat er ihr noch erzählt, und warum? „Ich kann nicht glauben, dass du etwas so Schreckliches tun würdest. Dass du so lügen würdest."

Plötzlich verwandelt sich meine Traurigkeit in Wut.

„Oh, das kannst du nicht glauben?", stoße ich aus. „Nachdem was du getan hast? Du hast darauf bestanden, dass ich dieses

Arschloch heirate, der mich für den Rest meines Lebens wie Dreck behandeln würde, nur weil du den Schein wahren wolltest?"

„Marissa", beginnt Mom, „ich …"

„Nein", unterbricht mein Vater mit erhobener Stimme, wie ich sie nicht mehr gehört habe, seit ich klein war. „Es stimmt, June. Du hast nie gesehen, wie schlecht Charles für sie war. Ich meine, was ich eben gesagt habe. Er verdient Marissa nicht. Augenscheinlich tut es Simon auch nicht."

„Raul!" Meine Mutter sieht geschockt aus und ich kann es ihr nicht übel nehmen. Ich bin ebenfalls erschrocken.

Doch mein Vater ignoriert meine Mutter und wendet sich mir zu. „Erzähl uns, was du heute gemacht hast, Marissa."

Seine Stimme ist ermutigend. Weil er es *weiß*, wird mir klar. Er wusste, wer Simon war, als ich sie einander vorstellte. Und er weiß, dass ich meinen Job gekündigt habe, um mein eigenes Unternehmen zu gründen. Er ist nicht gänzlich dagegen, ein Teil von ihm will mich unterstützen, will mich glücklich sehen. Und dieses Wissen gibt mir die Kraft zu sagen: „Ich habe meinen Job gekündigt, um meine eigene Firma zu gründen."

Mom sieht mich an, als wäre sie kurz davor, einen Schlaganfall zu haben. Sie kann nicht einmal sprechen, so verdutzt ist sie. Larissa starrt mich an, als wäre ich verrückt. Sie scheinen alle zu denken, dass ich verrückt sei.

Alle außer Dad.

Er nickt nur und sagt: „Ich glaube an dich, Marissa. Das habe ich immer, selbst nach dem, was mit Brian Hall passiert war. Ich hätte es dir längst sagen sollen. Wir werden uns bemühen, dir von nun an zu zeigen, dass wir an dich glauben."

„Raul!", japst Mom.

Mein Dad schaut sie bloß an, sein Ausdruck weder streng noch nett. Meine Mutter seufzt. „Fein. Bleib sitzen, Marissa, damit wir zu Ende essen können.

Ich schüttele den Kopf, noch immer benommen von den

plötzlichen Fürsprachen meines Dads. „Nein", sage ich schließlich und denke an Simon. Ich hasse ihn in diesem Moment, gleichzeitig bin ich ihm dankbar für die Dinge, die er in mein Leben zurückgebracht hat. Er hat die Lebendigkeit in mir wieder aufleben lassen. Er führte mich aus meiner Comfortzone und ließ mich neue Risiken auf mich nehmen. Und ich nahm es an. „Ich denke nicht, dass ich das tun werde. Ich habe Dinge zu erledigen. Ich habe ... ich habe ein Leben zu leben", führe ich an, bevor ich gehe.

Die einzige Frage, die ich mir in diesem Moment stelle, ist, ob Simon ein Teil dieses Lebens sein wird. Doch ich kenne die Antwort bereits. Er gab sie mir in dem Moment, in dem er meiner Mutter die Wahrheit erzählte.

Ich lasse meine Arbeit heute Arbeit sein und fahre nach Hause, wo ich in Betracht ziehe, den Nachmittag wegzutrinken, doch mein Kopf klopft so laut, dass ich stattdessen Aspirin nehme und eine große Kanne Tee koche. Als ich schließlich online herumspiele, stoppt mein Herz, als ich einen Artikel über den neuen Film, *Perfekte Vereinigung*, sehe. Ich fahre über den Link und sehe, dass der Name Simon Dale damit in Verbindung steht. Würden sie einen Artikel darüber schreiben, dass er für die Rolle in Erwägung gezogen wurde, sie aber nicht bekommen hat? Das kann ich mir nur schwer vorstellen, aber was weiß ich schon von diesen Dingen?

Ich klicke auf den Link.

Perfekte Vereinigung hat das größte Budget, das die Filmgeschichte je gesehen hat. Dakota Drake wird die Hauptrolle der schönen Charlotte Andrews aus den Südstaaten und Newcomer Simon Dale, bekannt aus der Fernsehserie Alien Love, die Hauptrolle des Captain Ethan Frank übernehmen. Damit siegt er über Kassenmagnete wie Liam Hyatt und Daniel Rocklin.

. . .

Ich drücke meine Teetasse gegen meine Brust. Dann lese ich den gesamten Artikel und lese ihn erneut. Ich sauge die Worte auf, wie Simon „die Rolle des Lebens für einen jungen Schauspieler" bekommen hat.

Warum hat er es mir nicht erzählt?

Warum hat er meiner Mutter von unserem Arrangement erzählt?

Warum? Es gibt nur eine Erklärung, die Sinn ergibt.

Er braucht mich nicht mehr.

Er ist jetzt ein A-Promi und ich bin nichts. Ich bin nicht seine Freundin. Er hat keine Verpflichtung, mir irgendetwas zu erzählen. Miteinander geschlafen zu haben, macht kein Paar aus uns und es bedeutet nicht, dass er mir irgendetwas schuldet. Wenn ich mich verletzt habe, wenn ich mich Simon emotional zu sehr angenähert habe, bin ich die einzige, der ich die Schuld geben kann.

Das ist, was ich mir einrede. Aber es ist egal. Vielleicht liegt es daran, dass ich heute vor meiner Familie aufgestanden bin. Aber die Vorstellung, weiter wegen Simons Betrügereien – keine Antwort auf meine Nachrichten, meiner Mutter unser Arrangement verraten, kein Wort über seine Rolle – zu heulen, ohne ihn zu konfrontieren, ist unerträglich. Also tue ich das Einzige, was ich tun kann. Ich ziehe mich an und mache mich auf den Weg, ihn zu sehen.

Als ich jedoch bei seinem Apartment ankomme, bin ich ein Nervenbündel und das liegt nicht daran, dass ich denke, in dieser Nachbarschaft erschossen werden zu können. Ich muss meine Stirn gegen das Lenkrad lehnen, ein- und ausatmen, während ich über die Straße zur Biker Bar schaue. Ich habe das Gefühl, mich übergeben zu müssen. Ich beschließe fast, zu gehen und die Sache zu meiden. Was wird überhaupt dabei herauskommen? Brauche ich wirklich die Bestätigung, dass er mich nie gemocht hat? Vielleicht bin ich ein Masochist.

Doch ich bin bereits hier. Ich steige aus und gehe zu seiner

Wohnungstür, klingele. Ich warte. Warte noch länger. Ich schiele in sein Wohnzimmerfenster. Dann öffnet sich die Tür und Simon steht vor mir.

Er ist so gutaussehend wie immer, das Arschloch. Ich hatte albernerweise gehofft, er wäre ausgemergelt und kränklich mit Bart bis zu den Knöcheln und den Spuren von Tränen im Gesicht. Aber natürlich ist es nicht so. Sein goldenes Haar ist perfekt, sein Gesicht ist perfekt – obwohl, wenn ich blinzele, kann ich vielleicht dunkle Ringe unter seinen Augen sehen – und er sieht köstlich in T-Shirt und Jeans aus. Ich habe den dummen Drang, ihm auf den Fuß zu treten und wegzurennen.

„Marissa."

Ich schlucke. „Kann ich reinkommen?"

„Natürlich. Willst du Kaffee? Tee?"

Ich schüttele den Kopf. Mein Magen ist zu verknotet, um den Gedanken zu ertragen, etwas zu sich zu nehmen. Simon führt mich in sein Wohnzimmer, wo Papierberge herumliegen und Magazine sich unter den Papieren befinden. Die Nachrichten laufen im Hintergrund, ein schwaches Surren, das ich kaum wahrnehme.

Ich setze mich ihm gegenüber hin. Ich wünschte, ich könnte mich in seine Arme werfen und ihn küssen. Ich wünschte, er würde nicht so aussehen, als wollte er mich loswerden. Ich falte meine Hände, versuche das ruhige Zentrum zu finden, das ich so dringend brauche. Wenn ich in Tränen ausbreche, mache ich mich bloß zum Narren.

„Ich wollte dich zu deiner Rolle beglückwünschen", sage ich. Seine Augenbrauen fliegen bei meinen Worten nach oben. „Du hast sie bekommen, nicht wahr?"

Zuerst sagt er nichts. Dann nickt er plötzlich. „Ja, habe ich. Danke, auch wenn du dafür nicht extra hättest herkommen müssen."

Ein bitteres Lächeln formt sich auf meinem Gesicht. „Ich

wollte dir nur persönlich sagen, dass ich froh bin, dass alles für dich so gut gelaufen ist."

„Ist es auch für dich gut ausgegangen?"

„Wenn man bedenkt, dass du meiner Mutter von unserem Arrangement erzählt hast ... geht so. Er ist kurz davor, sich zu entschuldigen, das kann ich sehen, aber ich hebe die Hand hoch. „Egal, ich habe entschieden, die Kontrolle über mein eigenes Leben zu übernehmen. Ich habe gekündigt und gründe meine eigene Marketingfirma."

Seine Augen leuchten auf. Für einen Moment denke ich, er ist vielleicht stolz auf mich, interessiert sich tatsächlich für mich. „Wirklich? Was denken deine Eltern darüber?"

„Mein Vater scheint es gutzuheißen und meine Mutter?" Ich zucke mit den Achseln. „Entweder sie kommt damit klar, oder nicht." Ich räuspere mich. *Starke Frau. Ich bin stark. Ich bin jetzt ein neuer Mensch. Ich kann das. Zeig ihm, dass du jetzt ein besserer Mensch bist, und wende ihm für immer den Rücken zu*, verspreche ich mir selbst. „Also, ich wollte dir danken. Ich glaube nicht, dass ich den Mut dazu gehabt hätte, wenn du nicht gewesen wärst."

„Ich denke, du hast einfach nur den Mut gefunden, den du die ganze Zeit in dir getragen hast. Aber ich bin froh, dass ich helfen konnte." Er atmet tief durch. „Es tut mir leid, dass ich den Kontakt abgebrochen habe, aber ich bin es, der dir danken muss. Ernsthaft, du hast mir den Arsch gerettet. Ich weiß, dass Noble und Spires sich nicht einverstanden erklärt hätten, ihr Vertrauen in mich zu setzen, wenn du nicht mitgespielt hättest." Er lächelt, aber es wirkt hohl. „Jetzt, da sie mich in ihrem Film mitspielen lassen, denke ich, es ist in Ordnung zu sagen, dass unser Arrangement vorbei ist. Ich hatte eine gute Zeit, aber es war nie von mehr als ein paar Nächten Spaß die Rede. Nicht wahr?"

Ich hatte gedacht, vollständig vorbereitet zu sein, aber es ist so, als hätte er mich in den Magen geboxt. Ich kann kaum atmen. Ich wusste, dass dies kommen würde, aber dadurch fühle ich mich nicht besser. Ich fühle mich benutzt und weggeworfen, seiner Zeit nicht mehr wert.

„Das war's dann also?" Ich kann hören, dass meine Stimme wackelt. „Wir werden uns nie wiedersehen?"

„Naja, das würde ich so nicht sagen." Sein Lächeln wird breiter, doch seine Augen sind starr. „Wenn du Lust hast, hin und wieder etwas Spaß zu haben, komm gerne vorbei."

Und da ist es: Er wollte mich nur für Sex und um die Rolle zu bekommen. „Ich denke nicht, dass ich diese freundliche Einladung annehmen werde. Du wirst vermutlich ohnehin zu beschäftigt mit Dakota und all deinen Groupies sein", sage ich und versuche, hart zu klingen.

Aber … scheiße. *Nicht weinen, nicht weinen, nicht weinen.* Ich wiederhole das Mantra in meinem Kopf. Es hilft nicht. Die Tränen fließen. Ich wische sie weg, doch ich weiß, dass er sie gesehen hat.

Er sieht bestürzt aus. „Marissa…"

„Nein, nicht." Ich stehe auf und nehme meine Handtasche. Die Tränen kommen schneller. Ich habe die Kontrolle auf das letzte bisschen Fassung verloren, das ich noch hatte. „Versuche nicht, dich zu erklären. Ich verstehe. Ich war die Idiotin. Ich hatte verstanden, was das Arrangement beinhaltet. Ich war diejenige, die gedacht hatte, es würde sich vielleicht etwas verändern. Dass es vielleicht etwas bedeutet hat, als du mich geküsst hast." Ich lächle, aber ich kann kaum durch meinen Tränenschleier hindurchsehen. „Weißt du, was ich am Abend des Balls realisiert habe?"

Simon atmet durch. Er steht jetzt auch. Seine Fäuste sind geballt und er sieht aus, als wolle er weit, weit wegrennen. „Was hast du realisiert?", fragt er leise.

„Ich habe realisiert, dass ich mich in dich verliebt habe." Er sagt nichts. Ich lache leise. „Überrascht dich das? Nein?" Ich komme näher. Seine Augen sind voller Emotionen. Zumindest ist er nicht komplett herzlos. „Ich wusste, es war dumm von mir. Aber man kann sich nicht aussuchen, wen man liebt."

„Du kannst mich nicht lieben", sagt er leise. „Denn du kennst mich nicht, Marissa. Nicht, wer ich wirklich bin."

„Oh, weil du denkst, ich weiß nichts von deiner schlimmen Kindheit? Ja, meine Mutter hat mir alles über deine Familienge-schichte erzählt. Aber nichts davon interessiert mich, Simon. Ich liebe dich, nicht trotz all dieser Dinge. Sondern wegen ihnen. Ich liebe alles an dir."

Ich stoße ihm in die Schulter. Er bewegt sich nicht.

„Und ich bin vielleicht ein Idiot. Aber du, Simon Richards-Dale, bist ein Feigling. Und dieses Wissen wird mir helfen, über dich hinwegzukommen. Und bald werde ich dich nicht mehr lieben. Also mach dir keine Sorgen um mich."

Ich gehe schnell zu seiner Haustür, öffne sie und eile zu meinem Wagen. Er folgt mir nicht. Ich bin froh. Ich will seine Entschuldigungen nicht hören. Ich will nicht hören, dass ich über ihn hinwegkommen werde. Ich will nicht, dass er Mitgefühl zeigt.

Ich will nichts mehr mit ihm zu tun haben.

KAPITEL NEUNZEHN

Simon

„Was zur Hölle ist los mit dir, Mann?"

Ich gebe mein Bestes, meine Augenlider zu öffnen, aber jeder Muskel meines Körpers fühlt sich an, als wäre er zusammengestaucht worden. Als ich die Augen endlich aufmache, merke ich, dass ich auf der Couch in meiner Wohnung liege, eine leere Flasche Tequila neben mir. Declan steht in meinem Flur.

Er ist hier, weil wir heute Abend mit Spires und Noble einen trinken gehen, um die neue Cast-Auslese zu feiern. Glaube ich. Die Tage verschwimmen. In den letzten Wochen hat sich jede Nachrichtenzentrale der freien Welt bei mir wegen eines Interviews gemeldet. Ich muss Stimmunterricht nehmen, um wie ein Amerikaner sprechen zu können, die Kampftechniken des Bürgerkriegs lernen und für mein Kostüm ausgemessen werden, sodass Dakota und ich mit dem Schießen von Fotos für Publicity beginnen können. Es ist eine große Sache und ich habe seit Jahren davon geträumt – Teil eines großen Casts von A-Promis zu sein, jeden Wunsch von den Augen gelesen zu bekommen, der große Mann am Set zu sein.

Doch alles wirkt hohl. Wie kann ich feiern, wenn es sich so anfühlt, als wäre mein Herz zu Stein geworden?

Ich habe Marissa weder gesehen noch mit ihr gesprochen, seitdem sie mich einen Feigling genannt und meine Wohnung verlassen hat. Immer wenn ich an sie denke, fühle ich eine Kombination aus Verlangen und Schuld. Ich vermisse ihr Necken, ihr Lachen, ihr süßes Lächeln. Ich vermisse ihre kleinen Geräusche in der Kehle, die sie gemacht hat, wann immer ich sie küsste. Ich vermisse *sie*.

Declan blickt finster drein. Dann schließt er die Tür, verschränkt die Arme und fragt: „Tun wir das ernsthaft noch immer?"

„Was?"

„Tu nicht so, als weißt du nicht, was los ist. Du pisst mich an, Mann. Wir haben so viel Zeit und Mühe investiert, dich hier hin zu bekommen, und jetzt wirfst du alles weg. Bist du krank?"

Ich versuche aufzustehen, aber mein Mund fühlt sich an, als sei er voller Baumwolle, und mein Kopf fühlt sich an wie ein Fußball nach einem großen Spiel. Ich falle zurück und starre auf meine Knie. „Ich …"

„Du versaust alles, das tust du."

„Hör zu, ich habe die Rolle. Ich tue alles, was ich tun muss. Die Öffentlichkeit liebt mich. Spires und Noble lieben mich. Himmel, sie haben nicht einmal nach Marissa gefragt, also …"

„Ich rede nicht von deiner Karriere, du Arschloch. Ich rede über deine verdammte Beziehung mit Marissa."

„Was meinst du? Wir waren nie echt. Das weißt du!"

„Ich glaube es nicht. Und das tust du auch nicht. Du bist nur zu feige zuzugeben, dass du bereits hattest, was du am meisten wolltest, bevor Noble und Spires dir überhaupt die Rolle gegeben haben."

Mein Hals verengt sich. Ich weiß nicht, was ich sagen soll.

Seine Worte scheinen zu passen, aber sie können nicht passen. Sie können nicht wahr sein. Ich habe Marissa aufgegeben. Ich musste.

„Sie ist besser ohne mich dran."

„Richtig. Und darauf läuft alles hinaus. Du schämst dich für deine Herkunft."

„Fuck you", knirsche ich. „Natürlich schäme ich mich. Aber ich bin rausgekommen. Ich habe es geschafft."

„Hast du? Sieh dich mal um."

Ich zucke mit den Schultern. „Ich kann mir etwas Besseres kaufen, wenn ich groß rausgekommen bin."

Declan schüttelt den Kopf. „Simon, du bist schon draußen. Ja, als zweitklassiger Schauspieler, aber ich weiß genau, wieviel Geld du verdienst. Du könntest wie ein König leben. Aber das tust du nicht. Weißt du warum? Weil ein Teil von dir denkt, dass du es nicht verdienst. Du wirst weiterhin das Gossenkind sein, denn so riskierst du nichts. Nichts, das wirklich zählt."

„Oh, um Himmels Willen. Du bist verrückt", sage ich und stehe endlich auf. „Wann treffen wir Spires und Noble?", frage ich stattdessen.

Declan rollt mit den Augen. „Nein, das tust du nicht. Wage es nicht, das Thema zu wechseln. Du bist nur noch eine Hülle deiner Selbst, seitdem du die Sache mit Marissa beendet hast. Tu nicht so, als wäre das kein großes Ding."

„Es ist egal", zische ich. „Ich habe ihr gesagt, dass es vorbei ist. Sie wird mich nicht zurücknehmen."

Declans Augen leuchten auf. „Das heißt, wenn sie dich wollen würde, würdest du sie auch wollen."

„Ja – ich meine, nein! Sie verdient etwas Besseres als mich."

„Naja, das wird sie nicht bekommen. Ich habe gehört, sie ist wieder mit – Wie nennst du ihn? Oh, richtig. Der Wichser. Charles oder so."

„Was? Nein. Das ist unmöglich. Sie hat sich ihren Eltern

VIRNA DEPAUL

gegenüber aufgelehnt. Sie hat endlich etwas getan, was sie wollte. Sie würde nie wieder mit ihm zusammenkommen."

Declan zuckt mit den Schultern. „Was, wenn du falsch liegst? Was, wenn du sie, anstatt sie für einen besseren Mann freizugeben, zurück in die Arme eines Mannes getrieben hast, der sie nicht verdient?"

„Das hat sie nicht. Würde sie nicht." Ich fahre mit den Händen durch mein Haar und füge hinzu: „Aber es spielt keine Rolle. Du hast ihr Gesicht nicht gesehen, als ich ihr gesagt habe, dass sie nur eine Affäre für mich war." Sie muss sich verraten gefühlt haben und in dem Moment war ich nicht besser als Brian Hall. Ich verließ sie, um mich selbst zu schützen. Ich werde ihr Gesicht für immer vor mir sehen, als sie realisierte, dass sie nicht gut genug für mich war.

„Also wird sie einem Versuch, sie zurückzugewinnen, widerstreben. Zuerst. Sie wird erreichen, dass du dich furchtbar fühlst. Aber das verdienst du."

„Du bist zu nett."

Er schnaubt. „Ich bin nicht hier, um dich zu verhätscheln. Wenn du sie wirklich liebst, dann solltest du alles in deiner Macht stehende tun, um sie zurückzugewinnen. Das ist alles. Denk nicht zu viel darüber nach."

„Du verstehst nicht. Ihre Mom hat gesagt, sie würde meine Karriere beenden, wenn ich ihr nochmal zu nahe käme. Sie wollte ihre Kontakte nutzen und sichergehen, dass ich nie in *Perfekte Vereinigung* mitspielen werde. Sie wollte sichergehen, dass ich nie wieder in Hollywood arbeiten werde."

Er hebt eine Augenbraue. „Das hat sie gesagt?"

Ich nicke.

„Also hast du deine Freundin wegen deiner Karriere sitzen gelassen?"

„Nein. Ich habe sie sitzen gelassen, weil ich sie nicht verdiene. Ich habe gelogen, ich bin eine Kanalratte, und wenn ich keine Karriere habe, kann ich nicht für sie sorgen. Keine Country Club

Mitgliedschaften mehr. Keine schönen Autos. Sie verdient etwas wie …"

„Wie den Wichser."

„Nein", stoße ich aus. „Sie verdient jemanden, der sie liebt. Jemand, der alles tun wird, um sie glücklich zu machen, jeden Tag ihres Lebens."

„Ja? Kennst du jemanden, der das tun würde?"

„Ich würde den Rest meines Lebens damit verbringen, wenn sie mich lassen würde." Ich blicke mich in meinem Apartment um, als wären die Dinge plötzlich glasklar geworden. Declan hat recht – ein Teil von mir hatte sich geweigert, daran zu glauben, dass ich ein Mann bin, der seinen Erfolg verdient und verdient, ihn auszuleben. Egal wie viel Geld ich auf der Bank habe. Hauptsächlich weil ich Angst habe, dass man mir meinen Erfolg wegnehmen würde, sobald ich ihn genießen würde. Genau wie Marissa mir weggenommen wurde.

Nein, das stimmt nicht. Ich habe Marissa gehen lassen. Ich habe sie weggeworfen, weil ihre Familie mich nicht akzeptiert hat. Weil ich die Lüge für bare Münze genommen habe, dass ich sie nicht verdiene. Dass Geld und Ansehen alles seien, was sie braucht. Gott, ich war der größte Wichser von allen.

„Verfluchte June Woodcrest." Ich atme tief ein. Endlich erlaube ich mir, die Worte innerlich zu sagen: Ich liebe Marissa. Ich liebe sie. Es ist, als würde die Mauer um mein Herz schmelzen. Es ist eine Offenbarung und sie macht Angst. „Vielleicht kann sie mich in Hollywood erpressen, aber ich werde Marissa zurückgewinnen."

Declan boxt mir in den Arm, aber nur leicht. „Du bist ein Arsch. Aber du bist mein Freund. Dann legt er beide Hände auf meine Oberarme und sieht mir in die Augen. „Du schaffst das."

Ich nicke. „Ich schaffe das."

„Weil du sie liebst."

„Weil ich sie liebe.

Die Worte, die ich für so schwer gehalten hatte. Sie fliegen fast von meiner Zunge. Die letzte Mauer um mein Herz schmilzt.

„Ich liebe sie."

Declan nickt. „Ja, das hast du schon gesagt."

„Ich liebe Marissa. Ich liebe sie." Mein Herz fühlt sich an, als ob es kurz davor ist, zu explodieren. „Ich liebe Marissa!"

„Ja und du wirst sie zurückbekommen."

Ich gehe zum Fenster und schreie: „Ich liebe Marissa!" Ich liebe sie!" Einige Radfahrer unten auf der Straße jubeln, während jemand im anderen Gebäude „Halt die Schnauze!" schreit.

Es stört mich nicht. Ich werde jedem in Sawtelle erzählen, wie sehr ich sie liebe, aber Declan zieht mich zurück.

„Spar dir deinen Enthusiasmus für dein Mädchen", sagt er. „Außerdem glaube ich, dass dich jeder von hier nach London gehört hat."

Ich höre Declan nicht einmal. Ich setze mich und versuche, darüber nachzudenken, wie ich sie zurückgewinnen kann. Mit Blumen auf Knien um Verzeihung bitten? Um Gnade winseln? Beides? Sage ich ihr erst, dass ich sie liebe, oder entschuldige ich mich zuerst? Kann ich beides in einem Satz tun?

„Ähm, ich nehme an, dass du heute Abend nicht mit zur Happy Hour kommst?", fragt Declan. „Stört es dich, wenn ich mich an Dakota ranmache?"

Ich sehe auf. „Was? Oh nein. Sag Noble und Spires, dass es mir leid tut, aber etwas dazwischengekommen ist."

„Verstanden."

KAPITEL ZWANZIG

Marissa

So viel hat sich verändert, seitdem ich Simon kennengelernt habe. Ich habe begonnen, von zu Hause aus zu arbeiten. Ich habe mein eigenes Unternehmen gestartet. Ich freue mich so sehr über meine Entscheidung, wie ich mich schon lange nicht mehr an etwas erfreut habe.

Seit dem unaussprechlichen Lunch habe ich mit meiner Mom nicht mehr gesprochen. Mein Dad hingegen hat ein paar Mal angerufen, um sich nach mir zu erkundigen. Ich bin mir nicht sicher, warum. Bin nicht sicher, was ihn dazu treibt, seine Hand nach mir auszustrecken. Aber ich bin dankbar für die kleinen Schritte, die uns immer näher zueinander führen. Dadurch fühle ich mich weniger allein.

Letzte Woche erzählte er mir, dass meine Mom Simon gedroht hatte, für das Ende seiner Karriere zu sorgen, wenn er weiterhin mit mir in Kontakt bliebe, doch irgendwie war das keine so große Überraschung. Ehrlich, ich habe nichts anderes von meiner Mutter erwartet. Viel mehr überraschte mich, dass mein Vater es mir erzählt. Warum?

„Ich wollte dich das nur wissen lassen. Das, was ich in dem Country Club gesehen habe ... So wie er dich behandelt hat ... Ich denke nicht, dass das alles von ihm gespielt war, Marissa."

„Vielleicht nicht", sage ich. „Aber letzten Endes kümmert er sich mehr um seine Karriere als um mich. Also enden die Dinge genau so, wie es vorherbestimmt war, richtig?"

Dad zögert einige Sekunden, bevor er zustimmt: „Richtig."

Richtig.

Jetzt stehe ich in meinem neuen Büro, starre aus dem Fenster auf den Hof und trotze allem. Ich will Simon so dringend sehen, dass mein Herz blutet. Ich will sein Grinsen sehen, seinen Akzent hören und wieder spüren, wie er mich berührt. Ich vermisse seine Wärme, seinen Humor, seine Intelligenz. Ich vermisse, wie er mich Liebling und Liebes nennt. Ich vermisse, wie er mich ansieht. Als sei ich die schönste Frau im Raum. Ich liebe ihn noch immer genauso, wie ich ihn bei unserem letzten Treffen geliebt habe. Obwohl ich wütend bin, dass er die Sache beendet hat. Ich kann nicht anders, als ihn zu lieben. Ich bin mir nicht sicher, ob ich je aufhören werde, ihn zu lieben.

Manchmal, wenn ich alleine im Bett liege, frage ich mich, ob irgendetwas zwischen uns je real war. Vielleicht habe ich mir unter dem Nebel von Schwärmerei und später Liebe alles nur eingebildet. Aber dann erinnere ich mich daran, wie Simon mich angesehen hat, wie er mich geküsst hat. Dad hat recht. Es war kein Fake. Kein Mensch kann so gut schauspielern.

Aber es spielt keine Rolle. Simon und ich sind vorbei. Egal wie sehr ich davon träume – Simon wird nicht zurückgekrochen kommen. Ich muss mich auf mein neues Geschäft und mich selbst konzentrieren.

Ich höre mein Handy, greife danach und sehe eine weitere Nachricht von Charles. Ich rolle mit den Augen. Der Mann ist unermüdlich, seitdem er herausgefunden hat, dass es zwischen

Simon und mir aus ist. Er denkt, wenn er mich lange genug nervt, werde ich ihn zurücknehmen. Ich bin so nah dran, seine Nummer zu blockieren, doch dann würde er vermutlich vor meiner Tür auftauchen.

Lass mich in Ruhe, antworte ich.

Innerhalb von Sekunden schreibt er zurück: **Können wir einfach nur reden? Bitte?**

NEIN!

Ich schalte mein Handy stumm.

Vor zwei Monaten noch war ich mit einem Mann verlobt, von dem meine Familie dachte, er sei das Beste, was mir passieren konnte. Und ich habe ihnen geglaubt. Ich dachte wirklich, er sei der einzige Mann auf dieser Welt, der mich heiraten wollen würde. Wie deprimierend ist das denn? Doch Simon hat mir gezeigt, wie falsch ich lag. Er hat mir vielleicht das Herz gebrochen, aber er hat mir auch den Mut gegeben, mein Leben zu verändern. Es ist lustig, wie sich manche Dinge entwickeln.

Diese Einsicht erlaubt mir, auf meine Zeit mit Simon zurückzublicken. Es war eine kurze Zeit, die ich dennoch nie bereuen werde. Ich habe zu lieben gelernt und ich habe gelernt, mich selbst zu schätzen.

Mein Blick wird finster, ich bin davon überzeugt, dass es Charles ist. Ich reiße die Tür auf. „Charles, bitte. Ich …"

Meine Worte verstummen, als ich sehe, wer tatsächlich vor meiner Tür steht.

Simon.

Er trägt ein Shirt mit offenem Kragen und dunkle Hosen, seine Ärmel sind hochgekrempelt. Sein Haar ist länger und er hat Stoppeln im Gesicht.

Er sieht wunderschön aus. Ich starre ihn an, als ob er ein Geist ist, der herumspuken will.

Dann sehe ich ein Dutzend Reporter, die auf der anderen Straßenseite warten. Ich blinzele, als ein Blitzlicht betätigt wird.

Simon flucht leise und lehnt seine Arme an jede Seite des

Türrahmen. „Verdammt, Marissa. Ich kann nicht glauben, dass du den Wichser tatsächlich zurückgenommen hast. Bist du von allen guten Geistern verlassen, Frau?"

Was zum Teufel? Er denkt …? Und er hat den Nerv, mir zu sagen, dass ich …?

„Zu deiner Information, ich bin nicht mit Charles zusammen. Er hat versucht, sich mit mir zu treffen, aber ich habe ihm dasselbe gesagt, was ich auch dir sagen werde. Geh weg!" Ich bewege mich, um ihm die Tür ins Gesicht zu schlagen, aber er fängt sie mit einer starken Handbewegung auf, während Erleichterung sein Gesicht zeichnet.

„Gott sei Dank. Declan meinte, du wärst wieder mit ihm zusammen, aber ich konnte es nicht glauben. Er verdient dich nicht."

Ich schnaube. „Ja. Anscheinend gibt es einige Typen, die mich nicht verdienen."

„Es wurden noch nie wahrere Worte gesprochen. Darf ich reinkommen? Bitte?"

Er sieht mich an, hoffnungsvoll und gleichzeitig verzweifelt. Er bringt mein Herz zum Schmelzen. Mein dummes, betrügendes Herz. Dieser Mann raubt mir meinen Willen, aber irgendwie muss ich ihn finden.

„Wozu? Sag einfach, was du sagen möchtest, und dann geh."

Er schielt über seine Schulter. Kameras gehen los und ich frage mich, welche Story sie sich über den Star von *Perfekte Vereinigung* zusammenreimen, der vor meiner kleinen Hütte auftaucht. Seit seiner neuen Rolle sind die Tage lange vorbei, an denen er die Paparazzi noch meiden konnte. Ich bin sicher, dass er jedes Klatschmagazin ausfüllt, was auch der Grund ist, warum ich Magazine und TV unter allen Umständen vermieden habe.

„Bitte, Marissa. Ich muss mit dir sprechen. Dann gehe ich, wenn du das möchtest."

Ich starre ihn an, dann seufze ich und realisiere, was los ist. Er will sich entschuldigen. Ein Teil von mir will ihn zur Hölle schicken, doch der andere Teil versteht, dass es besser ist, der bessere Mensch zu sein, und wenn es nur darum geht, ihm zu zeigen, dass er mich nicht kaputt gemacht hat. Es ist nicht ganz die Wahrheit, aber das braucht er nicht zu wissen. „Schön. Komm rein."

Als ich die Tür schließe, setzt er sich nicht. Stattdessen steckt er sich, eindeutig nervös, die Hände in die Hosentaschen. Seltsamerweise beruhigt mich seine Nervosität.

„Möchtest du ein Glas Wein?"

„Nein, danke." Er rauft sich das Haar. „Obwohl, vielleicht sollte ich. Hast du Roten?"

„Leider nur weiß."

„Das passt. Weiß ist gut. Ich mag weiß." Seine Wangen werden rot, als er merkt, dass er quasselt.

Und ich realisiere: Simon Richards-Dale ist durcheinander. In meiner Gegenwart. Ist es der Tag der Gegensätze?

Ich gehe in die Küche und schenke ihm ein Glas Weißwein ein, dann komme ich zurück und reiche es ihm. Unsere Finger berühren sich. Es ist wie ein Stromschlag. Unsere Blicke treffen sich, dann muss ich wegsehen.

Die Spannung verlängert sich nur noch. Ich will ihn gerade fragen, warum er hier ist, als er sagt: „Ich musste dich sehen, Marissa."

Ich starre auf mein eigenes Weinglas, denn plötzlich ist es zu viel, ihm in die Augen zu sehen.

„Ich musste dich sehen, weil ich ein Idiot bin. Ich habe alles versaut, nicht wahr?" Als ich nicht antworte, seufzt er. „Sag nichts. Ich weiß es. Du hättest mich gar nicht erst reinlassen sollen. Aber ich bin so froh, dass du es getan hast. Ohne dich bin ich ein miserables, nutzloses, dummes, erbärmliches Häufchen Elend. Ich war ein hoffnungsloser Fall. Weißt du, dass ich immer an dich denke, wenn ich aufwache? Wenn ich Kaffee trinke?

Wenn Greg mich irgendwo hinfährt? Wenn ich spazieren gehe? Ich denke an dich. Du bist immerzu präsent und es macht mich wahnsinnig."

Er klingt so verzweifelt und so frustriert, dass ich den Drang bekämpfen muss, loszulachen. Doch als er näher kommt, verschwindet das Lachen. Ich kann seine Körperhitze spüren. Es kostet mich alle Kraft, mich nicht in seine Arme zu werfen.

„Ich vermassle alles", murmelt er. „Ich bin hier, weil ich dich liebe, Marissa Woodcrest. Ich verehre dich. Du bist alles, was ich je in einer Frau wollte. Du bringst mich dazu, ein besserer Mensch sein zu wollen."

Jetzt spüre ich die Tränen. Ich starre noch immer auf mein Weinglas, weil alles viel zu viel ist. Seine Worte, seine Anwesenheit. Ist es nur ein Traum? Ich hatte diesen Traum so oft, dass ich mir nicht mehr sicher bin.

„Gott, Marissa, sieh mich an. Bitte sieh mich an."

Ich atme tief ein und treffe seinen Blick. Seine blauen Augen sind gequält und trotzdem voller Liebe. Ich keuche.

Er nimmt meine Hand. „Liebling, hast du mich gehört? Ich liebe dich."

Ich starre und starre, denn meine Stimme ist verschwunden. Worte sind verschwunden. Ich kann nur fühlen, wie mein Herz in meiner Brust klopft.

„Du machst mir Angst." Er küsst meine Finger. „Bitte sag etwas."

Ich ringe nach Luft. „Du liebst mich wirklich?"

Er nickt. „Gott, ja, ich liebe dich. Und es tut mir alles so leid. Ich war so überzeugt, dass ich nicht der Mann sein konnte, den du brauchst und verdienst, und als deine Mom vorbeikam …" Er drückt meine Hand. „Aber ich habe nicht damit gerechnet, dich so sehr zu lieben, dass du meinen Lebenswillen mitgenommen hast, als du gegangen bist. Nichts bedeutet mir so viel wie du, und wenn es bedeutet, dass ich den Rest meines Lebens damit verbringen werde, das dir *und* deiner Mom zu beweisen, dann werde ich das tun."

Ich merke, dass ich weine. Große, schmuddelige Tränen fallen und ich bedecke meinen Mund, um nicht zu schluchzen. Simon umarmt mich und ich weine in sein Shirt.

Ich kann erst kaum hören, was er dann sagt. „Ich werde die Rolle aufgeben. Wenn du ja sagst, werde ich bei dir bleiben. Nichts würde mich glücklicher machen, als einfach nur mit dir zusammen zu sein."

Ich zwinge mich, aufzuhören zu weinen – oder zumindest nicht mehr so inbrünstig zu weinen. „Was?", frage ich schluchzend. „Wovon redest du? Warum solltest du deine Rolle aufgeben?"

„Die Rolle ist es nicht wert, nicht wenn sie zwischen uns steht. Schauspieler zu sein, ist es auch nicht wert. Ich dachte nie, ich sei gut genug, irgendetwas außer Schauspiel zu tun, aber es muss andere Optionen für mich geben. Ich habe Declan bereits gesagt, mit Noble und Spires zu reden. Zu sehen, ob ich aus meinem Vertrag rauskomme."

Ich bin so verwirrt. „Aber du hast so hart dafür gearbeitet! Du musst *Perfekte Vereinigung* nicht aufgeben – und warum willst du das Schauspiel aufgeben?"

„Der Tag, an dem deine Mutter kam, um mich zu sehen? Sie hat gesagt, sie würde ihren Einfluss in Hollywood geltend machen und sichergehen, dass ich nie wieder dort arbeiten werde, wenn ich dich weiterhin verfolge", sagt er angespannt. Als ich den Mund öffne, winkt er ab und fährt fort: „Ich befand mich zwischen einem Fels und einem harten Boden – ohne Karriere würde ich nicht in der Lage sein, für dich zu sorgen. Aber vor allem habe ich ihr geglaubt, als sie sagte, dass ich dich nicht verdiene. Die Tatsache, dass ich dich benutzt habe, um die Rolle zu bekommen, meine beschissene Kindheit und die Möglichkeit, dass ich eventuell nie wieder in dieser Stadt arbeiten werde – all das ließ mich glauben, dass ich dich nicht verdiene."

„Aber du …"

„Aber ich realisierte, dass du etwas Besseres verdientest als das Leben, zu dem deine Mutter dich zwingen wollte. Ich will nicht, dass unsere Leben weiterhin von den Fehlern bestimmt werden, die wir in der Vergangenheit begingen. Du und ich? Das ist deine Entscheidung. Ich habe nur die Macht deiner Mutter aus dem Spiel genommen." Er schüttelt den Kopf. „Keine Karriere ist es wert, dich nicht in meinem Leben zu haben."

Ich bin sprachlos. Er würde die Rolle seines Lebens für mich aufgeben. Er würde seine Karriere aufgeben – etwas, was er so sehr liebt – für mich. Für uns. Es ist unglaublich. Und trotzdem füllt es mich mit so viel Ehrfurcht und Liebe für ihn, dass ich endlich meine Arme um seinen Hals schlinge.

„Du liebst mich!", weine ich in seine Schulter.

„Ist das nicht, was ich gesagt habe?" Er lacht und hält mich fester.

„Ich liebe dich. Ich liebe dich noch immer, auch wenn du mich in den Wahnsinn getrieben hast." Es ist wahr. Ich habe mir einge-redet, weitermachen zu müssen. Doch wen wollte ich damit verarschen? Ich kann nicht ohne Simon Richards-Dale weitermachen.

„Gott, Marissa." Er lehnt meinen Kopf nach hinten und dann ist sein Mund auf meinem. Ich keuche, als er mich küsst. Ich habe auch das so sehr vermisst: das Gefühl seiner Lippen, die sich auf meinen bewegen. Seine Zunge, die sich mit meiner verheddert. Zusammenzukommen und zu spüren, wie unsere Leidenschaft brennt.

Doch bevor wir uns zu sehr ablenken lassen, beende ich den Kuss und sage: „Du kannst diese Rolle nicht aufgeben, Simon. Du musst Declan sagen, dass du deine Meinung geändert hast."

Er sieht mich merkwürdig an. „Bist du sicher?"

„Ja, das bin ich. Du bist für diese Rolle geboren. Noble und Spires brauchen dich offensichtlich. Niemand, nicht mal Liam, könnte die Rolle so ausfüllen wie du. Und du bist zum Schauspielern geboren. Ich kümmere mich um meine Mutter und ihre Drohungen." Ich lächle ihn wieder an. „Weißt du, du solltest immer auf mich hören. Denn ich bin eindeutig die klügste Person hier."

Er lacht nicht. Er lächelt nur und flüstert an meinem Mund: „Liebling, ich habe nie daran gezweifelt."

EPILOG

Simon

„Ich glaube, ich muss weinen."

Ich blicke zu Declan. Ich bin mir nicht sicher, ob er Witze macht oder nicht.

„Keine Tränen, Mann. Zumindest nicht bis zur Zeremonie", sage ich und richte meine Fliege.

Ein ganzes Jahr ist vergangen, seitdem Marissa und ich wieder zueinander gefunden haben, und heute ist unser Hochzeitstag. Ich kann es kaum glauben. Ich bin hier, stehe im Anzug in der Kirche vor dem Spiegel und warte auf den Beginn der Zeremonie. Ich habe Marissa seit heute Morgen nicht gesehen, als ihre Familie sie mitgenommen hat, um sie fertig zu machen. Ich habe etwas über Lockenstäbe, Maniküren und Waxing gehört und ehrlich gesagt musste ich nicht mehr wissen.

Nach sechs Monaten Beziehung habe ich sie gefragt. Marissas Mom war nicht gerade überglücklich, aber es war ihr Vater, den ich auf meine Seite ziehen musste. Er hatte am Anfang die meiste Hoffnung in Marissa und mich gesetzt – auch, indem er nicht verriet, wer ich bin, nachdem er mich erkannt hatte – und brauchte daher die meiste Überzeugung, dass ich sie letztlich auch wirklich liebte. Nachdem ich mich erklärt hatte und Marissas Mom eine lange Verlobung vorgeschlagen hatte, willigte Raul schließlich ein. „Marissa möchte keine lange Verlobung und Simon ebenso wenig, stimmt's, Simon?"

„Nein, Sir", erwidere ich. „Ich werde mein Leben damit verbringen, sie zur glücklichsten Frau in diesem Universum zu machen."

Raul Woodcrest musste lachen und ich schwöre, seine Frau seufzte. Beinahe war es ein wohlklingendes Geräusch. Weder wird June Woodcrest je mein größter Fan sein noch werde ich ihrer sein, doch mein großer Erfolg nach der Premiere von *Perfekte Vereinigung* und die Tatsache, dass mein Name als Oscar Nominierung im Raum steht, hoben mein Ansehen in Junes Augen enorm. Und jetzt, da Marissas Vater ihr des Öfteren den Rücken stärkt, beginnt auch June, ihre Einstellung gegenüber ihrer Tochter zu lockern. Sie äußerte sogar Entsetzen, als Charles' Eltern eine Hochzeitseinladung ersuchten, und machte deutlich, dass dieser „schreckliche Mann" nie wieder in ihre Nähe kommen sollte, so, wie er erbärmlich versuchte, sich zwischen Marissa und mich zu stellen.

Kenny, Marissas Bruder, sitzt krumm in einem Stuhl gegenüber. Ich wollte ihn nicht wirklich als einen der Trauzeugen auswählen, aber ich wollte nett sein und habe ihn gefragt. Zum Glück war er so beschäftigt damit, sich nicht – erneut – von der Schule verweisen zu lassen, sodass er nicht viel Ärger machte. Im Moment spielt er auf seinem Handy und interessiert sich null für seine Umgebung.

„Wie spät ist es?", frage ich Declan.

Er blickt auf seine Uhr. „Halb zwei. Noch eine halbe Stunde."

Ich kenne viele Typen, die zu diesem Zeitpunkt kalte Füße bekommen. Sie denken, Bindung sei angsteinflößend und dass sie unter keinen Umständen Ehemann werden wollen.

Aber ich? Ich kann es kaum erwarten. Seitdem ich gemerkt habe, dass ich Marissa ein Partner sein konnte, dann ein Verlobter und dann ein Ehemann? Ich wollte immer nur mehr tun, mehr werden. Ich kann es kaum erwarten, ihr den Ring anzustecken und von ihr den Ring angesteckt zu bekommen.

Dana steckt ihren Kopf herein. „Seid ihr fertig, Jungs?" Sie trägt ein trägerloses, rotes Kleid, genau wie die anderen Brautjungfern. Ihr Haar zu einem komplizierten Knoten-Ding hochgesteckt. Ich bin so glücklich, dass sich meine Schwester und meine zukünftige Braut so gut verstehen.

„So bereit wie immer. Wie geht's Marissa?"

Dana lächelt. „Ihr geht es gut. Du kannst sie sogar selbst fragen ..." Sie macht eine Handbewegung, dann kommt Marissa – in ihrem weißen Hochzeitskleid – in unsere Umkleide.

Ich glotze sie an. Sie ist absolut umwerfend. Ihr Kleid ist eine Art Spitzen-Chiffon-Nummer und ihr dunkles Haar fällt in Locken ihren Rücken herunter. Sie lächelt mich an.

„Was tust du hier? Wenn deine Mutter herausfindet, dass du hier bist ..."

Sie lacht. „Was? Wird sie die Hochzeit absagen? Unwahrscheinlich. Ich werde es ihr nicht verraten, wenn du den Mund hältst."

Stille. Declan geht zu Kenny und sagt: „Komm, wir geben den beiden einen Moment."

Kenny blickt uns mit zerfurchten Augenbrauen an. Doch Declan lässt ihn nicht los, also muss er aufstehen.

Als alle weg sind, kommt Marissa auf mich zu. Sie sieht strahlend aus. Es gibt kein anderes Wort. Zum ersten Mal habe ich Angst zu weinen, bevor die Zeremonie überhaupt beginnt.

„Du bist wunderschön." Ich lehne mich runter, um sie zu küssen, doch sie dreht ihr Gesicht, sodass ich nur die Wange erwische.

„Sorry", lacht sie. „Lippenstift."

Ich nicke wissend. „Natürlich. Wir wollen nicht, dass du beschmutzt zum Altar schreitest."

„Außerdem müssen wir uns noch etwas für die Zeremonie aufheben." Sie greift in ihren Ärmel und zieht ein Stück Papier heraus. Als sie es öffnet, sehe ich, dass es eine glänzende Magazinseite ist. „Schau. Ich bin berühmt. Naja, zumindest Marissa mit einem ‚s' ist es."

Es ist ein kleines Bild von uns beiden zu sehen, als wir Hochzeitslocations abgeklappert haben. Wir tragen beide Jeans und Sonnenbrillen, sehen entspannt und so glücklich aus. Eine kleine Bildunterschrift sagt: „Die Damen der Welt weinen! Reizvoller Borg aus *Alien Love* und jetzt Oscar-Kandidat aus *Perfekte Vereinigung* Simon Dale bereitet seine Hochzeit mit Langzeitfreundin Marisa Woodcrest vor."

Ich zucke zusammen, aber als ich sie ansehe, lacht sie. „Nie in meinem Leben hätte ich gedacht, in der Boulevardpresse aufzutauchen. Selbst wenn mein Name falsch geschrieben ist."

Ich lache sie an. „Wie fühlt sich das an?", frage ich. „Entsetzlich langweilig, nicht wahr?"

Sie nickt. „Verglichen mit anderen Dingen, definitiv."

Wir sehen einander an. Ihr Verlobungsring glitzert an ihrer linken Hand und füllt mein Herz mit Glück.

„Bist du bereit?", fragt sie.

Ich frage mich, ob sie mich testet oder vielleicht selbst kalte Füße bekommt. Doch ihr Gesicht ist freudig, sogar ruhig und so atme ich aus.

„Warum fragt mich das jeder?" Aber ich sage es mit einem Lächeln. „Ich bin absolut bereit. Ich bin schon lange bereit. Du weißt, ich hätte dich schon vor Ewigkeiten geheiratet."

„Ich weiß. Mir geht es genauso. Aber du weißt, dass meine Mom mich nie einfach nur standesamtlich hätte heiraten lassen. Das ist das Mindeste, was ich tun konnte, jetzt da sie dich in unserer Familie akzeptiert hat.

„Also wenn du nicht hier bist, um dich von mir küssen zu lassen", sage ich, als ich sie zur kleinen Couch führe, „warum bist du dann hier? Um sicherzugehen, dass ich keine kalten Füße bekomme?"

Plötzlich scheint sie nervös. Sie wischt sich die Hände auf den Sofakissen ab. Vielleicht hat sie Bedenken über diesen nächsten Schritt in unserem Leben? Ich warte, hoffe, sie wird es mir sagen, bevor wie die Heiratsurkunde unterschreiben.

„Ich wollte dir das schon seit Tagen sagen, aber es war nie Zeit." Sie beißt sich auf die Lippe und ich halte sie davon ab, bevor sie ihren Lippenstift verschmiert.

„Und du schläfst vor neun Uhr abends ein."

Ich weiß, dass sie in letzter Zeit von der Hochzeitsplanung und den Festivitäten müde war. Wenn wir nach Hause kamen, kollabierte sie auf dem Bett, bevor ich ihr einen Gute-Nacht-Kuss geben konnte.

„Naja, es gibt einen Grund dafür." Sie sieht weg, scheint sich dann aber dazu zu zwingen, mich wieder anzusehen. „Gibt es eine gute Art, das zu sagen?" Sie atmet durch. „Ich bin schwanger."

Ich muss zugeben, dass ich diese Worte nicht erwartet hatte. Ich hätte erwartet, dass sie sich Sorgen um die Zukunft macht und sich nicht sicher ist, wo wir leben werden. Aber das? Das ist schockierend.

Das ist fantastisch.

„Bist du?" Ich schaue ihr auf den Bauch, der noch flach ist. „Seit wann weißt du es?"

„Erst seit einer Woche. Ich wollte es dir am Sonntag sagen, aber dann hatten wir unsere Anprobe …"

„Gott, Liebling. O mein Gott."

Sie blickt mich durch ihre Wimpern hindurch an. „Bist du glücklich?"

Ich starre sie verwundert an. „Glücklich? Marissa, ich bin verdammt noch mal begeistert."

Der Lippenstift interessiert mich nicht mehr: Ich küsse sie.

Sie lacht an meinem Mund und ich küsse sie so sehr, dass ich mir sicher bin, ihren Lippenstift ruiniert zu haben, doch das stört uns beide nicht.

„Ich werde Vater." Ich lehne meine Stirn an ihre. „Du wirst eine Mom sein. Ein Baby. Jesus!"

Tränen glitzern in ihren Augen. „Ein Baby." Sie küsst mich wieder. „Ich war mir nicht sicher, wie du reagieren würdest. Ich weiß, dass das Timing nicht toll ist, außerdem sind wir noch nicht verheiratet. Ich weiß, dass Mom das kommentieren wird. Zum Teufel, ich bin sicher, die Welt wird das kommentieren. Wusstest du, dass Dutzende Reporter draußen stehen?"

„Scheiß auf deine Mom. Es ist mir egal, wann dieses Kind auf die Welt kommt. Denn es ist unseres. Nur unseres. Deine Mom – und die ganze verdammte Welt – können ihre Meinungen für sich behalten."

Marissa lacht. „Ich liebe es so sehr, wenn du irritiert bist."

Ich küsse sie erneut, weil ich es kann. Ich kann spüren, wie ich zittere, so glücklich bin ich.

Ich weiß, dass ich diese Art von Glück nicht verdiene. Ich hätte nie gedacht, es zu finden. Aber Marissa an jenem Tag im Country Club zu treffen, war das Beste, was mir je passiert ist. Es ist demütigend.

Als sie mich ansieht, wischt sie mir die Tränen aus dem Gesicht. „Du kannst jetzt noch nicht weinen!"

„Ich kann zum Teufel weinen, wann immer ich möchte."

Sie lacht wieder.

Als sie merkt, dass es fast Zeit für die Zeremonie ist, eilt Marissa davon. Ich höre ein quäkendes Geräusch vor der Tür und dann die Forderung ihrer Mutter zu wissen, ob sie in meiner Umkleide war. Als ich sie sagen höre, dass sie hier war, kann ich mir den Gesichtsausdruck ihrer Mom gut vorstellen. Sie wird vermutlich einen Schlaganfall haben.

Ich kann mir Junes Gesicht nicht vorstellen, wenn sie herausfindet, dass Marissa schwanger ist. O Gott, sie wird unausstehlich sein. Allein bei dem Gedanken möchte ich mich betrinken.

Doch zehn Minuten später ist all das vergessen, als Marissa auf mich zuläuft. Egal, was von nun an passiert, mein Leben kann zukünftig nur noch wunderbar sein, denn sie ist ein Teil davon.

Nachdem wir als Mann und Frau verkündet wurden, küsse ich sie wieder so sehr, dass ich ihren Lippenstift verschmiere. Sie wirft lediglich die Arme um meinen Hals und küsst mich noch härter.

Einige Stunden später sitzen wir in einem Zelt unter dem Sternenhimmel und es ist wie im Märchen. Selbst mit den Helikoptern, die über uns kreisen, und den Nachrichtencrews, die draußen warten, um das erste Foto von Bräutigam und Braut zu schießen, ist es perfekt. Ich drücke ihre Hand unter dem Tisch und sie tut dasselbe. Dann beginnen die ersten Toasts.

Declan, mein Trauzeuge, beginnt. Er ist bereits angeschwipst, aber sein Toast ist herzlich und lustig. Larissa, Marissas Trauzeugin, hält eine Rede, die sie vermutlich online gefunden und auswendig gelernt hat. Ich muss mich davon abhalten, mit den Augen zu rollen. Marissa stupst mich an, während sie ebenfalls versucht, keine Miene zu verziehen.

Dann stehe ich auf. Marissas Augen werden groß. Ich habe ihr nicht gesagt, dass ich das tun werde, doch sie versucht nicht, mich aufzuhalten.

Ich räuspere mich. „Danke, dass ihr heute Abend alle da seid", beginne ich. „Ich wollte zuerst auf unsere Familien anstoßen, die uns dabei geholfen haben, diese Hochzeit zu planen, und von Anfang an für uns da waren." Ich schaue speziell Raul an, der bei Noble und Spires sitzt. Neben ihm seufzt Marissas Mom und kuschelt sich an ihren Ehemann.

„Aber vor allem will ich auf meine Frau Marissa Richards anstoßen." Ich blicke zu ihr und sehe Tränen in ihren Augen. „Auf die hübscheste, wundervollste, intelligenteste Frau, die ich je getroffen habe. Ich weiß, dass ich dich nicht verdiene, aber ich arbeite jeden Tag daran, dir zu beweisen, wie viel du mir bedeutest."

Sie lächelt durch ihre Tränen.

Ich interessiere mich nur für die Frau neben mir. „Ich liebe dich. Danke, dass du damit einverstanden warst, meine Freundin zu spielen."

Sie lächelt erst und lacht dann. „Ich liebe dich, Simon. Ich bin so froh, dass wir doch noch echt geworden sind."

Vielen Dank, dass Sie " **Halt den Mund und küss mich** " gelesen haben. Wenn Ihnen die Figuren gefallen haben, dann lesen Sie unbedingt auch Buch 5, **Küss mich besinnungslos**. Im Folgenden finden Sie einen Auszug zum reinschnuppern. Viel Spass!

Ein Newsletter speziell für meine deutschen LeserInnen. Erfahren Sie alles über Neuerscheinungen und Geschenkaktionen! http://virnadepaul.com/deutsch-newsletter/

Schließen Sie sich unserer Facebookgruppe "Deutscher Buch-Harem" in der wir über Bücher und die Charaktere darin diskutieren. Außerdem gibt es tolle Geschenke!

KÜSS MICH BESINNUNGSLOS

Kara

Meine Countrysongs berührten einmal Millionen von Herzen, aber ich gab alles auf, um zu verschwinden. Jetzt bin ich meine eigene Chefin und niemand kontrolliert mich. Aber wenn ein überaus sexy Mann während eines fehlgeleiteten Versuchs, mich zu retten, eine Sanddüne herunterrollt? Bin ich verzaubert. Die Anziehungskraft, die Hitze ... es ist echt. Und wer weiß, vielleicht habe ich dieses Mal jemanden gefunden, dem es egal ist, wer ich war ... den es nur interessiert, wer ich bin.

Declan

Nachdem ich in der Notaufnahme aufgewacht bin, verordnen mir meine Brüder drei Wochen Bettruhe, weg von der Kiss Talent Agency, ob ich will oder nicht. Dann treffe ich Kara, eine sensible, künstlerische Seele, die versteckt, wer sie ist. Als sie mich zu einem wilden Roadtrip einlädt, bin ich Feuer und Flamme. Doch ich brauche nur einen kurzen Augenblick, um herauszufinden, warum Kara sich versteckt. Und sollte sie erkennen, wer ich wirklich bin, wird sie in einer Staubwolke verschwinden und mein Herz mitnehmen.

Kapitel Eins

DECLAN

Als der Arzt mir sagte, dass ich mehr trinken müsste, bezweifelte ich, dass er meinte, teuren Scotch aus einer Flasche zu trinken, die in einer braunen Papiertüte verpackt war, aber dazu konnte eine erzwungene Pause einen nun mal Mann treiben. Ich meine, ja, vor zwei Wochen wachte ich in der Notaufnahme auf, wo ich an piepende und klirrende Maschinen angeschlossen war, an eine Infusion, die in meinem Arm steckte, mit meinen Brüdern, Hunter und Owen und meinem neu entdeckten Cousin, Luke, die alle über mir schwebten. Scheiße erschrocken war ich, aber es ist nicht so, als hätte ich einen Herzinfarkt gehabt oder so. Ich war vor Erschöpfung und Dehydrierung zusammengebrochen - im Grunde genommen war ich ein dummer Idiot -, aber mich zu zwingen, drei Wochen Urlaub zu nehmen, war übertrieben, und ich war immer noch sauer darüber.

"Ein Kunde hat einen privaten Strand in Hilton Head, den er dir leiht", hatte Luke gesagt.

"Geh. Genieß es", hatte Owen hinzugefügt.

"Mit anderen Worten, bring deine Prioritäten in Ordnung, Arschloch", fuhr mich Hunter an.

"Fick dich", war meine Antwort gewesen.

Meine Prioritäten sind in Ordnung. Als Mitinhaber der Kiss Talent Agency mache ich Menschen zu Stars - Rockstars und Filmstars, um genau zu sein. Und da ich weiß, dass mein Job die Pisse direkt aus dir heraussaugen kann (ja, das ist ein Dehydrierungswitz), bin ich kein Idiot. Ich nehme mir nicht viel Freizeit, aber wenn ich das mache, nutze ich das Beste davon, trinke und ficke und ja, hänge sogar mit meinen lästigen Brüdern rum. Was ich die letzten zwei Wochen gemacht habe? Es ruhig angehen zu lassen, sich zu entspannen, zu versuchen zu meditieren? Es machte mich verrückt. Gott sei Dank habe ich nur noch eine Woche, bis ich wieder zur Arbeit gehen kann.

Das Wellenrauschen ertönt in meinen Ohren und im Dunkeln einer mondlosen Nacht hebe ich die Flasche Scotch noch einmal zum Mund und nehme einen Schluck. Eine Welle schlägt auf einen der Holzmasten, die den Pier hochhalten, an den ich mich lehne und das Salz in der Luft schmecke. Ich nehme noch einen Schluck und lasse die Hitze des Alkohols auf meiner Zunge wirken.

Ein wackelndes Licht fällt mir auf. In dem kleinen Mondlicht, das durch die heftigen Wolken fließt, sehe ich eine Gestalt, die den Strand hinunter stolpert - eine Frau, wenn man nach den runden Hüften in engen Jeans urteilt. Als sie näher kommt, erhellt das Licht ihres Handys, auf das sie schaut, ein Gesicht eines gottverdammten Engels. Sie ist vielleicht ein paar Jahre jünger als ich und trägt ein enges Tank Top und Chucks. Ich kann ein paar Tattoos, die ihren Arm verzieren, und einen Nasenring erkennen. Ihr langes dunkles Haar wird von der Brise erfasst und sie schiebt es so weit zurück, dass ich sehen kann, dass sie Ohrstöpsel trägt. Ich verstecke mich weiter unten in den Schatten. Sie ist wunderschön, und wenn es Tag wäre, würde ich mich zeigen und etwas Brillantes wie "Hey" sagen, aber das ist ein leerer Strand um Mitternacht und ich will sie nicht erschrecken.

In Sekundenschnelle ist sie hinter der kleinen Klippe verschwunden, wahrscheinlich auf dem Weg zu einem der exklusiven Strandhäuser. Ich frage mich, in welches sie gegangen ist, und ob ich sie morgen früh sehen werde. Für einen Moment folge ich ihr fast, bevor ich merke, wie stalkerisch das wäre. Ich lehne mich zurück gegen den Pylon und blicke wieder hinaus auf den Ozean. Ich muss das hier loslassen und mich auf die Entspannung konzentrieren ... die Ruhe der Wellen, den weichen Sand unter meinem Hintern, die saubere Meeresluft ...

Am Arsch lecken. Mir ist so was von langweilig.

Plötzlich erheben sich die Haare auf der Rückseite meines Halses. Ich senke die Flasche und konzentriere mich. Der Wind hat sich gedreht und bringt Geräusche von der Klippe mit sich. Klingt so, als ob ...

Streiten. Schreien. Die Stimme eines Mannes, laut und wütend. Eine Frau, die zurückschreit. Der Mann, wütender, jetzt brüllend.

Das Herz rasend, klettere ich den Steilhang hinauf und umklammere die Flasche mit dem Scotch, die als Waffe dienen muss. Oben auf dem Hügel kann ich das Mädchen kaum erkennen, das Licht ihres Telefons wackelt herum. Ich kann ihren Angreifer nicht sehen, also lasse ich einen Schrei los und stoße mich die Klippe hinunter.

Nur, dass ich die Robustheit der Klippe falsch eingeschätzt habe, meine Füße in den Sand sinken und sich verheddern, während mein Körper seinen Abwärtstrieb fortsetzt. Ich gehe zu Boden, Kopf voraus, stürze gut 10 Meter Schlamm und Sand hinunter, bis ich auf meinem Rücken zu den Füßen des Mädchens lande.

"Ich habe Bärenspray", sagt sie bedrohlich, als ich auf meinem Rücken liege und nach Luft schnappte. "Und eine Vergewaltigungspfeife. Also komm nicht einen Schritt näher. Genau genommen, roll nicht näher ran."

Ich kann mich nicht bewegen - mein Körper fühlt sich erstarrt an, als meine Lungen nach Luft schnappen. Ich ersticke für einen Moment, bis Luft meine Lungen füllt. Ich kann mich immer noch nicht bewegen und schaffe es, zu keuchen: "Wo ... ist ... er?"

"Wo ist wer?" Sie geht zurück und leuchtet mir mit ihrem Handy ins Gesicht.

"Der Typ, der dich angreift." Ich drehe mich auf den Bauch und begebe mich auf Hände und Knie, wobei ich immer noch versuche, Luft in meine verkrampfte Lunge zu ziehen. Meine

Knie und Ellbogen zittern und für einen Moment denke ich, dass ich ohnmächtig werde. Fuck, vor ein paar Wochen habe ich noch 70 Kilo gedrückt und jetzt sehe ich aus wie eine Mischung aus einem neugeborenen Fohlen und einem gestrandeten Wal.

"Hier ist kein Kerl."

Ich schaffe es, mich leicht aufzurichten und mich umzusehen. Die Wolken haben sich verschoben und ein Teil des Mondlichts scheint jetzt herunter, genug, um zu sehen, dass wir allein sind. Ich schaue auf die Frau, die einen verblüfften Ausdruck auf dem Gesicht hat, was mich noch mehr verblüfft.

"Ich hing unten am Pier rum", erkläre ich. "Ich habe dich vorbeigehen sehen. Dann hörte ich Schreie. Ein Mann. Ich dachte, du wärst in Schwierigkeiten."

Erkenntnis dämmert auf ihrem Gesicht und plötzlich beginnt sie zu kichern. "Oh wow, ein ehrlicher Götterheld. Du bist gekommen, um mich zu retten. Das ist so ... süß."

"Also ... kein Angreifer?"

Sie grinst. "Nein. Eine alte Episode von Law and Order." Sie streckt ihr Telefon aus und ich sehe die Gesichter von Olivia Benson und einem wütenden Kerl, die auf dem Bildschirm eingefroren sind. "Ich habe versucht, eine Episode herunterzuladen, um sie zu streamen. Ich habe den falschen Knopf gedrückt, es fing an zu spielen, dann bin ich gestolpert und habe die Ohrhörer aus meinem Handy gerissen. Das war ein ziemlicher Lärm."

Ich schüttelte den Kopf. "Tut mir leid."

"Wofür? Ich fühle mich geehrt. Beeindruckt. Und dankbar. Hier", sagt sie und streckt ihre Hand aus. "Lass uns dir aufhelfen."

Ich habe ein ausreichend gesundes männliches Ego, um mehr als bereit zu sein, die helfende Hand, die sie anbietet, anzunehmen. Ich stehe auf, noch ein wenig wackelig, aber stabil genug. "Bärenspray?" frage ich und hebe eine Augenbraue.

Sie zuckt mit den Schultern. "Wanderung letzten Monat in den Appalachen."

Ich staube den Sand von meinem Arsch und schaue mich nach

meiner Flasche Scotch um und frage: "Ist es das, was du am Strand machst? Wandern?" Dort drüben bei einer Ladung Seetang lag mein Scotch. Ich hebe ihn auf und höre zu, als sie antwortet.

"Nein, ich habe versucht, meinen Kopf frei zu bekommen. Ich kam auf einen Drink an einer Bar vorbei und zwei Typen bedrängten mich. Sie versuchten, mir Zitronenshots zu kaufen - ich glaube, sie dachten, das wäre der Weg in mein Höschen. Sie. Lagen. Falsch."

"Kein Lemon Drop Mädchen?"

"Auf keinen Fall. Nur Scotch."

"Im Ernst? Nun, du hast Glück", sage ich und hebe die Flasche hoch.

Ich hatte nicht wirklich erwartet, dass sie sie nimmt, aber sie tut es.

"Du hast mich immerhin gerade zu Tode erschreckt", sagt sie. Sie entkorkt sie und nimmt einen Schluck, bevor sie einen anerkennenden Seufzer loslässt.

"Das ist das Zeug, von dem ich rede. Ich danke dir." Dann leckt sie ihre Lippen und fügt hinzu: "Wow. Das ist wirklich guter Scotch."

Ich erwähne nicht, dass es ein achtzehnjähriger Macallan ist. Ich bin nur froh, dass die Zweihundert Dollar Flasche für das Vergnügen einer wunderschönen Frau verwendet wird und nicht als Waffe.

Sie gibt sie mir zurück und fährt dann fort: "Als Douchebag One und Douchebag Two mich nicht in Ruhe ließen, wurde ich sauer und ging. Ich fuhr eine Runde, fand einen Parkplatz, machte eine Wanderung am Strand. Ich war auf dem Rückweg, als du mich gerettet hast."

"Gern geschehen." Wir grinsen uns an. Normalerweise ist es für mich eine Selbstverständlichkeit, eine Frau aufzureißen, aber vielleicht hat mich die Notaufnahme und der Wind, der aus mir herausgeschlagen wurde, von meinem Spielbrett geworfen, weil

mir kein Scheiß einfällt, den ich sagen kann. Ich nehme stattdessen einen Schluck Scotch.

Der Alkohol schmeckt gut, die Hitze im Hals beruhigt
irgendwie mein Adrenalin. Mein Herzschlag normalisiert sich.
Dann, als die Frau ihr Haar wieder wirft und den schwachen
Mondschein einfängt, der die Strähnen silbern färbt, dreht sich
mein Puls wieder auf.

Ich strecke ihr meine Hand entgegen. "Ich bin Declan
Kiss. Du?"

Sie schaut mich skeptisch an. Sie ist wunderschön - goldene
Haut und große blaue Augen, die sich mit ihrem dunklen,
lockigen Haar kontrastieren, das über ihre Schultern fällt. Ihre
dunklen Kleider grenzen an den Gothic-Stil. Ich kann die Krallen
der schwarzen Tinte auf ihren Armen deutlicher erkennen und
ich frage mich, wo sie sonst noch Tattoos hat. Mein Körper steht
sofort in Alarmbereitschaft.

"Das ist dein richtiger Name?", fragt sie mit Haltung. "Declan
Kiss?"

Ich grinse. Ich bekomme immer wieder solche Antworten. Als
ich noch ein Kind war, habe ich gegen jeden gekämpft, der sich
über meinen Nachnamen lustig gemacht hat. Jetzt? Passe
ich dazu.

"Ja. Meine Eltern hatten große Hoffnungen in mich gesetzt."

Sie kann das Lachen nicht aufhalten, das aus ihrer Kehle
kommt. "Deine Eltern hatten nichts mit deinem Nachnamen zu
tun, nur mit deinem Vornamen. Und da der Name Declan 'Mann
des Gebets' bedeutet, bin ich mir nicht sicher, auf was für 'Hoffnungen' du dich beziehst."

"Da hast du mich erwischt." Mein Grinsen wird breiter.

Sie nimmt die Flasche und nimmt einen weiteren Zug, dann
gibt sie sie mir zurück. "Danke dafür und dafür, dass du versucht
hast, mir zu helfen. Aber mir geht es gut. Kein Grund, hier zu
bleiben."

"Vielleicht will ich das", sage ich. Wenn sie eine Augenbraue hebt, riskiere ich es. "Wie ist dein Name?"

Sie schluckt und wirft mir mit zusammengezogenen Augenbrauen einen Blick zu. Endlich: "Ich bin Kara."

"Nur Kara?"

"Ja, nur Kara." Ihr üppiger Mund zieht sich zu einem Lächeln zusammen und ich möchte den Scotch auf ihren Lippen schmecken. "Machst du das sonst auch?", fügt sie hinzu.

"Was?"

"Versuchst du, Frauen in der Dunkelheit der Nacht zu retten? Wie eine Art Ritter in glänzender Rüstung? Außer, dass du Jeans und T-Shirt trägst."

Ich zucke mit den Schultern. "Wenn ich gewusst hätte, dass ich eine so schöne Frau wie dich an diesem einsamen Strand mitten in der Nacht finden würde, hätte ich mich herausgeputzt." Die Papiertüte knittert unter meinen Fingern.

"Bist du nicht charmant. Ich muss mich fragen, ob du die gleichen Tricks machen würdest, wenn deine Eltern dich Harold Kiss oder Bertram Kiss genannt hätten."

"Ernie Kiss. Olaf Kiss."

Wir lächeln uns an und die Luft zwischen uns lädt sich auf. Ich kann noch mehr Spaß in ihren Augen und ihrem Auftreten sehen. Dieses Mädchen lebt.

Meine letzte Freundin - die schöne, talentierte Eiskönigin Gretchen - war nicht besonders begeistert vom Scherzen und Necken. Sie war freundlich, sie war loyal, sie war intelligent und zielorientiert und großartig im Bett, aber sie war nicht ... warm. Oder lustig. Oder sogar flirtend. Ich habe keine Ahnung, ob Kara zielstrebig oder entschlossen oder talentiert ist, aber schon jetzt ist klar, dass sie intelligent, freundlich, warm und lustig ist ... und wahrscheinlich großartig im Bett.

Ich kann nicht aufhören, sie aufzusaugen. Sie spürt meine Einschätzung. Zu meiner Freude wirkt sie nicht angepisst oder empört. Sie hält meinen Blick, eine Augenbraue angehoben, als würde sie mich herausfordern, weiterzumachen.

Also tue ich es. Ich lasse meinen Blick einer Linie folgen, die von ihren Zehen über ihre Beine bis zu ihrem engen Tank reicht, der gerade genug Ausschnitt offenbart, um zu verführen. Ihre Brüste sind klein, aber rund. Ich kann nicht anders, als ihr beim Atmen zuzusehen, ihre Brüste drücken gegen den dunklen Stoff ihres Shirts. Schließlich erreicht mein Blick ihr Kinn und ihr Gesicht. Eine leichte Rötung durchströmt ihre Wangen und ich kann die Anziehungskraft in ihren blauen Augen deutlich sehen. Aber bilde ich mir die Vorfreude darauf ein? Als ob sie darauf wartet, dass ich etwas anbiete, das zu gut ist, um zu passen?

"Weißt du, was ich denke?", sage ich leise.

"Was denkst du denn?"

Ich bin dabei zu sagen: "Lass uns zu mir nach Hause gehen", als ich einen Tropfen Nässe an der Seite meines Halses herunterlaufen spüre. Ich streiche ihn weg und murmele: "Huh. Sieht aus, als würde es regnen."

Plötzlich keucht Kara. "Uh, Declan, das ist kein Regen. Das ist …"

Ich schaue auf meine Hand, die jetzt mit einer glitzernden dunklen Flüssigkeit überzogen ist. Ich runzele die Stirn. Ah, Scheiße, das ist Blut. Verdammt. In meinem mutigen Versuch, eine Jungfrau in Not zu retten, muss ich mir den Kopf angeschlagen haben. Ein Ritter in glänzender Rüstung, der ich sein werde.

Kara greift nach mir. "Komm schon, großer Held. Mein Auto ist wenige Meter entfernt und ich habe Pflaster. Lass uns die Blutung stoppen und dich sauber machen. Dann kannst du mich abschleppen, okay?"

Mein Stirnrunzeln verwandelt sich in ein Grinsen. Dieser Urlaub könnte das sein, was ich brauche.

Kapitel Zwei

KARA

Als Declan Kiss mich anstarrt, bin ich einen Augenblick sprachlos fassungslos. Sein Mund, seine warmen braunen Augen, seine Gesichtszüge, scharf und gemeißelt ... Verdammt. Der Mann könnte mit diesen Wangenknochen Glas schneiden.

Unter meiner Hand sind seine Unterarmmuskeln straff und definiert. Sein Bizeps wölbt sich schön unter seinem Hemd. Er achtete eindeutig auf sich selbst, was im Widerspruch zu seiner fadenscheinigen Jeans und seinem schäbigen T-Shirt steht, ebenso wie die Tatsache, dass er unter einem Pier mit einer Flasche Schnaps in einer braunen Papiertüte herumgehangen hat. Ich frage mich, was er beruflich macht. Wie er seine Tage verbringt.

Wie er seine Nächte verbringt.

Seine heißen, faulen, schwülen Nächte.

Mmmm.

Ich bin so verzaubert von seiner überwältigenden Anziehung, dass, als Declan vorwärts taumelt, mein Atem stockt und ich denke, dass er mich küssen wird. Dann merke ich, dass er sich tatsächlich aus dem Gleichgewicht bringt, nicht weil er mich unwiderstehlich findet, sondern weil er gerade das Äquivalent eines dreistöckigen Gebäudes heruntergerollt ist und sich den Kopf angeschlagen hat.

Reiß dich zusammen, Kara. Der Mann ist verletzt.

Zugegeben, Kopfwunden bluten stark, so dass er selbst bei dem Blutstrom, der über seinen Hals tropft, höchstwahrscheinlich nicht genäht werden muss und wahrscheinlich auch nicht ohnmächtig wird. Trotzdem müssen wir Druck auf die Wunde ausüben.

"Mein Van?", schlage ich vor, zeige auf den Weg und ziehe an seinem Arm. Er läuft mit mir mit.

"Versprichst du, dass ich dich abschleppen darf, wenn ich dich Krankenschwester spielen lasse?", fragt er.

Ich lächle. "Du musst dir bis dahin einen tollen Anmach-spruch ausdenken."

"Herausforderung angenommen."

Wir gehen zum Parkplatz, wo ich meinen Van gelassen habe. Als der Weg unter unseren Füßen wieder zu Sand wird, stolpere ich. Jetzt bin ich diejenige, die taumelt, und er legt seinen Arm um meine Taille, um mich zu stützen. Automatisch blicke ich ihn an und er zwinkert.

Er scheint mich nicht zu erkennen, wofür ich ewig dankbar bin. Ich habe mein Image seit meinen Tagen in der Öffentlichkeit dramatisch verändert. Meine mit Farbe bedeckten Kleider und Piercings lassen mich aussehen, als wäre ich eine Art Grunge-Künstlerin, nicht Country-Western's ehemaliges Goldmädchen mit ihrem Heiligenschein aus gebleichtem, blondem Haar, Tausend-Dollar-Jeans, Schlangenfell-Cowboystiefeln und eng anliegenden, karierten Holzfällerhemden. Es ist ein gutes Cover - ein Cover, das ich seit Jahren nutze, seit Kara Hester, ein Coun-try-Musik-Phänomen, spurlos verschwunden ist.

Und sie wird auch verschwunden bleiben.

Heute Abend bin ich einfach nur die gute alte Kara, die sich genauso kribbelig und aufgeregt fühlt, wie sie sich vor ihrem allerersten Auftritt gefühlt hatte. Ich kann das Gefühl nicht loswerden, dass etwas Lebensveränderndes passieren wird. Etwas, das Mr. Declan Kiss betrifft.

Als wir bei meinem verblassten gelben Volkswagen Van ankommen, stöbere ich in dem Durcheinander meines Hand-schuhfachs herum und suche nach dem Erste-Hilfe-Kasten, den ich sicher irgendwo vergraben habe.

"Hier ist er!" Ich ziehe eine ziemlich alte, aber noch brauch-bare Dose von meinen Tourneetagen heraus. Mein Van ist voll ausgestattet, von einem großen Bett über eine Spüle und einen Mini-Kühlschrank bis hin zu einem kleinen Campingkocher. Es gibt sogar ein Pop-up und einen Platz oben, wo ich meinen

Schlafsack hinlegen kann, wenn ich unter den Sternen schlafen will.

Ich ziehe die Seitentür auf und winke Declan hinein. "Setz dich. Lass mich Krankenschwester spielen."

Declan grinst. "Ich widersetze mich dem Drang, einen Kommentar über Doktorspielchen zu machen."

Ich schnaufe, aber lasse ihn sehen, dass ich lächele. "Wenn das deine besten Anmachsprüche sind, hast du keine Chance. Jetzt geh da rein und setz dich auf mein Bett."

Er zuckt mit den Achseln und geht hinein, um sich auf das Bett zu setzen. "Dein Bett, was? In diesem Fall hast du mich geködert, Schwester Kara."

"Gib mir den Scotch", sage ich, während ich das Innenlicht einschalte.

Er hält die Flasche hoch und schwenkt sie in der Luft. "Brauchst du flüssigen Mut, um ein Pflaster anzulegen? Wenn das der Fall ist, kann ich nicht sagen, dass ich von deiner medizinischen Ausbildung beeindruckt bin."

Ich reiße einen Gazeaufsatz auf, ziehe dann die Flasche aus seinen Händen und entkorke sie. Seine Augen werden weit, als ich Scotch auf das Papierhandtuch spritze.

"Hast du vergessen, wie gut der Scotch ist?"

"Ich kann die antibiotische Salbe nicht finden, die im Kit sein sollte, ich habe kein Wasser und wir haben keine Ahnung, welche Keime in dem Mist versteckt sind, auf den du dich so entschlossen geworfen hast."

"Ich habe dich gerettet."

"Aber es ist am besten, wenn ich den Schnitt sauber mache. Jetzt halt still. Das könnte ein wenig brennen."

"Du kennst dich scheinbar aus, Schwester Kara", murmelt er. Er streicht sich seine dunklen Haare von der Stirn und legt die Wunde frei. Ich entferne sanft den Sand, der im Schnitt auf seiner Stirn steckt, und Declan nimmt einen scharfen Atemzug.

"Ruhig, großer Junge", murmele ich, während ich weiter den

Sand aus der Wunde arbeite. Gut - es ist nicht zu tief und die Blutung lässt bereits nach.

Heute Abend war ich schlecht gelaunt in diese beschissene Bar gegangen. Carter, mein ehemaliger Agent, hatte mir geschrieben - wie er meine Nummer gefunden hatte, wusste ich nicht. Nur meine Eltern und eine Handvoll meiner Jugendfreunde hatten meine neue Handynummer und keiner von ihnen würde sie Carter geben.

Aber jemand hatte es getan und als Carters Name auf meinem Radar erschienen war, hatte ich fast eine Panikattacke. Als ich in das Musikgeschäft eingestiegen bin, war ich jung und sehr naiv. Kaum neunzehn, mit leuchtenden Augen und dem Wunsch zu gefallen. Carter war direkt an die Arbeit gegangen, um mich aufzuhübschen und zu polieren. Ich wurde fast über Nacht ein Star, nicht zuletzt dank meines Talents, aber auch dank Carters Manipulationen.

Zuerst fühlte sich der Ruhm herrlich an, aber nach einer Weile sah ich im Spiegel nur noch das, was Carter aus mir gemacht hatte. Ich war zu einer Hülle dessen geworden, was ich gewesen war, und als ich Carter gesagt hatte, dass ich mich wiederfinden müsste - das Mädchen, das ihre Familie liebte, das auf Bäume klettern und im Fluss schwimmen und ihre alte sechssaitige Gibson spielen wollte -, war er hässlich geworden.

Es hatte mehr Mut erfordert, als ich dachte, dass ich in mir hätte, um wegzugehen, und ich ging kein Risiko ein, dass Carter mich wieder einwickeln könnte. Ich hatte seine Nummer blockiert und dachte, ein Double on the rocks würde mich beruhigen. Als die beiden Mistkerle auf die Bühne kamen, war meine Stimmung in weniger als fünf Minuten von sauer zu explosiv geworden. Der Spaziergang am Strand gab mir den Raum, den die Bar nicht hatte, und als Declan dann den Hügel hinunterstürzte, um mich zu retten, obwohl es ihm komplett umgehauen hatte, war meine schlechte Stimmung völlig verschwunden.

Declan bewegt sich auf dem Bett und ich stehe zwischen

seinen starken, heißen Oberschenkeln. Wenn ich stehe und er sitzt, sind wir gleich groß. Ich blicke ihm direkt in die Augen und es erwärmt mich, als hätte ich eine echte Flamme berührt. Plötzlich erscheinen meine Kleider zu eng, zu heiß. Ich will mich nackt ausziehen. Stattdessen tropfe ich Scotch über ein anderes sauberes Gazepad und schlucke dann den Rest aus der Flasche.

Verdammt, der Scotch, der auf meine Venen trifft, fühlt sich gut an, aber zwischen Declans Oberschenkeln zu sein, fühlt sich noch besser an. Ich atme einen tiefen Atemzug ein und basierend auf dem Funkeln in seinem Blick weiß er, wie er mich beeinflusst.

"Du musst nicht genäht werden", sage ich.

"Gut. Dann musst du mich nicht in die Notaufnahme bringen."

Ich hebe eine Augenbraue. "Denkst du, ich würde die ganze Nacht in einer Notaufnahme mit dir rumhängen, nur weil du dich verletzt hast, als du versucht hast, einen galanten Ritter zu spielen?" Ich necke ihn.

Plötzlich wickeln sich Declans Waden um meine, und seine Hand gleitet unter mein Haar, um meinen Hinterkopf zu bedecken.

"Ja, ich denke, das würdest du tatsächlich. Und ich weiß das, weil ich für dich die ganze Nacht in einer Notaufnahme bleiben würde", murmelt er. "Ohne Absicht. Ohne Erwartungen. Aus keinem anderen Grund, als um sicherzustellen, dass es dir gut geht, würde ich bleiben."

Ich kann erkennen, dass er die Wahrheit sagt, und ich frage mich, ob er fühlen kann, wie ich bei seiner Berührung zittere.

"Das", atme ich, "ist ein toller Anmachspruch."

"Das ist kein Spruch."

Wir starren uns einen Moment lang an, dann atme ich tief durch und sage: "Vielleicht ist es das nicht. Du scheinst ziemlich edel zu sein. Ich hingegen? Nicht so sehr."

Seine Hand zieht sich leicht auf meinem Hinterkopf zusammen. "Nein?"

"Nein. Ich habe mich um deine Verletzung gekümmert und jetzt werde ich um die Bezahlung der erbrachten Leistungen bitten."

"Welche Art von Zahlung?"

"Nun, Declan Kiss. Wie wäre es, wenn du deine Fantasie nutzt?"

*Lesen Sie jetzt Küss mich besinnungslos

BÜCHER VON VIRNA DEPAUL

,MIT DEN JUNGGESELLEN IM BETT'
  Band 1: Mit dem falschen Bruder im Bett (Rhys)
  Band 2: Mit dem schlimmen Zwilling im Bett (Max)
  Band 3: Mit dem Milliardär im Bett (Jamie)
  Band 4: Mit dem besten Freund im Bett (Ryan)
  Band 5: Mit dem Biker im Bett (Cole)
  Band 6: Mit dem Bodyguard im Bett (Luke)
  Band 7: Mit dem Trauzeugen im Bett (Gabe)
  Band 8: Mit dem Boss im Bett (Eric)
  Band 9: Mit dem Vater des Babys im Bett (Dante)
  Band 10: Mit dem Schein-Boyfriend im Bett (Gio)
  *Hochzeit mit dem Bad Boy: Eine Novelle (Max)

KISS TALENTAGENTUR
  Band 1: Kiss mich um den Verstand (Hunter)
  Band 2: Küss mich die ganze Nacht (Lee)
  Band 3: Küss mich, du sexy Typ (Caleb)
  Band 4: Halt den Mund und küss mich (Simon)
  Band 5: Küss mich besinnungslos (Declan)
  Band 6: Küss mich für immer (Bastian)

BÜCHER VON VIRNA DEPAUL

LIEBE AM SPIELFELDRAND
Band 1: Gelbe Karte für die Liebe (Heath)
Band 2: Blaues Blut und tiefe Pässe (Kyle)
Band 3: Ganz tief drin (Alec)
Band 4: Wildes Sehnen (Gabe)

ÄRZTE ZUM VERLIEBEN
Band 1: Dr. med. Bad Boy
Band 2: Dr. Hottie

HART WIE STAHL
Band 1: Harte Zeiten für Schwere Jungs
Band 2: Harte Fälle für Toughe Anwälte
Band 3: Harte Entscheidungen, Sanfte Liebe
Band 4: Harte Jungs - Zwischen Hammer und Amboss
Band 5: Harte Schale, Weicher Kern

ROCK'N'ROLL CANDY
Band 1: Stark wie Rock'n'Roll
Band 2: Crazy wie Rock'n'Roll
Band 3: Wild wie Rock'n'Roll
Band 4: Frei wie Rock'n'Roll
Band 5: Sexy wie Rock'n'Roll
Band 6: Süß wie Rock'n'Roll

HEIMKEHR NACH GREEN VALLEY
Band 1: Wozu Liebe in der Age ist
Band 2: Wohin die Lie be führt
Band 3: Ich will Dich Lieben
Band 4: Das Beste meiner Lieben
Band 5: Denn du liebst mich
Band 6: So verliebt

SPECIAL INVESTIGATIONS GROUP

Band 1: Töne des Verlangens
Band 2: Töne der Versuchung

GLÜHEND HEIßE COPS REIHE
Band 1: Guter Cop/böses Mädchen
Band 2: Diesmal für immer
Band 3: Träumen (wieder) erlaubt

PARA OPS SERIE
Band 1: Knox — Blutsbande
Band 2: Wraith — Schicksalsbande
Band 3: Dex — Ausgestoßen

STANDALONE

WALL STREET ROMEO

NAGELPROFIS

ABENTEUER SEX(T)

EIN BILD VON EINEM MANN

SEAL – EIN LEBEN LANG

DER COWBOY, DER MICH LIEBT

VERRÜCKT NACH DEM VERKEHRTEN KERL

Erlösung für einen Vampir

Nacktfotos senden/ löschen

ÜBER DIE AUTORIN

Virna DePaul ist eine *New York Times* Bestsellerautorin und steht auch auf der Bestselling-Liste von *USA Today* für erregende, spannungsvolle Erzählliteratur. Ob es um Vampire, eine Spezialeinheit für paranormale Phänomene, heiße Polizisten oder umwerfende identische Zwillingsbrüder geht, ihre fiktiven Geschichten handeln immer von komplexen Individuen, die gewillt sind, auch die unglaublichsten Schwierigkeiten zu überwinden, um der Liebe den Weg zu bahnen.

Um weitere Informationen zu erhalten und den kostenlosen Newsletter zu abonnieren, besuchen Sie mich bitte auf: www.virnadepaul.com

Website: www.virnadepaul.com
Facebook: www.facebook.com/booksthatrock
Twitter: twitter.com/virnadepaul

IMPRESSUM

Halt den Mund und küss mich
Copyright © 2017 by Virna DePaul

www.ingramcontent.com/pod-product-compliance
Lightning Source LLC
Chambersburg PA
CBHW071501170626
46811CB00007B/2662